新潮文庫

男振

池波正太郎著

男《おとこ》振《ぶり》

腹《はら》切《きり》蔵《ぐら》

一

あの日の、あのときのことは、堀源太郎《ほりげんたろう》にとっては、生涯《しょうがい》忘れきれるものではなかった。彼の前途に人並みの〔生涯〕というものがあればのことだが……。

いま、十七歳の源太郎は、好むと好まざるとにかかわらず、その一命《いちみょう》を絶ち切られようとしている。

しかし、源太郎は、

（死ぬるもよい）

と、おもっている。

強がりでも、負け惜しみでもない。

まったく、二年前の、あのときの衝撃にくらべたら、

（死ぬることなど、なんでもない……）

ようにさえ、おもえてくる。

二年前の、その日。

当時、十五歳の堀源太郎は、芝・愛宕下《あたごした》にある筒井越後守上屋敷内《つついえちごのかみかみ》の御殿で、越後守正房《まさふさ》の嗣子《しし》・千代之助《ちよのすけ》の相手をつとめていた。

千代之助は、越後守の正腹《せいふく》に生まれ、源太郎より一つ下の十四歳である。

源太郎は、家中《かちゅう》からえらばれた三人の少年たちと共に、千代之助の学友をつとめていた。

源太郎の父・堀源右衛門《げんえもん》は禄高《ろくだか》百五十石で近習頭《きんじゅうがしら》をつとめてい、謹厳《きんげん》実直の人物であった。

この父と、温和な母・みなの薫陶《くんとう》によって育成された源太郎の気禀《きひん》は、先《ま》ず、家中の子弟の模範ともいうべきもので、

「堀のせがれどのを少しは見習うがよい」

などと、藩士たちの家で、よく、そうした声がきかれたものだ。

で、そのとき……。

御殿の奥庭で、源太郎は若殿・千代之助の相撲の相手をしていた。

若殿が源太郎の頭を抱え、満面に血をのぼせ、

「うぬ、うぬ、うぬ……」

ちからをこめて、ひねり倒そうとした。

異変は、このときに起こった。

千代之助が抱えこんでいた源太郎の前頭部の毛髪がずるりと、急に脱《ぬ》け落ちたのである。

一本や二本ではない。まとめて、ずるずると脱け落ち、そこだけが削《そ》ぎ取られ、地《じ》肌《はだ》が露出した。

千代之助も、おどろいたらしい。

「すまぬ」

あわてて飛びはなれ、源太郎にあやまった。

「いえ、大丈夫でございます」

ふっくらとした面《おも》だちの源太郎は元気よく、

「かまいませぬ」

若殿へ、笑いかけた。

「いや……もはや、これまでじゃ」

といった若殿の顔が妙に硬直しているのに、源太郎は気づいた。

他の学友二名がそこにいたが、これも、呆然《ぼうぜん》となり、自分を見つめているではないか。

(どうしたのだろう?)

とっさには、わからなかった。

「源太郎。そちの髪の毛が、ひどく、脱け落ちた……」

千代之助が、喉《のど》に痰《たん》が絡《から》んだような声でいい、源太郎の頭を指した。

「は……？」

まだ、よくわからぬ。

おもわず、小鬢《こびん》のあたりへ手をやって見ると、ばらばらと毛が脱け落ちるのが、今度は源太郎にもはっきりとわかった。

学友の一人が、芝生の上を指して何かいった。

見ると、おどろくほどに多量の毛髪が落ちている。

「あっ……」

さすがに、源太郎も声を発した。

近くの泉水のほとりへ駆けて行き、水面《みなも》に映る我が顔を見て愕然《がくぜん》となり、さらに手を当てて見ると、何の抵抗もなく、おもしろいように毛髪が脱け落ちてしまう。

堀源太郎の〔悲劇〕は、ここにはじまった。

まさに、奇病《きびょう》であった。

後年、筒井家の家臣で蜂谷《はちや》左盛《さもり》という人物が、その覚書《おぼえがき》に、
此人《このひと》、出生《しゅっしょう》の折も幼少の頃《ころ》も常人と変ることなかりしが、宝暦のころ、大彰院殿《だいしょういんでん》様

修学の御相手に上るころより頭髪脱落《ぬけおち》……。

と記したのは、堀源太郎のことである。

現代でいう〔円形脱毛症〕ででもあったのだろうか。それにしても、源太郎の場合はひどすぎたようだ。

幼少のころから毛髪が特別に薄いということもなかった。それが急に脱け落ち、脱けはじめると、もうとまらなかった。

その後、二年のうちに、源太郎の頭髪は、ついに、どのように小さな髷《まげ》をもゆいあげることができぬほどに脱け落ちてしまった。

十七歳の若者なのに、堀源太郎の毛髪は、ほんのわずかに、左右の小鬢へ残されているのみだ。額から後頭部にかけて、見事に禿《は》げあがってしまった。

むろん、医者にも診《み》せた。

その指示によって薬ものみ、でき得るかぎりの手当もおこなったが、すべてはむだであった。

この奇病は、現代の医学をもってしても、まだ、はっきりと原因がつかめていないそうである。

栄養神経障害によるものだとか、または寄生性接触伝染病によるものだとかいわれているが、それも判然としていないのだ。まして、二百何年もむかしのことなのだから、堀源太郎の頭部に、二度と毛髪はよみがえらぬに決まった。

「無惨《むざん》だ」

藩士たちは、源太郎をあわれんだ。

そのあわれみも当初のうちだけであって、月日がたつにつれ、

「気の毒におもうても、つい、源太郎の頭を見ると、口もとがゆるんでしまうのだ」

「しょんぼりとしてなあ」

「なればさ、尚更《なおさら》に、可笑《おか》しいのだ」

と、評判も変って来る。

秀才の名をほしいままにし、なればこそ特別に、国許《くにもと》から江戸藩邸へよび寄せられ、若殿の学友にえらばれた堀源太郎の将来は、同じ年頃の子弟をもつ藩士たちの、

「羨望《せんぼう》の的」

だったといってよい。

脱毛の度合がすすむにつれ、源太郎の紅顔は青ざめてゆき、豊頬《ほうきょう》は痩《や》せこけ、涼やかな両眼《りょうめ》は光をうしなっていった。

堀源太郎が、国許の越後・柴山《しばやま》の城下から江戸藩邸へ来たのは十三歳の秋であった。

父母は、いまも柴山城下の屋敷にいる。

源太郎は、母・みなの縁類で、これも筒井家の家来である小島彦五郎《ひこごろう》が江戸詰めなので、その長屋に住み暮らしていた。

小島彦五郎も、ひとかたならず源太郎の奇病には心痛をし、親切に手当をつくしてくれたけれども、どうにもならぬ。

「国許の父母には、私のことをおつたえ下さいませぬよう」

と、源太郎は彦五郎にいった。

健気《けなげ》なことではある。

はじめのうちは、源太郎も、そのうちに脱毛がとまるのではないかと、おもっていたらしい。

しかし、うわさは間もなく、江戸から越後へもつたわった。

それは当然のことだ。

殿さまの越後守正房は参観交代《さんきんこうたい》で、国許と江戸を行ったり来たりする。

定期に諸国大名が江戸へ来るのは、徳川将軍に忠誠をしめすことであって、大名の正夫人と跡つぎの男子は国許へ帰ることをゆるされず、江戸藩邸にとどめおかれる。

これは、一種の〔人質《ひとじち》〕のようなもので、初代将軍・徳川家康が幕府をつくり、天下を掌握《しょうあく》して以来の、武家の掟《おきて》であった。

こういうわけで、国許と江戸表との連絡は絶えずにある。

したがって、源太郎のうわさが国許へきこえたのも当然であった。

父の堀源右衛門は、小島彦五郎へ手紙を何度もよこし、一人息子の奇病について問い合わせた。

そして、

「相なるべくは、一日も早く、源太郎が国許へ帰れるようにしてほしい」

と、いってよこした。

彦五郎へのみではなく、源右衛門は、江戸家老・安藤主膳《あんどうしゅぜん》へも、ひそかに願書を出していたらしい。

ところが……。

若殿の千代之助が、源太郎帰国をゆるさぬ。

学友として抜群の資質をもち、便利であるばかりでなく、源太郎の脱毛がすすむにつれ、これを玩弄《がんろう》するたのしみが千代之助にできたといえぬこともない。

これは若殿のみでなく、江戸藩邸内の雰囲気《ふんいき》が、しだいに、そうした方向へかたむきつつある。

侍女たちが、源太郎を見て笑いを嚙《か》み殺す。

だれにしても、そうだ。

十七歳の若者の禿頭《とくとう》が、どのように笑いをさそうものか……これは、言うを俟《ま》たぬことなのだ。

そして、父親同士の約束によってむすばれていた岡部忠蔵《おかべちゆうぞう》のむすめ・妙《たえ》と源太郎との婚約が、岡部家の申し出により、一方的に破棄された。おそらく、源太郎の奇病が耳へ入ったのであろう。

源太郎は、無言で、必死に堪《た》えていた。

なぜ、堪えていられたのか、自分でもわからない。

強《し》いていえば、家中の嘲笑《ちようしよう》・憫笑《びんしよう》に対する精一杯の反撥《はんぱつ》だったのかも知れない。

そのうちに……。

江戸家老・安藤主膳が、若殿の反対を押し切り、堀源太郎帰国の件を、略《ほぼ》、承諾させた。

その矢先に、第二の異変が起こったのである。

二

明和二年晩秋のその日。

堀源太郎と矢島幸介《やじまこうすけ》の二学友が、千代之助の相手をつとめ、習字をしていた。

場所は、奥御殿の〔御子様方御居間《おこさまがたおいま》〕とよばれている六間《ま》つづきのうちの、千代之助が使用している二間であった。

他の四間は、千代之助の妹ふたりのものである。

風は絶えていたが、朝から妙に底冷えの強い日であって、午前中にきめられた時間を、千代之助たちは〔千字文《せんじもん》〕を習っていた。

午後になると、四谷《よつや》表町に住む儒者・酒巻淳庵《さかまきじゅんあん》が藩邸へ来て、習字を点検してから、論語の講義をする。

酒巻淳庵は、現藩主・越後守正房が少年のころから筒井藩邸にまねかれ、年に一度は、かならず論語の講義を反復する。

千代之助のみか、奥方も二人の姫も、淳庵の教えをうけているのであった。

越後守も江戸へ来ているときは、いまも月に二度ほど、淳庵の講義をうける。

硬骨な老学者だけに、酒巻淳庵は若殿だからといって容赦はしない。

しかも淳庵は、越後守夫人・高子《たかこ》の信頼を得ているものだから、わがままな千代之助も、

「淳庵先生は苦手じゃ」

と、あたまが上がらぬ。

障子を閉めきった一間に墨の香がただよっていた。

「寒い……」

急に、筆を投げ出した若殿がいった。

「庭で相撲をとらぬか、どうじゃ」

「はあ……」

源太郎と幸介は、顔を見合わせた。

宿題の習字が済まぬうちに相撲をとったりして、もし、そのことが酒巻淳庵に知れたなら、二人の学友はきびしく叱責《しっせき》される。

「さ、まいろう」

「いや……」

源太郎が腰を浮かしかけた千代之助を制した。

「それは、相なりませぬ」

「かまわぬ」

「いいえ、相なりませぬ」

「すこしの間じゃ。さ、まいろう」

「たとえ、すこしの間にても、相撲などおとりあそばしては、筆を持つ手がふるえ、字がお書きになれますまい」

正論である。

「う……」

つまったが、千代之助は、やりこめられたまま黙っているような若殿ではない。年齢《とし》も、源太郎より一つ下の十六歳。生意気のさかりである。

「源太郎。おのれは主《しゅ》に逆らうつもりか!!」

「いえ、そのような……」

「逆ろうておるではないか、逆ろうて……」

「若君……」

「生意気なやつ。生意気、生意気」

叫ぶや千代之助が、いきなり筆をつかみ、たっぷりと墨をふくませ、

「この、つるつる頭が何を申す」

いいざまに、つかつかと近寄って来て、あっという間もなく、眼前に頭をたれている源太郎へ、

「この、つるつるめ!!」

禿げあがった源太郎の頭へ、おもいきり筆の墨をなすりつけた。

「は、はは……源太郎に毛が生《は》えたぞ」

若殿が、勝ち誇った声をあげ、矢島幸介も、次の間に控えていた侍臣・山口与兵衛《よへえ》も、おもわず笑った。

と、その瞬間であった。

堀源太郎が猛然と立ちあがり、千代之助の顔面を拳《こぶし》で強打した。

「あっ……」

千代之助が仰向《あおむ》けに転倒した。

おびただしい鼻血がふき出した。

倒れた若殿の上へ、源太郎が馬乗りとなり、

「おのれ、おのれ!!」

叫び声を発し、撲《なぐ》りつけた。

山口与兵衛も矢島幸介も、茫然《ぼうぜん》となっている。

このようなことが、あり得るはずがない。

夢の中の場面だとしか、彼らにはおもえなかったろう。

源太郎は、千代之助の髷をつかみ、ちからまかせに引き抜こうとしはじめた。

「た、助けてくれぇ……」

この若殿の悲鳴に、山口与兵衛は、ようやく我に返り、

「乱心者!!」

わめきざま、堀源太郎へつかみかかり、抱きすくめ、若殿の躰《からだ》から引きはなした。

十六歳の学友・矢島幸介は顔面蒼白《そうはく》となり、這《は》うようにして外廊下へ出ると、そこで嘔吐《おうと》しはじめた。

千代之助は鼻血にまみれ、失神している。

奥御殿が大騒ぎとなった。

三

堀源太郎は、この日のうちに、目黒の下《しも》屋敷（別邸）へ身柄《みがら》を移された。

大名の家で、このような事件が起こったときの、常例の処置である。

しかし、事件の内容は、きわめて異常であった。

家来同士が藩邸内で喧嘩《けんか》をして、相手を殺傷したとか、殴打《おうだ》したとかの例は、これまでにも何度かあった。

だが、家来の身で、いずれは越後・柴山十万石の当主となるべき若殿へ乱暴をはたらいたというのは、筒井《つつい》家のみならず、他の大名家にも、およそ無いことである。

下屋敷の北側にある二階土蔵《どぞう》の階下へ、源太郎は押し込められた。

この土蔵を、藩士たちは〔締《しま》り土蔵〕と、よんでいた。

そこには、罪人となった藩士を監禁するための設備がしてあった。

階上と階下に牢格子《ろうごうし》が嵌《は》め込まれ、合わせて十余人を収容することができる。

芝・愛宕下《あたごした》の上屋敷から、この下屋敷へ連行されるとき、源太郎は罪人を乗せる網乗り駕籠《かご》へ押しこめられ、これを二十人の藩士が護送した。

網乗り駕籠へ入った瞬間に、源太郎は死を覚悟した。

おそらく、切腹の名誉はあたえられないだろうとおもった。

下屋敷内で、首を打たれるか、または国許へ護送され、しかるべく処刑されるにちがいない。

若殿の千代之助は、源太郎の殴打を受けて顔面が鉛色《なまりいろ》に腫《は》れあがり、高熱を発し、容態が、

「徒事《ただごと》ではない」

という。

土蔵の締り所へ入った堀源太郎は、藩士の見張りを受け、処刑を待つ日々を送ることになったわけだが、

(ここにいるのも、三日のうちだろう)

と、感じた。

封建の時代にあって、源太郎のしてのけた所業は、絶対に許されるべきものではなかった。

しかも、殿様同様の千代之助に対し、

「おのれ、おのれ!!」

と、怒声をあびせかけつつ、馬乗りになって、さんざんに暴行をはたらいたのだ。

自分でも意外に落ちついてい、死への恐怖はなかった。

（死ぬるもよい……）

これから先、何年も、

（このような頭のまま生きていて、人びとの侮蔑《ぶべつ》をうけるよりも、いっそ、死ぬるがよい）

源太郎の厭世感《えんせいかん》は、いまにはじまったことではない。

この二年の間に芽生え、日を追うて胸底《きょうてい》に積もりつつあったものだ。

この若さで、この奇病に取り憑《つ》かれなかったら、おそらく源太郎は、どのような若殿の侮蔑にも堪えたにちがいない。

凝《じっ》とこらえてはいても、彼が若さの故《ゆえ》にさいなまれつづけてきた屈辱のおもいは、自暴自棄の激発を内蔵しつつあった。

なればこそ、

「怒りにまかせた……」

のである。

いや、無意識のうちに、その激怒を発することによって生ずる結果を、源太郎は待ち望んでいたのだともいえよう。

これが、五十をこえた男に禿頭病が見舞ったのなら、はなしは別のことになる。

それは年齢相応の容貌《ようぼう》に見えて、人びとは、すこしも奇異におもわぬだろうし、軽侮の笑いを向けることもあるまい。

（父上も、むしろ、私が死ぬることによって、肩の荷が下りるのではあるまいか……）

とさえ、おもった。

国許を出てより四年。源太郎は一度も父母の顔を見ていない。

江戸へ来てから奇病にかかったことを、両親への手紙に一度も書かぬ源太郎であった。

むろん、父母も、一人息子が、このような奇病にかかったことを耳にしているはずだ。

うわさがつたわっていようし、それに、おそらく、源太郎をあずかっている小島彦五郎がすべてを知らせているにちがいない。

父・源右衛門が、ひそかに息子の身を案じ、

「国許へ帰してくれますように……」

と、江戸家老にまで願い出ていることを、源太郎はすこしも知らぬ。

堀源太郎が、下屋敷の締り所へ押し込められてから、いつの間にか半月がすぎた。

夜毎に、底冷えのきびしくなるのが、はっきりと感じられた。

見張りの藩士たちは、ほとんど、源太郎に口をきかぬ。

昼夜三交替で、二人の藩士が土蔵の中へ入り、見張っている。

その、ほとんどが、源太郎を侮蔑と嘲笑の眼で見た。口はきかぬ。

明り窓から射《さ》しこむ光に、十七歳の禿頭が浮かびあがることもあって、その頭へ向ける藩士たちの視線は露骨をきわめていた。

でも、その中に一人、原田小平太《はらだこへいた》という若い藩士が同情の眼《まな》ざしを源太郎へあたえた。

小平太は徒士《かち》をつとめる軽い身分の家来で、これまでに源太郎が顔を見たこともない。

その小平太が、夜の見張りについていたとき、別の一人が居眠っている隙《すき》を見て、すっと牢格子へ近寄り、

「もし……」

と、ささやきかけてきた。

横たえていた身を起こす源太郎へ、小平太が目顔《めがお》で、

「牢格子の傍《そば》へ来るように……」

と、いう。

「………？」

「さ、早く……」

牢格子へ近寄ると、小平太は、

「私、原田小平太と申します」

と名乗り、何やら紙に包んだ物を源太郎の手へつかませ、すぐに離れて行った。

源太郎は五坪ほどの締り所の片隅《かたすみ》へ行き、そっと、紙包みをひらいて見た。

中に、饅頭《まんじゅう》が二個。

（あっ……）

と、おもった。

このときの感動を、何と表現したらよいだろう。

来る日も来る日も、盛り切りの冷え切った麦飯《むぎめし》一杯に大根の漬物《つけもの》のみの食事で、それも、日に一度であった。

十七歳になったとはいえ、そこはまだ、源太郎も少年である。

無我夢中で、饅頭を頬張《ほおば》った。

その薄皮のやわらかさ、漉餡《こしあん》のすばらしい甘味を、何にたとえたらよかったろう。

頬張りながら、わけも知らず、堀源太郎は泪《なみだ》のあふれるにまかせていた。

そして、

（このような幸福《しあわせ》が、またとあろうか……）

と、おもった。

死を前にして、久しぶりに味わう饅頭のうまさが、これほどに烈《はげ》しくて切《せつ》ない幸福感をもたらしてくれようとは、おもいもかけぬことであった。

食べ終えて、彼方《むこう》を見やると、原田小平太はこちらに背を向けていた。

ずんぐりとした、大きな体軀《たいく》のもちぬしである。

躰《からだ》のみか、浅ぐろい顔の、眼も鼻も口も大きい。

肩の肉がもりあがっていて、日に一度の食事を牢格子の間から差し入れるときに見た小平太の腕はふとく、手は節くれだっていた。

（かなり、剣術をつかうらしい……）

と、源太郎は看《み》ている。

さて……。

締り所へ入ってから二十日目に、突如、小島彦五郎が〔締り土蔵〕へあらわれた。

内密に、江戸家老・安藤主膳《しゅぜん》に願い出て、しかるべくはからってもらったのであろうか……彦五郎小父《おじ》が入って来ると、見張りの藩士二名が遠くへ離れて行った。

「源太郎……」

「小父さま……」

小島彦五郎は、痩《や》せおとろえた源太郎の姿を、うす暗い灯影《ほかげ》の中にみとめ、絶句した。

しばらくして、

「……若殿は、御回復あそばしたぞ」

と、彦五郎がいった。

「は……」

源太郎にとっては、どうでもよいことである。

「源太郎。覚悟をしていような？」

「はい」

「安藤様も、いろいろと、骨を折って下されたが……どうやら、いけなくなった」

「承知しております」

「奥方様が、大変にお怒りじゃそうな」

「はい」

それも、当然のことというべきであろう。

殿さまの筒井越後守は、いま、国許《くにもと》にいる。江戸へ来るのは来年の四月であった。

越後守夫人は、現・徳川将軍の実妹であるから、筒井家における権勢も、

「ただならぬもの」

と、いわれている。

堀源太郎に同情をしめしている江戸家老・安藤主膳をもってしても、到底、この奥方の怒りをやわらげることはできなかったのであろう。

「死ぬるは、覚悟しております」

と、源太郎がこたえたとき、小島彦五郎は、

「お前は、それでよいかも知れぬ。なれど、国許の父上のことを考えたことがあるか」

「は……？」

「お前のような息子をもった父親の今後が、どのようになるか、と、考えて見たことがあるか？」

源太郎は愕然《がくぜん》となった。

当然、そこへおもい至るべきはずのことを、忘れていたのである。

四

封建の世は、何事においても、

「連帯の責任」

をもって、事をはこび、事をおさめたものであった。

たとえば……。

ここに、放火犯人がいるとする。

将軍家膝下《ひざもと》の江戸においては、ことに、放火の罪を重く見る。

犯人が捕えられると、その家族のすべてが捕えられ、犯人と同じ死罪を受けることもめずらしくない。

そして、大名の家来である堀源太郎の罪は、その大名家において、放火犯人より以上の重さをもっていたといってよい。

(父上も責任《せめ》を負うて、罪をお受けになる……そうだ、そのことに、私は、いささかも気づいていなかった……)

はじめて、堀源太郎は悔いた。取り返しのつかぬ後悔であった。取り返すための日も時も、いまの源太郎には残されていない。

(た、大変なことを、私は、してしまった……)

のである。

「お、小父さま……」

牢格子をつかみしめ、源太郎がすがりつくように彦五郎を見た。

小島彦五郎は哀《かな》しげにうなだれ、

「すんだことよ」

微《かす》かに、つぶやいたのみである。

「も、申しわけのないことを、いたしてしまいました」

「うむ、うむ……」

「申しわけもなく……」

その言葉だけしか浮かんでこない。

そのときの源太郎の苦悩と呵責《かしやく》を吐き出すためには、どのような言葉も適切ではなかったろう。

「そこで、な、源太郎……」

「……？」

「特別に、安藤様のおはからいによって、これを……」

牢格子の間から、小島彦五郎が差し入れた物は、小さな硯箱《すずりばこ》と料紙《りようし》であった。

「お前は、おそらく助かるまい。いさぎよく、首を打たれてくれい」

「はい……」

「その前に、国許の父上の責任が、いくらかでも軽うなるよう、嘆願をいたせ」

「奥方様へ……？」

「いや、殿様へじゃ」

「は、はい……」

「今夜のうちに書いてしまわねばならぬ。よいか」

「はい、かならず……」

どのような糸にもすがりたい。すがらねばならぬのである。それは彦五郎も同じおもいであったろう。

「小父さま……」

「なんじゃ？」

「父上母上にも、遺書《かきおき》をしたためて、よろしゅうございましょうか？」

「よい」

「かたじけのう存じます」

「わしが、明朝、また、まいる」

「はい」

「小母《おば》も、静《しず》も、お前のことを案じて、夜もねむれぬらしい」

小母とは彦五郎の妻女・ゆみのことであり、静とは彦五彦夫婦のひとりむすめで、今年、十五歳になる。

「小父さまへは、あの……？」

彦五郎へは、何の咎《とが》めもなかったのか、それを尋《き》きたかったのである。

彦五郎は、すぐに察したらしく、二度ほどうなずいて見せ、

「案ずるな」

とのみ、いった。

小島彦五郎が去って間もなく、見張りが交替となった。

さいわいに、この夜から朝にかけての見張りの一人は、原田小平太であった。

夜ふけて、ようやくに嘆願書を書き終えた源太郎へ、小平太が、饅頭の入った紙包みをわたしてくれた。

泪ぐんだ眼で小平太を見つめ、深ぶかと頭をたれる源太郎に、

「まだ……まだ、のぞみを捨ててはなりませぬぞ」

と、小平太がささやいた。

「…………?」

「なれば、早まったことをしてはなりませぬ」

「はい」

と、すぐに源太郎は、小平太がいわんとするところのものが、のみこめた。

早まって、源太郎が舌でも嚙《か》み切るようなことがあってはならぬ、と、小平太はおもっているにちがいない。

そのつもりはなかった。

そのようなまねをしては、かえって、父や彦五郎小父が、

（難儀する……）

ことを、源太郎はわきまえていた。

のちになって、わかったことだが……。

原田小平太も、気やすめに、このようなことを口にのぼせたのではない。

江戸家老・安藤主膳は、

「やがては、人の上に立ち、国を治むる御身でありながら、我が子も同様なる家来の容貌《ようぼう》をはずかしめたというのは、あまり、感心したことではない」

と、源太郎の心情をあわれみ、千代之助を批判したらしい。

国許には四人の家老がいるけれども、江戸藩邸をあずかる家老は安藤主膳一人であった。

堀源太郎を処刑するにしても、これは安藤家老の指図がなくては可能でない。

いかに、奥方と若殿が激昂《げっこう》し、源太郎の処刑をせまっても、安藤主膳をさしおいて、手を出すことはならぬ。

もっとも、異変の事は、すぐさま国許へ知らされていると見てよい。

それによって、越後守正房や国許の重臣たちが、堀源太郎ならびに父・源右衛門の処置について談合をしているわけで、越後守から、

「すみやかに源太郎の首を打て」

との命《めい》が江戸へとどけば、安藤主膳も、これにそむくことはできぬ。

越後守正房は、四十歳になる。

学問を好んで、性格も温厚だし、それゆえに、何事にも独断をつつしみ、譜代《ふだい》の重臣たちの意見を採り入れることが多い。

今度の一件についても、越後守は、おのれ一人の怒りにまかせるようなことはないと見てよい。

いずれにせよ、前例は正しく残さなくてはならない。

万が一にも、若殿を罵《ののし》り、撲《なぐ》りつけて失神せしめた家来が処刑されずに済んだということになれば、それが前例となってしまう。

そこにおもい至るとき、いかに原田小平太が、

「希望をもて」

と、ささやいてくれたにせよ、事は絶望的なものであった。

翌朝になって……。

小島彦五郎が締り土蔵へあらわれ、源太郎がしたためた二通の書状を受け取り、ひそかに去ったのちも、源太郎は自分の生命については毛筋ほどの希望も抱いていなかった。

ただ、ひたすらに、父母の身と小島彦五郎の安泰を願うのみであった。

この夜から、堀源太郎は毎夜のように、岡部《おかべ》家のむすめ・妙《たえ》の夢を見た。

源太郎が国許を発し、江戸へ移ったとき、妙は十歳であった。

岡部の屋敷は、堀家の隣にある。

柴山《しばやま》の御城の東面の、外《そと》ヶ輪《わ》とよばれる一角にあり、道をへだてて西の方に柴山城の外濠《そとぼり》がひろがり、その向こうの石畳に、五層の天守がのぞまれた。

妙は、幼女のころから美しかった。

城下の人びとが、妙のことを、

「外ヶ輪の幼小町《おさなこまち》」

などと、よんだほどである。

江戸へ発《た》つ前日の夕暮れに、別れのあいさつに来た妙が、二人きりになったとき、つと、源太郎の傍へ寄って来て、

「お帰りを、お待ちしておりまする」

大人びたささやきをもらし、十歳のたどたどしい手つきで縫いあげた守り袋を、源太郎の手へわたした。

そのときの、白兎《しろうさぎ》のように愛らしい妙の顔が、熱っぽく息づいていたのを、源太郎は、まるで昨日の事のようにおもいうかべることができた。

妙も美しい少女であったが、源太郎も美少年であった。

妙の父・岡部忠蔵は馬廻役《うままわり》をつとめてい、俸禄《ほうろく》は百石。源太郎が千代之助の学友にえらばれることが内定したとき、岡部から申し入れてきた婚約である。

堀源右衛門夫妻も、否《いな》やはなかった。

屋敷が隣り合わせていて、かねてから親しくしていたし、なんといっても、源太郎と妙は、

「似合いの夫婦」

に、なれよう。

とりあえず、父親同士の口約束ということにし、源太郎の元服《げんぷく》（武家の成人式のようなもの）がすんだとき、あらためて藩主へ婚姻の願いを出し、ゆるしを得ることになっていたのである。

ところが、二年前の源太郎十五歳の初夏から、脱毛がはじまった。翌年に、江戸藩邸において、小島彦五郎夫妻が仮親《かりおや》となり、仮の元服をすませ、妙との婚約を正式のものにするはずだったのである。

それも破れた。

岡部家から、

「まだ、正式の約を結んだわけではないことゆえ、なにとぞ、白紙にもどしていた

だきたい」

と、申し入れがあったのは、今年の二月である。

堀源右衛門は、くやしがる妻を押さえて、ただ一言、

「承知いたした」

と、こたえた。

理由も問わなかった。

岡部忠蔵は、ほっとしたろう。

婚約破棄のことを堀源右衛門は小島彦五郎へ手紙で知らせ、

「そこもとから源太郎へ、おきかせねがいたい」

と、いってよこした。

いつまでも知らさずにいて、妙との結婚に、息子が一縷《いちる》の希望をつなぐようになっては、かえっていけないと考えたものであろうか……。

さて……。

堀源太郎は、その年が暮れ、新しい年を迎えても、まだ、締り土蔵へ押しこめられたままであった。

(いったい、どうなっているのか?)

一日も早く、死んでしまいたいのに、それをじりじりと延ばされると、たまらない焦燥をおぼえる。

見張りの藩士たちは、まったく口をきかなかった。

原田小平太も、饅頭《まんじゅう》の差し入れはやめなかったが、口をきかなくなった。

小島彦五郎は、あれ以来、締り所へ姿を見せなかった。

そして、一月も末になった或《あ》る日。

堀源太郎は、土蔵から引き出され、別の土蔵へ押し込まれた。

この土蔵は、

「腹切蔵《はらきりぐら》」

と、よばれている。

藩の罪人を切腹させ、処刑するための土蔵であった。

この土蔵を見るのは、はじめてであったが、一歩、中へ入ったとたんに、源太郎は、

(これが、腹切蔵だ)

と、直感した。

そのための設備が、ほどこされていたからである。

初霜《はつしも》饅頭《まんじゆう》

一

腹切蔵の重い扉《とびら》を開けて中へ入ると、ふとい青竹の柵《さく》が立てまわしてあり、その向こうが三坪ほどの土間になっている。

土間は石畳で、わずかに右側へ傾斜していた。

右端に、水の捌《は》け口が設けてあるのは、土間にこぼれ散った血潮を水で洗い流すためのものだ。

土間の向こうに、三尺ほどの高さで、細長い二坪ほどの板敷が設けてある。

そこは、おそらく検視の士《もの》がすわるにちがいない。

板敷へ通ずる戸口は別についていた。

腹切蔵にも、二階があった。

三人の見張りの藩士にまもられ、堀源太郎は二階へあがった。

そこは〔締《しま》り土蔵《どぞう》〕と同様の造りが為《な》されている。

源太郎を牢格子《ろうごうし》の中へ入れると、見張りを一人残し、二人は去って行った。

残った一人は、原田小平太ではなかった。

階下で、扉が閉まる音が聞こえた。

すぐに処刑されるのではないらしい。

おそらく、

(切腹はゆるされまい……)

と、源太郎はおもっている。

打ち首になるのであろう。

意外に落ちついている自分を発見し、源太郎はおどろいていた。

堀源太郎は、十八歳の新年を迎えたばかりであった。

未知の〔大人の世界〕がもつ欲望にも、自分が一家の主《あるじ》となった上での家族たちとの関連にも、いまの源太郎は無関係であった。死を怖《おそ》れなかったのはこのためであったかも知れぬ。

さらに彼は、現在の青春に絶望以外の何物も感じてはいなかった。

締り土蔵へ押しこめられてから約三カ月になるわけだが、源太郎の頭髪に全く変化はない。それのみか、わずかに残されていた小鬢《こびん》のあたりの毛まで、ほとんど脱《ぬ》け落ちてしまったのである。

そのくせ、髭《ひげ》は濃いのだ。

御殿へつとめていたころ、源太郎は毎朝、ていねいに髭を剃《そ》った。

禿《は》げた頭にくらべて、髭だけが濃い不釣合《ふつりあ》いは、まだ少年の面影《おもかげ》が残っている源太郎の顔貌《がんぼう》を、ひたすら喜劇的に見せるだけのことであった。

若殿に奉仕している以上、他人の嘲笑《ちょうしょう》から、

（できるだけ、逃《のが》れたい……）

と、源太郎がおもうのは当然であったろう。

毎朝、髭を剃るとき、鏡に映る自分の髭を見ていて、おぼえず泪《なみだ》がふきこぼれてくることがあった。

（この髭が、頭についていてくれたら……）

このことである。

この三カ月、むろん刃物はあたえられなかったので、髭は、のびほうだいになっている。

いま、堀源太郎が切《せつ》に願うことは、ただ一つ、むさ苦しくのびた髭の始末をしてから、首を切られたいということのみだ。

腹切蔵へ押しこめられてから、どれほどの時間《とき》がすぎたろう。

いつになっても、階下の扉は開かなかった。

（夕暮れになってからか……？）

そうおもった。

昼すぎに、見張りが交替をした。締り土蔵にいたときよりも、交替が早いようにおもえた。

今度も、原田小平太ではない。

源太郎の、胸の底のどこかで、小平太を待つこころがうごいている。

死ぬ前に一度、小平太の顔を見たいというのでもなく、いい遺《のこ》すことがあるわけでもなかった。

(小平太どのが来るときは、きっと……きっと、饅頭を持って来てくれる……)

死ぬ前に、

(あの饅頭を、もう一度、食べたい)

のである。

食べたいとおもう自分に気づいて、源太郎は呆《あき》れた。

(私は、なんというやつなのだ)

しかし食べたい。

それだけが、いまは心残りなのである。

死を目前にひかえて尚《なお》、人間というものは、食欲を失わぬのか……。

(それとも、私だけが、こうなのだろうか……?)

明り取りの小窓を見上げて、日が傾いたのを知ったとき、堀源太郎は、おもいきって見張りの藩士に声をかけてみた。

「御仕置《おしおき》は、いつになるのでしょう?」

見張りは、こたえなかった。

こちらを見ようともせぬ。

「おねがいがあります。聞いていただけましょうか?」

「…………」

「もし……おねがいが……」

「何だ?」

切りつけるような見張りの者の声であった。

「は……御仕置の前に、あの……髭をあたらせていただきたいのです」

「何……」

じろりと、こちらを見て、

「つたえておこう」

にべもなくいう。

「おねがいいたします」

「む……」

「いまひとつ……」

「何だ？」

叱《しか》りつけるように尋《き》く。

「あの……原田小平太どのは、今日《こんにち》、まだ……？」

「知らぬ」

「は……」

「もう黙れ。うるさいぞ」

「はい」

ついに夕暮れとなった。

小者が、源太郎の夕食を運んで来た。

今日はじめての食事であったが、従来どおりの、盛り切りの麦飯に大根の漬物《つけもの》のみだ。

いかな罪人といえども、処刑の前には一尾の魚ぐらいは食べさせてもらえると、源太郎も聞いている。

源太郎は落胆した。

しかし、むさぼるように食べた。

腹が空き切っていたのである。

見張りの者が、凝《じっ》と源太郎の食べる態《さま》を見ているのに気づき、源太郎は、ゆっくりと箸《はし》を運んだ。麦飯が、いつもとちがってなまあたたかい。たったそれだけのことで、大根の漬物と合わせて口へ入れると、これまでの味覚をこえたうまさがあった。

　麦飯も大根も、あっという間に腹へおさまってしまい、なまじ物を食べただけに、堪《こら》えていた空腹の烈しさが倍加してしまった。

　小者が、食事の盆を下げて出て行くのを、源太郎は恨めしげに見送った。

いつもなら、このときに見張りが交替するのだが、今日にかぎってそれが無い。

さらに落胆をおぼえながらも、そのとき源太郎は、

（御仕置は、明朝らしい）

　と、感じた。

だが、昨夜までのように、うすい一枚の蒲団《ふとん》が此処《ここ》には無かった。

して見ると、

（今夜か……）

と、しだいに源太郎は落ちつきを失いはじめた。

なんといっても死ぬのである。

　首を切られるのである。

腹を切ることよりも、むしろ、そのほうが気やすめになるにせよ、じりじりと時間

をのばされたのでは、たまったものではない。

「もし……もし……」

たまりかねて、源太郎が見張りの者に声をかけた。

「もし……ここへ、寝ましても、よろしいのでしょうか？」

「寝たくば、寝ろ」

こたえは、それだけであった。

源太郎は、むしろ憤然となり、身を横たえた。

わけもなく、泪があふれてくる。

なんで泪が出てくるのか、それもわからぬ。

このときの堀源太郎は、一種の虚脱状態にあったといえぬこともない。

泪のあふれるままにまかせているうち、源太郎の意識がうすれかかってきた。

さりとて、ねむっているのではない。

この間のことを、源太郎はよくおぼえていなかった。

意識がもどったのは、階下の扉が開く音を聞いたときである。

だれかが二階へあがって来て、見張りの者に何かささやき、また、階下へ去った。

「堀源太郎、出ませい!!」

見張りの者の声に、源太郎はぎくりと半身を起こした。

二

堀源太郎は、

(いよいよ、来た……)

と、おもった。

階下から二人の藩士(これまでに顔を見たこともない)があらわれ、見張りの者と何かささやきかわし、牢格子の中から源太郎を連れ出し、階下へ連れて行った。

こうした場合、人それぞれに反応は異なるだろうが、源太郎の場合は、かあっと血が頭へのぼり、

「無我夢中……」

の態《てい》となった。

だれにしろ、死ぬということは未知の体験である。

未知なるものだけに、恐怖が層倍のものとなるのだ。

また、死の宣告をうけたときの環境や生理状態によっても、それぞれに受け取り方がちがうであろう。

自分ながら意外に、落ちつきはらって、死がひろげる両腕の中へ入って行ける場合もあろうし、あまりの恐怖に泣きわめき、救いを乞《こ》う人もいるだろう。

源太郎の場合は、激しい興奮が起こり、むしろ、眦《まなじり》を決して〔死〕に立ち向かうかのようであった。

藩士たちは、源太郎を階下の竹の柵の内側へ引き入れた。

ふしぎだったのは、源太郎の腕を縛《ばく》さなかったことである。

打ち首の場合は、上体を縛し、罪人の逃走と、恐怖のあまり暴れまわることに、そなえておく。

では、源太郎を切腹させるつもりなのか……。

そうした判断を、もう源太郎は失っていた。

石畳の中央に穴が穿《うが》ってある。

蠟燭《ろうそく》の灯《あか》りに、それだけが源太郎に見えた。

これは、切り落とされた首を落としこむためのもので、罪人は、その穴の前へすわって自分の首をさしのべる。

すわる場所には筵《むしろ》が敷きのべてあるはずなのだが、どこにも筵はなかった。

(おかしい……?)

と、感ずる余裕も、このときの源太郎にはない。

奮然として、源太郎は穴の前へ行き、すわった。

正面に、検視の士がすわる板敷が見える。

そこには、まだ、だれもいなかった。

源太郎の背後で、腹切蔵の扉が軋《きしみ》をたてて開き、閉まった。

すると……。

その音を聞き、

(首切り役が入って来た……)

と、源太郎は五体を緊張させ、両手に袴《はかま》をつかみしめた。

着物も袴も、あのとき身につけていたままのもので、三カ月の間、一度も入浴をしていない。

首切り役は、なかなか、柵の内へ入って来ない。

たまりかねて、振り向いて見た。

(や……?)

だれもいないのである。

二人の藩士たちの姿が、消えてしまっている。

扉が開閉したのは、彼らが出て行くためのものだったのか。

板敷の端にある小さな戸口が開いたのはそのときであった。

検視の役をつとめる藩士が入って来るにちがいない。

果たして、二つの人影が板敷へあらわれた。

柱の掛け燭台《しょくだい》の蠟燭《ろうそく》の灯りを背にうけているので、二人の侍の顔だちはよくわからぬ。

わからぬが、しかし、二人とも、堀源太郎にとっては見なれた姿であった。

「あ……」

おもわず、源太郎は、低く叫んだ。

一人は、小島彦五郎であり、一人は、江戸家老・安藤主膳《しゅぜん》である。

おもいがけぬことだ。

この二人が、自分の死を見とどけてくれようとは、考えても見ぬことであった。

二人は、板敷へすわった。

源太郎の母・みなの縁者で、筒井家の江戸屋敷に奉公をしている小島彦五郎は、源太郎にとって〔第二の父親〕ともいうべき存在だし、その彦五郎が、

（私の死を見とどける……？）

ことに、源太郎は、はじめて不審をおぼえた。

それに、藩の最高職をつとめる家老が、源太郎ごとき者の処刑に立ち会うというのもおかしい。

茫然《ぼうぜん》としている源太郎へ、小島彦五郎が、

「これ……御家老様じゃぞ」

小声で注意をした。

源太郎は両手をつき、頭を下げた。

顔が、暗い首穴《くびあな》をのぞきこむようなかたちとなった。

「臭いな」

という安藤主膳の声が聞こえた。

「なにぶん、あれ以来、湯浴《ゆあ》みをさせておりませぬので……」

「なるほど……」

と、主膳が今度は源太郎に向かって、

「これ、面《おもて》をあげよ」

「は……」

「窶《やつ》れたのう……まるで、三十男の面《つら》つきじゃ」

主膳の声には、あたたかさがこもっている。

筒井藩の家老五人のうち、安藤主膳だけが、藩主・筒井越後守正房の親族ではない。他の家老たちは、いずれも筒井姓を名乗る老臣たちばかりだ。年齢も主膳がもっとも若く、この年、四十七歳であった。

「これ、源太郎……」

「はい」

「これから、わしの申すことを、よく聞けよ」

「は……？」

「よく聞け、と、申しておる」

「はい」

「また、わしの申すことに、決して、逆ろうてはならぬぞ、よいか」

すると、小島彦五郎が傍《わき》から、緊迫にみちた声で念を入れた。

「逆ろうてはならぬ」

「はあ……」

何に逆らってはいけないのか、さっぱりわからぬ。自分は、いま死のうとしている。

首を打ち落とされてしまえば、

（逆らうも、逆らわぬもない……）

ではないか。

つぎの瞬間、源太郎は、わが耳をうたぐった。

安藤主膳が、こういったからである。

「もはや、堀源太郎は死んだのじゃ。そこにすわっているお前は源太郎ではない。別の男よ」

三

驚愕《きょうがく》のあまり、源太郎は声も出なかったが、主膳は懐中から、折りたたんだ一枚の料紙《りょうし》を出してひろげ、これを小島彦五郎へわたした。

彦五郎が料紙を押しいただくようにしてから、土間へ下りて来た。

料紙に何か書きしたためてある。

「これを、見るがよい」

彦五郎が、料紙を源太郎へわたしてよこした。

見た。

見事な筆跡で、大きく、

〔杉本小太郎《すぎもとこたろう》〕

と、したためてある。

「いまから、それが、お前の姓名じゃ。堀源太郎ではない。よいか。さ、名乗って見るがよい」

安藤主膳が、そういうのだ。

「さ、名乗れ」

と、小島彦五郎。

「……すぎもと、こたろう」

「うむ」

大きくうなずいた主膳が、

「若殿・千代之助様の御頭《おつむり》を打擲《ちょうちゃく》なしたる不逞《ふてい》の者、堀源太郎は、この御下屋敷へ押しこめられているうち、狂い死《じに》に死んでしもうた。よいな」

と、いう。

「は……」

ここにいたって、おぼろげながら源太郎にも、

(これは、安藤主膳様の御尽力によって、どうしたわけか知らぬが……私の命が助かったらしい。つまり、堀源太郎は狂い死をしたことにして……)

と、わかってきた。

それにしても、よく、こうしたことができたものだ。

禄高《ろくだか》百五十石にすぎぬ家の子の、殿様の子を打擲した罪が、このような仕組みだけで忘れられるはずがない。

それとも、

(これは、主膳様の御一存なのか……?)

いや、そうではあるまい。

下屋敷には何人もの藩士がいる。現に、先刻、二階から源太郎を引き出した見張りの者や二人の藩士も、このことを知っているはずだ。

いかに江戸家老といえども、その一存で、だれにも知られず、事を運ぶのは不可能であった。

では、小島彦五郎が締り土蔵へ忍んで来て、源太郎に書かせた嘆願書が、藩主の眼《め》にとまり、

(殿さまの御慈悲によって、このようなはからいが為《な》されたのか……)

それなら、わかる。

もっとも、あのときの嘆願書は、自分の助命を願ってのことではなかった。

自分は、いさぎよく罪に服するが、父・堀源右衛門や親類縁者一同へ、

「罪がおよぶ……」

ことを、おゆるしねがいたいと嘆願したものである。

それが、越後守正房の同情をよんだのであろうか。

「これ、源太……」

いいさして、安藤主膳が苦笑を浮かべながら、

「いや、杉本小太郎」

「は……」

「これより、御下屋敷を出たならば、もはや、お前は当家とは何の縁もなき者じゃ。さようにおもえ」

「はい……」

　これほどに寛大な処置にあずかったのだから、自分が放逐《ほうちく》されるのは当然のことだ。ひとりきりで、此処《ここ》を出て、

（私は何処《どこ》へ行ったらよいのか……）

と、途方に暮れるよりも、むしろ、

（私は、死なずにすんだのだ……）

　この歓喜のほうが強く、烈しかった。

　一時《いっとき》ではあったが、これから先、若い身空《みそら》で、ふたたび禿《は》げあがった頭と共に生きて行く屈辱を、源太郎は忘れていたほどなのである。

　のちに、源太郎は、こういっている。

「この命が助かったとおもった一瞬、私はこうおもった。ああ、また、あの甘い饅《まん》頭《じゅう》が食べられると、な……」

　安藤主膳から「立て」といわれたとき、源太郎は、ようやく我に返った。

　我に返れば、先《ま》ず、尋《き》いておかねばならぬ大事がある。これから先、そのことを尋《たず》ねる機会を得られるか、どうかだ。

「おうかがい申しあげます」

「何じゃ？」

「国許《くにもと》の父や、小島彦五郎様へは……」

「おお。別に、お咎《とが》めはないぞ」

「まことでございましょうか？」

「まことじゃ」

小島彦五郎が手指で眼がしらを押さえつつ、

「ありがたき御慈悲とおもえ。忘れまいぞ」

と、源太郎へいった。

「かたじけのうございます」

それを聞いたときのよろこびは、すこし前に自分の命が助かったと知ったときの本能的なそれにくらべて、性質はちがうが、はるかに大きかったといってよい。父母をはじめ何人もの人びとの安全をたしかめ得た安心感が波紋のように源太郎の五体へひろがって行ったのである。

「杉本小太郎」

よびかけた安藤主膳が立ちあがり、

「堅固でおれ、よ」

やさしくいってくれた。

「かたじけなく存じまする」

源太郎は、ひれ伏した。

この江戸家老の尽力がなかったら、どうなっていたか、わかったものではない。

「御恩は、決して忘れませぬ」

と、いおうとして源太郎が顔をあげたとき、安藤主膳の姿は消えて、小島彦五郎だけが、板敷に残っている。

「小父さま……」

「さ、立て」

「あの、国許の父や、小父さまへお咎めがなきこと、まことでございますか？」

いま一度、たしかめずにはいられなかった。

「大丈夫じゃ」

彦五郎の口もとへ、はじめて笑いが浮かんだ。

「よかったのう、源太……いや、小太郎」

「はあ……」

「さ、こちらへあがれ」

「かまいませぬか？」

た。

「かまわぬとも」

腹切蔵の中には、二人きりであった。

板敷へあがって来た源太郎へ、小島彦五郎が袱紗《ふくさ》に包んだものを手わたした。金子《きんす》である。

「これが別れじゃ」

彦五郎にそういわれたとき、十八歳の堀源太郎の躰《からだ》を不安と絶望が抱きすくめてきた。

(ああ……またしても私は、この禿げた頭を、人の前にさらして生きて行かねばならぬのか……)

このことであった。

こうなると、屈辱に馴《な》れた藩邸内での生活のほうが、まだしも、あきらめに似た安定感があった。

これから独りきりで、世の中へ放り出されたときの、自分が味わうことになる屈辱は、はかり知れぬものがあるにちがいなかった。

源太郎は、悄然《しょうぜん》として、小島彦五郎のうしろから腹切蔵を出た。

四

腹切蔵の外に、男がひとり、立っている。

原田小平太であった。

「あ……」

何かいいかけようとする堀源太郎へ、小島彦五郎が、

「叱《し》っ……」

制止した。

小平太も黙ったまま、真新しい草履《ぞうり》を源太郎の足もとへ置いた。三人は、石畳の通路を二度ほど曲がった。

正面に裏門があり、番所の灯《あか》りが見えた。

「これまでじゃ」

と、彦五郎が、急に立ちどまった。

「小父さま……」

「行け」

「は……」

「国許の父母へは、わしから、よう申しつたえておこう」

いうや、彦五郎が身を返して去った。

声をかけることもできず、引きとめることもならぬ。

言語に絶した寂寥《せきりょう》に抱きすくめられ、源太郎は身をふるわせた。

筒井家をはなれたら、江戸に知辺《しるべ》とてない。

(これから、ど、どうしたらよいのか……)

彦五郎小父がよこした袱紗包みの中の金は、まだ、あらためて見ぬが、この金だけが源太郎のたよりであった。この金で、越後へ帰ることはできようが、父母が住む柴《しば》山《やま》城下へ入ることはゆるされない。

原田小平太が、

「こちらへ……」

と、源太郎を誘《いざな》った。

そして、裏門口まで来ると、用意していたらしい頭巾《ずきん》をすっぽりと源太郎へかぶせ、これも小脇《こわき》に抱えていた大小の刀を源太郎へわたし、

「お腰へ……」

と、いう。

源太郎は、いわれるままにした。両刀とも、まさに自分の刀である。

小平太が先に立ち、裏門の番所へさしかかると、門番たちへは、あらかじめ通じて

あったと見え、一人が番小屋から出て来て、潜門《くぐりもん》の扉《とびら》を開けてくれた。

源太郎が、その門番の足軽の前を通りぬけたとき、彼は顔を顰《しか》めて傍《わき》を向いた。

三カ月も垢《あか》を落とさぬ源太郎の躰から発散する猛烈な臭気に、辟易《へきえき》したものと見える。

小平太が、潜門の外までついて来たので、

「小平太どの……」

源太郎がよびかけると、

「こちらへ……」

土塀《どべい》に沿って、小平太が歩き出した。

暗い。筒井越後守下屋敷の北側には小川がながれてい、川に沿った道の向こうは一面の畑と木立のみである。

小平太は提灯《ちょうちん》も持たずにすすむ。

二度ほどよびかけて見たが、彼はこたえなかった。

長い土塀が、どこまでものびている。

すると、行手の暗闇《くらやみ》に提灯のあかりが見えるではないか。そのあかりはうごかなかった。提灯は二つ。だれかが其処《そこ》にいるらしい。其処へ向かって原田小平太は歩んでいる。

「小平太どの……」

「だまって……」

「は……」

駕籠《かご》だ。それも町駕籠が一挺《ちょう》。駕籠舁《か》きのほかに、もう一人、提灯を持った男が立っていた。

小平太が近づいて、

「原田小平太です」

と、名乗った。

「はい、はい」

男が丁寧に頭を下げた。四十がらみの落ちついた物腰である。

男は町人であった。

「杉本小太郎殿をおつれしました」

と、小平太。

「はい、はい」

男が無言で源太郎へ会釈《えしゃく》をし、駕籠の垂れをあげると、原田小平太が源太郎を押しやるようにし、

「お乗りなさい」

「私が……？」

「さよう」

「ですが、小平太どの。このお人は、どこのお人なのです？」

「お乗りになればよいのです」

といった小平太の声が、やさしい。

結局、押しこまれるようにして、源太郎は駕籠の中へ入った。

小平太が顔をのぞかせ、

「いずれ、また、お目にかかることもありましょう」

ささやいて、何か、紙包みのようなものを源太郎の手へつかませた。

小平太の顔が消え、駕籠の垂れが下りた。

駕籠があがり、源太郎は前へ、のめりこみそうになった。

駕籠へ乗ったのは、はじめてであった。

駕籠は、何処かへ向かって行く。

この夜は寒気がゆるんでいた所為《せい》もあるが、今日いちにちの緊張がまだ持続している源太郎の躰は汗ばんでいたほどだ。

(これは、小父上か、または御家老の御指図なのだろうか？)

そうでなくては、原田小平太が駕籠まで自分を送って来るはずがない。

紙包みの中には、例の饅頭が二個入っていた。

（はしたない……）

と、おもいながらも、源太郎は抗《こう》しかねた。

饅頭を口へ入れた。やわらかい薄皮が口中に溶けるようである。そして漉餡《こしあん》の甘味がひろがってくると、またしても、わけもなく泪《なみだ》があふれてきた。

（だめだ、だめだ……）

源太郎は音をたてぬように饅頭を嚙《か》みしめながら、しきりにかぶりを振った。

（だめだ。私は、まだ子供なのだ。子供だから、あのような失敗《しくじり》をしたのだし、またいまも、このように他愛《たわい》ないのだ）

饅頭を食べ終って気がつくと、駕籠舁きの足音のほかに、もう二人の足音がきこえるように感じた。

（小平太どのが、ついて来てくれるのか？）

しかし、およそ二刻《ふたとき》（四時間）後に、駕籠が下ろされたとき、原田小平太の姿は見えなかった。

五

堀源太郎が運びこまれた家は、根岸《ねぎし》の里にあった。

現代の東京都台東区根岸には往時の面影《おもかげ》を探るよしもないが、筆者が二年ほど根岸にすごした幼年のころには、

呉竹《くれたけ》の根岸の里は上野の山蔭《やまかげ》にして、幽婉《ゆうえん》なるところ、都下の遊人これを好む。この里に産する鶯《うぐいす》の声は世に賞愛せられたり。

と、むかしの本に記してあるような田園風景の残り香《が》が何処かにあったようにおもわれる。根岸から寛永寺坂をのぼって谷中《やなか》へ至るあたりは、東京の内でも実に閑静な住宅地であった。

堀源太郎を乗せた町駕籠は、江戸の南郊・目黒の里から約三里半の道を、根岸へ到着したことになる。

おそらく、原田小平太が筒井家御用鑑札を所持していて、駕籠をまもってくれたのでもあろうか。

上野山下《やました》から車坂、金杉《かなすぎ》、三《み》ノ輪《わ》を経て千住《せんじゅ》大橋へつらなる往還は奥州街道への道筋にあたる。

したがって夜がふけても、灯《ひ》を入れて酒食を供する店もあれば、人通りもないわけではないが、この大通りを西へ切れこむと道も暗く、人の往来も絶え、やがては百姓

地と竹藪《たけやぶ》や木立がつらなる田園地帯となってしまう。

清冽《せいれつ》な水がわき出る土地だし、景観も佳《よ》く、諸家の寮（別荘）や風流人の隠宅がすくなくなかった。

源太郎が運びこまれたのも、そうした寮の一つであるらしい。

こんもりとした竹林を背にした風雅な造りの、藁《わら》屋根の家であった。

外見は田舎《いなか》ふうの家だが、屋内は凝った数寄屋普請《すきやぶしん》で、部屋数は三間《ま》。そのほかに湯殿・台所があり、湯殿の傍に奉公人のための小部屋があった。

源太郎は駕籠から下りたとき、疲労困憊《ひろうこんぱい》の極に達していた。

どうも、発熱していたらしい。

家に待っていた男と、駕籠につきそって来た男とが二人がかりで、何かいい合いつつ源太郎を抱え、家の中へ運び入れた。

そうされながら、

（あ……小平太どのが、ついて来てくれたようだけれども、見えぬのはどうしたわけか？）

などと、おもったことはおぼえていたのだが、あとの記憶は散漫になってしまっている。

「あっ、臭い、臭い」

という、しわがれた声を聞いたようにもおもう。

男の笑い声も聞こえたし、

「あっ……これはいけない。大変な熱だよ」

という声も耳へ入った。

そのほかのことは、もう、おぼえていない。

気がつくと……。

よい香りが鼻腔《びこう》へながれこんできて、男の顔が三つ、自分をのぞきこんでいた。

それからまた、源太郎は記憶をうしなってしまった。

夢を、いくつも見た。

自分の頭に、ふさふさと毛髪があって、立派な衣服を身につけ、何やら威張っている前に、禿《は》げ頭の若者が平伏していた。これがなんと、若殿の筒井千代之助《つついちよのすけ》なのだ。

千代之助の禿頭《とくとう》を、自分がぴしゃぴしゃと叩《たた》き、さも愉快そうに笑うと、千代之助がしくしくと泣く。

それから、岡部忠蔵のむすめ・妙と自分が、ぴったりと寄り添いながら、国許《くにもと》の御城の濠端《ほりばた》を歩んでいる。

はげしい雪が二人を包み、濠端の道には三尺も雪がつもっている。道を行く人びとは積雪に足をとられ、悲鳴をあげているのだが、その中を源太郎と妙だけがゆっくりと平気で歩んで行く。

二人の足が雪の表を踏みしめても、決して雪の中へは潜《もぐ》らぬのだ。

御城の櫓《やぐら》の上に、だれか人が立っていて源太郎と妙をうらやましげに見まもっている。この人もまた若殿の千代之助なのだ。

源太郎が雪をつかんで団子《だんご》にし、これを櫓へ向かって投げつけると、雪団子はあやまたずに若殿の禿げ頭に命中し、若殿が泣きわめく。

およそ、こうした夢ばかりを見つづけていたのである。

そして……。

今度は、ほんとうに意識がもどった。

原田小平太が、眼を開けた源太郎を心配そうにのぞきこんでいた。

「気がつきましたか。よかった、よかった」

「あ……」

「小平太どのは、いつ？」

「昨日から、ここに」

「では、御下屋敷からそのまま、ついて来て、下されたか……」

「いや、あなたが御下屋敷を出られたのは、五日前のことです」

「な、なんですと……？」

「ひどい熱だったそうで」

傍《そば》には、小平太ひとりきりであった。

きれいな座敷に、香が焚《た》きこめられてい、閉めきった障子が明るい日ざしをさえぎっている。

「小平太どの。ここは、どこなのです？」

「根岸の里にある和泉屋《いずみや》善助殿の寮です」

「いずみや……？」

「御上屋敷へ御出入りの菓子所《かしどころ》です」

「あ……」

聞いたおぼえもあるような気がした。

源太郎が筒井家の御用をつとめる菓子舗の主《あるじ》の別荘に運ばれ、手厚い看護を受けているということは、何を意味するであろう。

「ほれ、締り土蔵に、あなたがおられましたときに差しあげた饅頭。あれも和泉屋のもので、初霜饅頭《はつしもまんじゅう》と名がついております」

「あ……」

「それにしてもよかった。医者どのも、もう大丈夫といっておられましたよ」

「小平太どの。私は何故《なにゆえ》、和泉屋の寮に……？」

「御家老様の御指図です」

「やはり……」

「さ、もう、おやすみなさい。口をきくと疲れます」

「だが何故、御家老様が、私を……？」

「それは私も知りませぬ。私はただ、あなたの、お世話をするように命じられたまでのこと」

「どなたに命じられました？」

「さて……」

と、原田小平太は、曖昧《あいまい》に言葉を濁した。

「………？」

源太郎は、不審におもった。

何故、小平太は、こたえをためらったのであろう。

「あなたは、運のよい方です」

ややあって、小平太がそういった。

「何故、私の運がよいのです？」

「わかりませぬ。そこのところが、この小平太にも、まったくわかりませぬ」

恐　怖

一

原田小平太は、その翌日から、この寮へ泊まりこむことになった。

身のまわりの物を入れた行李《こうり》を担《かつ》いで来て、堀源太郎が寝ている部屋の隣の六畳の間に、小平太は寝起《き》きしている。

そのほかには、喜平《へい》とよばれる六十がらみの、細くて小さい躰《からだ》つきだが、見るからに血色のよい矍鑠《かくしゃく》たる老爺《ろうや》がいるのみであった。

喜平は、おそらく和泉屋方で雇っている〔寮番〕なのであろう。

寮の掃除から、朝夕の食事の世話まで、喜平がひとりでやってのける。

三日に一度ほど、町駕籠《まちかご》に乗った医者が来て、源太郎の躰を診《み》た。

四十がらみの、なかなかに立派な顔だちの医者で、肉置《ししお》きは尋常だが、背丈《せたけ》は原田小平太よりも高く、

「どうですか、ぐあいは?」

源太郎に声をかけながら部屋へ入って来るとき、この医者は躰を屈《かが》めて鴨居《かもい》の下を

通る。

医者の名は、笠原正元《かさはらしょうげん》という。

和泉屋善助方と親しい人物らしかった。

笠原正元は、源太郎の頭の異状に気づいたときも格別の表情を見せなかった。これは喜平も同様である。

「ひと月もすれば、元気になりましょうよ」

と、正元はいった。

正元と喜平は、いつも微笑を絶やさぬ。その微笑の中には源太郎へのいたわりがこもっているように感じられた。

つい先頃《さきごろ》までの毎日にくらべて、いまの源太郎のそれは、

(まるで、極楽……)

だといってよい。

「小平太どの……」

或《あ》る夜。喜平が寝てしまってから、たまりかねて源太郎が、隣室へ声をかけた。

「おかげんでも、悪いのですか？」

襖《ふすま》がすこし開き、小平太が顔をのぞかせた。

「いや、そうではないのです。よろしかったら、ちょっと、入ってくれませぬか」

「はあ……」

半身を起こした源太郎の肩へ、小平太が羽織をかけてくれた。

下着類をふくめ、ここへ来てからの源太郎が身につけているものは、和泉屋方で、ととのえてくれたらしい。

「小平太どのに、おもいきって訊《き》きます。訊かずにはいられませぬ」

「はあ……」

小平太は、困惑の態《てい》であった。

「私は、たった一人で、御屋敷から追いはらわれるものとばかり、おもっていました」

「はあ……」

「それがいま、此処《ここ》に、こうして、手厚い看護をうけている。あなたは、すべて御家老様の御指図だといわれました」

「さよう……」

「それに、藩邸へ出入りの和泉屋どのが、私の世話をして下さっている。これは、どういうことなのでしょう?」

「さて……」

「すると、まだ、筒井藩と私は、いささかのつながりが残っているのでしょうか?」

「小太郎殿……」

と、小平太が手をあげて制した。堀源太郎は、

（杉本《すぎもと》小《こ》太《た》郎《ろう》）の名をもらって、

「死んだのじゃ」

と、下《しも》屋敷内の腹切蔵《はらきりぐら》で、江戸家老・安藤主膳《しゅぜん》がいった。

小平太も、ちかごろは迷うことなく「小太郎殿」とよぶし、喜平は「杉本さま」とよぶ。

「ですが、私の身にもなって下さい。これから先、私は……」

いいかける源太郎へ、

「もう、お忘れなのですか？」

いきなり、原田小平太が反問してきた。

「え……？」

「堀源太郎殿は、腹切蔵で死亡したはず。御家老様が、そのように申されたではありませぬか」

「は……それは……」

「あなたは杉本小太郎殿です。別のお人なのだ」

「その別の人に、なぜ、筒井藩士であるあなたがつきそっているのです。なぜ、筒井

藩ゆかりの商人の寮に杉本小太郎がいるのです？」

小平太は、曖昧《あいまい》に笑った。

「何が、おかしいのです？」

「怒ったのですか？」

「いえ……別に……」

「いろいろなことが、おかしいのですよ、小太郎殿」

「いろいろなことが？」

「さよう。おかしくて哀《かな》しい」

「え……？」

「哀しくてまた、たのしくもある……」

「いったい、それは何のことです？」

「これだけは申しあげておきましょう。また、それだけしか、身分の軽い私は知っておりませぬ。私は、ただ、あなたの躰が回復するまで、傍《そば》につきそっておるように命じられているだけのことです。お元気になられたとき、たぶん、あなたは、この寮を出て行かれることになるでしょう」

「出て……何処《どこ》へ行きます？」

「それは私も知らぬ。杉本小太郎殿の一存に在《あ》ることではありませぬか」

意外に、原田小平太の声はきびしかった。

巨体の背筋を正し、両手を膝《ひざ》の上へ置き、

「腹切蔵から生きて出られたのは、あなただけでしょう。あまえてはなりませぬ。男も十八になれば、もはや一人《ひとり》前なのです。つまらぬことを私などに訊くより、先ず元気になることです。躰さえ丈夫ならば、何をして生きて行ってもよいではありませぬか」

ひたと源太郎を見つめて小平太がいった。

小平太の、くろぐろと大きい双眸《そうぼう》が強く鋭い光をたたえてい、源太郎は、その眼光に圧倒され、二の句がつげなかった。

原田小平太が隣室へ去ってから、夜具にもぐりこんだ源太郎は、さすがに、そこは武士の子であったし、剣術の稽古《けいこ》もしただけに、

(小平太どのの剣術は、相当なものらしい)

あらためておもい返した。

あの眼は、徒《ただ》のものではない。

すぐれた剣士のみがもっている眼光なのだ。

殺気をおびているというのではなく、相対する人を、物体を、あくまでも虚心坦懐《きょしんたんかい》に凝視するところから発する深い眼の光なのであった。

（もしや……私は、いつか、小平太どのに殺されるのではあるまいか。小平太どのは私を殺せという命を御家老から受けているのではないか……？）

突然、あらぬところへ想像が行き、源太郎は夜具の中で赤面した。殺すのなら、わざわざ腹切蔵から出し、おとろえきった躰を回復させるまでもないことではないか。

（やはり、私は、ひとりきりで放《ほう》り出されるのだ。躰が回復するまで、こうして面倒を見てくれるのは、御家老様の、おなさけなのであろう）

それにしても、安藤主膳の仕様《しよう》は念が入っている。身分の軽い原田小平太を、わざわざ撰《えら》んで、源太郎につけてよこしたのも、小平太の人柄《ひとがら》を、

（御家老が見こんだ……）

からに相違ない。

小平太が寮へ来てから、日に一度、日が暮れようとするころに藩邸からだれかが寮にあらわれ、小平太の報告を聞き取って行くらしい。

それを見たことはないが、小さな寮だけに、寝ている源太郎にも、その気配がわかるし、とぎれとぎれながら声も耳へ入った。

どう考えても、自分が、

（保護されている……）

としか、おもえないのだ。

翌朝になって……。

源太郎は、小平太にいった。

「昨夜は、すみませぬでした」

「なんの」

「ですが、いま一つ、訊きたいことがあります」

「なんでしょうか？」

「私は、堀源太郎ではありませぬ。杉本小太郎です」

「さようですとも」

「しかも、一介《いっかい》の浪人です」

「ということに、なりますな」

「それならば、筒井藩と関《かか》わりがないことになりますね」

「はあ」

「それならば、何処へ行ってもよいわけですね？」

「はあ……」

「たとえば、越後へ行ってもよいことになる。筒井家の御城下へ行ってもよいことになる……」

「さよう」

と、たしかに、はっきりと、原田小平太がうなずいたではないか。

「すれば、御城下に住む堀源右衛門《げんえもん》方を訪れても、かまわぬということになります」

原田小平太は、さらに大きくうなずいた。

見ようによっては〔魁偉《かいい》〕とも見える小平太のたくましい顔へ、なんともいえぬあたたかい無言の笑いが波紋のようにひろがって行ったのである。

そのときの堀源太郎の歓喜を、何に喩《たと》えたらよかったろう。

(父に……母に会える)

このことであった。

そしてまた、隣家の岡部忠蔵のむすめ・妙《たえ》の姿を垣間《かいま》見ることができるかも知れぬ。

源太郎との婚約を破った岡部家の、

(お妙どのは、十五歳になったか……)

源太郎にとっては、忘れようとて、忘れきれぬ妙なのである。

それから十日ほどのちになって、おもいがけぬ事態が起こった。

二

その日の昼すぎに、源太郎は喜平の介添《かいぞえ》で、入浴をした。

目黒の下《しも》屋敷へ押し込められて以来、はじめての入浴であった。

笠原正元が入浴を許可したところをみると、源太郎の体力はかなり回復して来ているにちがいない。

これまでにも、喜平が湯でしぼった手ぬぐいで躰をふききよめてくれてはいたが、なんといっても、檜《ひのき》の香りがたちのぼる湯槽《ゆぶね》に裸体を沈めたときの快感は、それこそ、

(天にものぼるような……)

気もちがした。

小さいが瀟洒《しょうしゃ》な浴室にたちこめている湯気の中で、源太郎は陶然となり、そのまま、夢心地のうちに、

(死んでしまうのではないか……)

とさえ、おもった。

喜平が源太郎を湯槽から出し、ざっと、垢《あか》をこすり除《と》った。

ぼろぼろと、紙屑《かみくず》の千切れたような垢のかたまりが自分の躰から零《こぼ》れ出て来るのを、源太郎は驚異の目でながめた。

「さ、今日は、これくらいにしておきましょうで。正元先生も、あまり長く入っていてはならぬとおっしゃいました」

と、喜平がいった。

根岸の寮へ来てから、すでに半月がすぎている。

日毎に寒気はうすらいできているが、源太郎の入浴に際して笠原正元は、ことに暖かい日和《ひより》をえらんだ。

湯上りの躰をていねいにふかれ、新しい寝衣《ねまき》の上から茶色の袷《あわせ》を重ねて着せられた源太郎を、喜平は抱えるようにして寝間へつれて行った。

寝間に人がいた。

女である。十五、六歳の少女であった。

おそらく、和泉屋に奉公している下ばたらきの女中でもあろうか……。

彼女は、源太郎の寝床を、別の新しいそれと敷き替えていた。

「お順や。まだかい?」

喜平が声をかけるのへ、お順とよばれた少女が、

「もうすぐです」

と、こたえた。

張りのある元気のよい声であった。

お順が源太郎を見た。
源太郎は、反射的に顔を背けた。
いうまでもなく、この少女の目に映る自分の禿頭《とくとう》がはずかしかったのだ。
だが、背けた源太郎の網膜は、一瞬、お順の表情をとらえていた。
お順は、
(事もなげに、私を見ていた……)
のである。
普通の少女が、普通の人を見やっただけのことであった。
このことに、源太郎は微《かす》かな感動をおぼえ、背けた視線をお順へもどした。
お順は両手をつき、
「順と申します」
と、あいさつをした。
「堀……いや、杉本小太郎」
自分でも意外に、落ちついた、やわらかな声が出た。
「さ、すぐに終りますで。こちらへ……」
喜平が源太郎を抱え、縁側へつれ出した。
あたたかい陽光が縁側にみちあふれている。

お順が、座布団《ざぶとん》を持って来て喜平にわたし、また寝間へ入った。

「あの娘は、去年から和泉屋《いずみや》さんへ奉公にあがっておりますで」

喜平は、源太郎の額《こ》に浮いた汗の玉を濡《ぬ》れ手ぬぐいでふいてくれながら、

「浅草の田町《たまち》にいる大工のむすめで……いやもう、よくはたらきます」

源太郎は、うなずくのみであった。

躰《からだ》中のちからがすべて脱《ぬ》け落ちてしまったようで、もう、口をきくのも面倒になってしまった。

「大丈夫でございますかね？」

「うむ……」

「気分が悪いのなら、そうおっしゃって下せえまし」

「いや……あまりに、気もちがよくて……何やら、疲れて……」

「そうでございましょうとも」

そのとき、障子の向こうから、

「おじさん。もう、よござんす」

と、お順の声が聞こえた。

「よし、よし」

喜平が源太郎を抱き起こしたとき、お順が出て来て、源太郎の左腕を抱えた。

味覚と嗅覚《きゅうかく》とは別のものなのだろうが、身近に寄りそって来たお順の汗ばんだ躰からにおってきたものは、越後にいる母が手づくりにしてくれた杏《あんず》の砂糖漬《さとうづけ》を口へ入れたときのような……そうした感じのにおいであった。

源太郎は、めまいをおぼえつつ、寝床へ横たわった。

化粧気のまったくない、浅ぐろいが血色のあざやかなお順の顔が心配そうに、自分をのぞきこんでいたのをおぼえている。

そのまま、源太郎はねむりにさそいこまれた。

先刻から、裏手で薪《まき》を割る音が聞こえている。原田小平太が割っているのであろう。

その音がすこしずつ、遠くなって、源太郎はねむりに落ちた。

目ざめたとき、行灯《あんどん》に火が入っていた。

枕元《まくらもと》にすわっている人を見あげて、

「あ……」

源太郎は、おどろいて躰を起こしかけた。

「そのまま、そのまま」

と、その人がいった。

これは、なんと、小島彦五郎だったのである。

「小父《おじ》さま……」

「元気になったそうだな」

「はい」

何故《なぜ》、彦五郎小父が訪ねて来たのか、源太郎にはわからなかった。

父母とも、親類の小島彦五郎とも、

(縁が切れた……)

自分ではなかったのか……。

部屋の中には、彦五郎がひとりきりであった。先刻から来ていて、源太郎の寝顔を見まもっていたらしい。

「源太郎。おもいがけぬことになった」

「え……?」

「お前にも、わしにも、おもいおよばぬことになった」

いったい、何のことなのだろう。

「源……いや、ちがう。お前は、あくまでも杉本小太郎《すぎもとこたろう》であった」

「はい」

「その、杉本小太郎が、養子に行くことになった」

「な、なんでございますと?」

「養子にじゃ」

「いずこへでございます?」

「それが、な……」

小島彦五郎が笑顔になった。

笑顔になったからには、彦五郎にとっても、源太郎にとっても、

(悪いことではない……)

と、看《み》てよい。

しかし、つぎの瞬間に、小島彦五郎の笑顔は消えた。

彦五郎は、むずかしい顔つきになっている。

その表情の中に、何か哀しげなものがただよいはじめたのを、源太郎は見逃がさなかった。

「小父さま。いったい、これは……?」

「うむ。実は……」

「はい?」

「国許《くにもと》の、お前の母があぶない」

「あぶない……?」

「重い病いにかかったらしい」

「母上が……」

「助かる見込みはないとか……国許から知らせがあった」

おどろきのあまり、源太郎は声も出なかったが、そのつぎに、彦五郎小父のいい出した言葉は、さらに、おどろくべきものであった。

三

「杉本小太郎は、越後《えちご》へおもむき、筒井《つつい》藩士・堀源右衛門の養子となるのじゃ」

と、小島彦五郎はいったのである。

「な、何と申されます……？」

「杉本小太郎は……」

いま一度、彦五郎は同じ言葉をくり返した。

源太郎は、茫然《ぼうぜん》としていた。

とても、信じられぬことではないか。

「わしだとて、これがまことのことかと、耳をうたごうたわ」

「小父さまも……」

「うむ。江戸家老・安藤主膳《あんどうしゆぜん》様から、今日、そのようにいいわたされたのじゃ」

息を引いたまま、あまりの衝撃に、源太郎は青ざめている。

家来の子として、断然、ゆるすべからざる罪を犯したはずの堀源太郎を死亡したことにし、別名を名乗らせ、実の父母の手もとへ、今度は〔養子〕として帰らせる。

このように、融通のきいた処置を受けられようとは、小島彦五郎でさえ、おもいおよばぬことであった。

「小父さま……これは、国許におわします殿様のおゆるしがあってのことなのでしょうか？」

問いかけた源太郎の声が、よろこびにふるえている。

「む……わしも、そうおもうたので、すぐさま、御家老へおたずねしたのじゃ」

彦五郎は、上屋敷《かみ》の御用部屋へよばれ、安藤主膳から、

「杉本小太郎の躰《からだ》が回復いたしたならば、越後へ送り、堀源右衛門の養子にいたす」

いきなり、いいわたされた。

彦五郎は、よろこびもしたが、おどろきもした。

また、このように寛大な処置がおこなわれることを、不審にも感じた。

そこで、たずねたのである。

すると、主膳は、

「よけいなことを問うものではない。わしが申すとおりにすればよいのだ。それとも不服か」

「何をもって、そのような……ただ、ただ、かたじけなく存じたてまつる」

「それなれば、このことを今日のうちに、杉本小太郎へ知らせてやれ」

と、主膳は、源太郎の母が重病にかかったことを告げてから、

「用事は、それだけじゃ」

淡々といい、安藤主膳は、

「御用部屋から出て行かれたのじゃ。わしは、おもわず、御家老の後姿に手を合わせたわい」

と、彦五郎が源太郎にいった。

「すると、あの……堀の姓にもどってもよいので？」

「養子に行くのだから、そうなる道理ではないか」

「はい。すると……堀小太郎になります」

「小の字と源の字と、一字ちがいのことよ」

「すると、あの……」

「何じゃ？」

「行く行くは、父上の跡目《あとめ》をつぐことになるのでしょうか？」

「養子になるのだ。当然、そうなる。よかったのう、源太郎」

「小太郎でございます」

「お……そうだった、そうだった」

「小父さま。まるで、夢を見ているような気持がいたします」

「わしだとて、そうじゃ。これはな、おそらく殿様が、若君の御学友として、あれほどにつとめたお前を、あわれんで下されたのであろう。その御高恩を忘れるではないぞ」

「はい」

「いま一つ。こたびのことについては、安藤主膳様の力添えがあったからこそと、わしはおもっている。これも忘れるなよ」

「はい」

「いずれにせよ、御家老の御指図があることとおもう。それまでに、早く、躰をな……」

「心得ております」

ほんとうなのだ。

ほんとうに、生きてふたたび、父母のもとへ帰れるのだ。

はじめて、源太郎の胸がよろこびに躍ってきた。母のみなが重病にかかっているということをおもい起こしたのは、しばらくたってからである。

小島彦五郎が帰ってのち、これを門口まで送って行ったらしい原田小平太が、寝間へ入って来て、

「国許へ帰れるのだそうですな」

「知っていたのですか？」

「小島様が、あなたと語り合うておられる間に、藩邸から使いの人が見えまして、そのことをうけたまわりました。よかった、ほんとうに……」

小平太の両眼がきらきらと光っていた。

「私が国許まで、お送りするようにいいつかりました」

「ほ、ほんとうですか？」

「はあ。私の家は祖父の代から江戸詰めですから、はじめて柴山《しばやま》の御城下を見ることになります」

「そ、そうですか」

「いま、茶をいれて来ましょう」

立って行った小平太は、初霜饅頭《はつしもまんじゅう》を運んで来て、

「私も、相伴《しょうばん》します」

と、いった。

翌日から、源太郎の健康がめきめきと回復して行った。

原田小平太につきそわれて、源太郎は歩行の練習にかかった。

まだ、外へ出てはいけないらしい。

庭の中を行ったり来たりするだけだが、もともと健康で、しかも十八歳の若さだけに十日もすると、ほとんど、源太郎に元の体力がよみがえった。

そして……。

この根岸の、和泉屋の寮へ来てから約一カ月後の或《あ》る朝、堀源太郎は原田小平太につきそわれ、江戸を発足《ほっそく》した。

その朝。

春の陽光が、まぶしいほどであった。

桜花《はな》は、まだ咲かぬが、あれほど執拗《しつよう》に残っていた冬の気配は、もう何処にも感じられない。

喜平がこころづくしの赤飯で、朝餉《あさげ》を終えてから、堀源太郎は旅仕度にかかった。

お順があらわれたのは、このときであった。

あとでわかったことだが、お順は前夜から来ていて、泊まりこんでいたらしい。

そういえば、前夜、二、三人の男の声が遠くで聞こえていたことを源太郎はおもい出した。

小さな寮なので、彼らのささやき声を耳にしたのだ。

これは、藩邸から人が来て、原田小平太と何か打ち合わせをしているのだとおもったが、あるいは、お順を送って来た和泉屋《いずみや》の者の声だったのかも知れぬ。

お順は、かいがいしく、源太郎の身仕度を手つだった。

大きな眼をみはり、懸命な表情で、お順は源太郎の躰へ衣類を着せてゆき、袴《はかま》をはかせ、紐《ひも》をむすんでくれた。

あのにおいが、源太郎の鼻腔《びこう》へ押し寄せてくる。

緊張をしているので、お順の躰は汗ばみ、そのために体臭が濃くなるのである。化粧のにおいではない。春を迎えて芽吹く草木の香りであった。

身仕度ができたとき、源太郎は、下屋敷を出る折に、彦五郎小父からもらった二十両の金子《きんす》のうち五両を出し、これを懐紙に包んだ。

小平太と喜平は、そこにいなかった。

源太郎は、お順の手をつかみ、金包みを押しつけた。

「あ……」

「お礼のつもりなのだ。こころよく、受けてくれ」

「そ、そんな……」

「たのむ。人が来てはいけない。もう二度と会えないから、お礼をしたいのだ。早く、しまって……」

いいつつ、源太郎は金包みをお順の帯の間へ押し込んだ。

お順の、なめらかな喉《のど》もとへ、見る見る血がのぼるのを、源太郎は見た。

「二度と会えないから……」

何故か、もう一度、そういったとき、その言葉とは裏腹に、お順と、

(もう一度、会える……)

ような予感をおぼえた。なぜだろう……。

そのとき、喜平が入って来た。

お順は両手をついて源太郎へおじぎをし、部屋を出て行った。

「喜平どの。世話になった」

源太郎は、さらに金五両を包み、喜平へわたした。残る十両は万一のときにそなえ、越後まで持って行くことにした。道中つつがなく越後へ着いたとき、原田小平太へ、この十両を、

(受けていただこう)

と、源太郎は考えていた。

「では……」

そういって、源太郎は喜平とお順を見たとき、どっと泪《なみだ》があふれてきて、あとの言葉がでなくなった。

喜平の老顔も、泪だらけであった。

お順は泪もなく、ひたと源太郎の顔を見つめている。

原田小平太は、そうした源太郎を抱えるようにして歩み出した。

江戸から奥州街道を会津《あいづ》若松へ出て、鳥居峠《とりいとうげ》越えに越後へ入り、筒井藩の城下・柴山までは約九十里の行程である。

千住《せんじゅ》大橋へかかったときの、堀源太郎の足取りは弾みきっていた。

禿頭《とくとう》が塗笠《ぬりがさ》に隠れていることが、実に、こころよかった。

これは、源太郎にとって、はじめての経験といってよい。江戸へ来てからは藩邸内で暮らすことが多く、ことに、奇病に取り憑《つ》かれてからの源太郎は一足も藩邸の外へ出ていない。

(頭を笠で隠してしまうと、このように、気が楽になるものか……)

であった。

道を行く人びとは、源太郎を振り向いても見ようとはせぬ。たまらなくうれしかった。

(母上の御病気は、私が看病をして、きっと癒《なお》して見せる)

と、源太郎は気負い立っている。

癒らぬ病気だとは、どうしてもおもえなかった。

そして、大橋をわたり、いよいよ江戸をはなれるというときになって……。

突如、源太郎の胸に不安が兆《きざ》しはじめた。

そのとき、あるものを見たからであった。

四

すでに、朝の日はのぼりきってい、街道の人の往来がはげしくなっていたが、橋のたもとに三人の旅の侍がいて、源太郎と小平太を見るや、何か、あわてたように姿を隠した。

その中の一人の顔に、源太郎は見おぼえがあった。

下屋敷の締《しま》り土蔵《どぞう》にいたとき、源太郎を見張っていた藩士の一人だったのである。

(どうして、あの男が……?)

不審にたえず、原田小平太を見やると、小平太は無表情のまま、まっすぐに眼を向けて歩いている。

自分が気づいたほどなのだから、小平太も、

(気づかぬはずはない……)

と、源太郎はおもった。

彼らも、旅姿をしているからには、柴山城下へ向かうのであろうか。そうだと看《み》てよい。それなら何故《なぜ》、小平太と彼らは言葉もかわさず、素知《そし》らぬ顔をしているのか……。

大橋をわたり、千住の宿《しゅく》へ入ってから、源太郎はうしろを振り向いて見て、胃《い》の腑《ふ》をぎゅっとつかまれたような気がした。

三人の、筒井藩士が自分たちの後から歩いて来るではないか。

「小平太どの。うしろから家中《かちゅう》の人たちが三人ついて来ます」

叫ぶように源太郎がいった。

すると、小平太はちらりとこちらを見やり、無言で、源太郎の手をつかんだ。かなり強いちからがこもっている。

源太郎のおどろきが恐怖に変ったのは、この瞬間であった。

「こ、小平太どの」

「気になさるな」

この一言をあたえたのみで、小平太は、つかんだ源太郎の手をはなさずに歩みを速めたではないか。

また、源太郎は振り向いて見た。

三人の姿は消えている。

どういうことなのか、これは……。

「小平太どの」

こたえはなかった。

（やはり、私は殺されるのだ……）

源太郎は、そう感じた。

（道中の、何処《どこ》かの、人が見ていないところで、うしろからついて来る三人と小平太どのに、斬《き》られる……）

それなら何も、このように手間暇をかけるより、腹切蔵《はらきりぐら》の中で始末してしまったほうがよかったはずだ。

しかし、大名の家の中の内情は、気楽な庶民たちの生活からはうかがいきれぬ複雑なものがある。何事にも、体面が第一であった。いささかの失敗も汚濁も、これを外部へもらしてはならぬ。政治向きのことにしろ、藩士たちを統率する上においても、おそらく、さまざまな秘密があるにちがいない。

年少ながら堀源太郎も、十万石の筒井家に奉公をした身だし、それほどのことは容易に察しられる。

自分が引き起こした事件が、あれからのち、藩庁にどのような波紋をひろげて行ったか、それは計り知れぬが、

（おもいもかけぬ……）

事態になっていることだけは、たしかだ。

腹切蔵から出されたときは、藩庁が、源太郎の助命へうごいていたのかも知れぬ。

そして、そのまま追放せずに、一応、御用商人の寮へ源太郎を隠したのは、まだ、完全に助命させきれぬ理由が何か残っていたのではあるまいか。

そのうちに、やはり、源太郎を、

「生かしておいてはならぬ」

と、いうことになったのであろう。

むろん、小島彦五郎も真実を知らされてはいない。

根岸の寮へあらわれたときの、彦五郎小父のよろこびようは、

(嘘《うそ》ではない)

と、源太郎は看た。

ともかく、根岸の寮で殺してはまずい。

江戸は将軍家のひざもとであり、筒井藩の領国でもなければ城下でもないのである。寮番の喜平や、お順も、源太郎の世話をしているし、和泉屋善助方でも、源太郎をあずかったからには相応の事をわきまえているにちがいない。

となれば、

(江戸で殺さず、連れ出して、江戸をはなれた場所で殺す……)

ことにならざるを得ない。

源太郎の満面に、血がのぼった。

源太郎は、小平太につかまれている手を振り放そうとした。

びくともせぬ。

どこを、どうつかまれたものか、手から腕へ痺《しび》れがつたわってきて、

「あっ……」

叫ぶ源太郎へ、

「しずかになさい」

原田小平太が、あくまでも物しずかに、

「小太郎殿は、まだ、すっかり躰《からだ》が回復してはおられぬ」

「はなして下さい」

「躰が回復せぬゆえ、神経が昂《たか》ぶるのです」

「痛い……!?」

「しずかになされ。私は、あなたを無事に国許《くにもと》へおとどけせねばならぬのです。つまらぬことにさわがないでいただきたい」

「無事に!?」

「さようです」

「つまらぬこと……」

「はあ」

小平太の声にも態度にも、有無《うむ》をいわせぬものがあった。

今度は、源太郎が青ざめてきた。

根岸の寮で、日夜接していた原田小平太には見られなかった威厳のようなものがあり、何か重おもしく、身分の軽い藩士とはおもわれぬ厚味が、今日の小平太に加わっている。

源太郎は、圧倒された。

この夜。

二人は、武州《ぶしゆう》・粕壁《かすかべ》の旅籠《はたご》・住吉屋《すみよしや》忠蔵方へ泊まった。

源太郎は何度も、うしろに注意をはらったが、千住で見かけた三人の侍は、あれきり姿をあらわさぬ。

それがまた、不気味で仕方がないし、原田小平太がすっかり無口となり、一種の緊張に顔色が引きしまっているのも怖かった。

旅籠での入浴にも、小平太はついて来た。

はじめて源太郎は、小平太の裸体を見た。

衣服の上からは小肥《こぶと》りに見えた躰が、意外に引きしまってい、見事な筋肉によろわれ、不動明王《ふどうみようおう》の彫像のようであった。

無言で、小平太は源太郎の背中をながしてくれた。

源太郎も、もはや、口をきく気力が失せていた。

躰は綿のごとく疲れきっていたが、寝床へ横たわっても、ねむれなかった。

「ねむらぬといけませぬ」

原田小平太の声が、背中に聞こえた。

そのうちに、小平太は寝息をたてはじめた。

(ほんとうに、寝ているのだろうか……?)

源太郎の尖《とが》り切った神経が、その寝息を聞いてから、いくらかやわらいだことはたしかである。

小平太の寝息にさそわれるようにして、いつしか源太郎もねむった。まさか、旅籠の中では殺しもすまいと考え、

(明日は、逃げてやるぞ)

と、決意をかためた。

翌朝。

粕壁を出て、一里半先の杉戸《すぎと》へ入る手前まで来たとき、あの三人の藩士が、また背後にあらわれたのを源太郎は見た。

音水潟《おんずいがた》・一本松

一

江戸を出て十一日目に、原田小平太と堀源太郎は越後《えちご》・柴山《しばやま》の城下へ入った。

会津《あいづ》若松二十三万石・松平肥後守《まつだいらひごのかみ》城下まで来て、

(柴山の御城下まで、あと、二十五里……)

そうおもったとき、ようやく、源太郎は、

(此処《ここ》まで来て、私を殺害することもないだろう)

と、感じることができた。

それまでに、二度ほど、源太郎は小平太の目をかすめて逃げようとした。

だが、ついに果たせなかった。

小平太は、いささかも油断を見せなかったし、前になったり後になったりしながら、同じ道をすすむ三人の藩士も、源太郎から目をはなさぬ。

街道を行きながら、

(ああ……この辺りで殺されるのか……)

人気《ひとけ》のない山道や木蔭《こかげ》を見るたびに、そうおもったが、原田小平太は黙々として足を運ぶのみである。

三人の藩士が肉薄して来る様子もなかった。

ただ、江戸にいたときとは、まるで、

(人がちがったような……)

原田小平太の態度に、源太郎は威圧と不安をおぼえたのである。

会津若松を発した翌日の夕暮れ近くなって、鷺山《さぎやま》の山腹を縫う街道をぬけ、眼下に筒井越後守領内の平野をのぞみ見たとき、源太郎の不安が一掃されたことはたしかだ。

小平太も、

「これが御領内ですな……」

祖父の代からの江戸藩邸詰めだったので、さすがに感慨深げに立ちどまり、

「はなしには聞いていましたが……なるほど、国許《くにもと》は実り豊かですなあ」

と、いった。

「小平太どの」

「はあ?」

「私は、このまま、御城下へ入って行ってよろしいのか?」

おもいきって、切りつけるように源太郎はいい、一歩退《さが》って腰の大刀の鍔《つば》もとを左

手につかみしめた。

「むろんのことです」

江戸を出てから、はじめてといってよいほどの、明るい笑顔を見せ、小平太が大きくうなずいた。

「私も、肩の荷を下せそうです」

「肩の荷……」

「はあ」

「私のことか？」

「さようです」

肩の荷とは、いったい、何を意味しているのだろうか……。

源太郎は、問い返さずにはいられなかった。

「わかりませぬ」

というのが、原田小平太の返事であった。

そして彼は、ふたたび、むずかしい顔つきにもどり、

「さ、まいりましょう」

源太郎をうながしたのである。

やがて……。

二人は、濃い夕闇《ゆうやみ》に包まれた柴山城下へ入った。

三人の藩士の姿は、いつともなしに、何処《どこ》かへ消えている。

城下へ入る諸方の入口には、番所が設けられてあり、ここを通過するときは、だれでも、かぶりものを除《と》らねばならぬ。

源太郎は、怖々《おずおず》と笠《かさ》を除って、奇妙な禿頭《とくとう》を番士の目にさらした。

原田小平太が、江戸藩邸から持参した鑑札のようなものを見せると、番士は、

「お通りなされい」

いささかも咎《とが》めなかったが、好奇の目を源太郎からはなさぬ。

頭に血がのぼり、目がくらむような恥ずかしさをおぼえ、あわてて笠をかぶり、夢中で源太郎は小平太の背中について行った。

小平太の肩幅の張った、ひろい背中へ隠れるようにして歩いた。

どこを、どう通って行ったのか、それもよくおぼえていない。

小平太は、はじめて見る柴山城下だというのに迷いもせず、歩をすすめて行くのである。

旅をつづけて来た二人の足なみと共に、越後の国へ春も歩んで来たかのようであった。

城下の東から南へかけてそそり立つ山々に雪は残っていたけれども、下町・中町・

上町とつづく町屋の灯《ひ》が、何か、あたたかくうるみかかっているようにおもえる。

上町の向こうの広場をへだてて、御城の大手門が見えた。

城の名を、

〔柴山城〕

と、よぶ。

ここまで来て、小平太が、

「あれが大手の御門ですな？」

「そうです」

「堀源右衛門《ほりげんえもん》様御屋敷は、大手から入るのですか？」

「いいえ。右手の……ほれ、向こうに小さな番所が見えます」

「はあ」

「あれが、外ヶ輪《そとわ》の番所です。あれから入ります」

「わかりました」

外ヶ輪番所の番士は、笠を除った源太郎の顔を見て、

「あ……」

低い声をもらした。

源太郎はおぼえていないが、この番士は、堀源右衛門の息子として柴山城下に住み

暮らしていたころの源太郎を、見おぼえていたのであろう。

「よろしいか」

と、小平太が番士にいった。

「お通りなされ」

「では……」

小平太の背中について、源太郎は外ヶ輪の中へ入った。

ここからは、城郭の内になる。したがって、笠は除ったままで行くことになるわけだが、さいわいに、夕闇は夜の闇に変りつつあり、人通りも絶えている。

外ヶ輪の道は、城の外濠《そとぼり》を左に、侍屋敷を右に見て北へのびている。

北へすすむに従って、藩士たちの屋敷も小さくなる。

大手口に近くなるほど、禄高《ろくだか》も多い人びとの屋敷が多い。

堀源太郎にとっては、夜の闇の中で灯《あか》りも持たずに歩ける道であった。

「どの辺りでしょう?」

と、原田小平太が訊《き》いた。

「いま、すこし……」

城の、五層の天守閣が夜目《よめ》にもくろぐろと見えた。

「こちらです」

源太郎は、屋敷と屋敷の間の細道を右へ切れこんだ。

するとまた、南から北へのびている道へ出る。

道を左へ曲がり、しばらく行った右側に、堀源右衛門の屋敷があった。

「此処です」

「ははあ……」

「どうするのです？」

「どうすると申して……」

と、原田小平太が苦笑をして、

「お入り下さい」

「かまわぬのですか？」

「かまいませぬとも。ただし……」

「ただし？」

「杉本小太郎殿として……」

「わかりました」

「では……」

一礼して、小平太が身を返そうとするではないか。

意外であった。

「ど、どこへ行かれます？」

「おかまいなく。これで、私の御役目はすんだのです」

小平太の声は、解放感でのびのびとしていた。

「どこへ、今夜は？」

「御家老様の書状を、とどけなくてはなりませぬ」

「どちらへ？」

「そのようなことは、あなたが、お訊きにならずともよいことです」

歩き出しながら、原田小平太が、

「おすこやかに……」

声を送って来た。

「あ……」

あまりにも簡短《かんたん》な別れであった。

このとき、源太郎の胸の内に、小平太と共にすごした根岸の寮の日々が、潮《うしお》のように寄せて来た。

「原田どの。小平太どの……」

遠ざかりつつ、小平太が手を打ち振った。

源太郎も、ちからをこめて手を振った。

そうせずにはいられなかった。

そのまま、源太郎は闇の道に佇《たたず》んでいたが、ややあって、なつかしい我が家の小さな門へ向かった。

(この……この、私の頭を見たら、みんなは、何とおもうだろう)

なつかしさに駆け込みたくとも、そのためらいがある。その恥ずかしさがあった。

堀家の奉公人は、若党の伊橋弥平《いばしやへい》、中間《ちゆうげん》の牛蔵《うしぞう》・為治《ためじ》と、それに老僕《ろうぼく》・儀助《ぎすけ》。下女が三人である。

父母よりも彼らに、変り果てた自分の頭を見られるのが、たまらなかった。

しかし、いつまでも立ちつくしてはいられない。

意を決して、堀源太郎は門の扉《とびら》を叩《たた》こうとした。

そのときである。

急に、潜門《くぐりもん》の扉が内側からひらいた。

中から飛び出して来たのは若党の伊橋弥平であった。

「どけ、どけ!!」

弥平が、前に立っている源太郎を突き退《の》けるようにした。弥平の様子には、(ただならぬ……)

ものが感じられた。

「弥平……」

「何……」

持っていた提灯《ちょうちん》を源太郎へさしつけた伊橋弥平が、

「ああっ……」

おどろきの声を発し、源太郎へしがみつくように、

「源太郎様、源太郎様ではありませぬか……」

「うむ。帰って来た」

「は、早く、早く、中へ……」

「どうしたのだ？」

「早く、早く……私は、御医者をよびに……」

「何……では、母上の御病気が……」

「早く、早く……」

弥平は、源太郎を潜門の中へ押し入れるや、どこかへ駆けて行ったのである。

二

源太郎が、母・みなの枕頭《ちんとう》へ駆けつけたとき、みなは、すでに息絶えていた。

容態が、急変したのである。

江戸を発《た》つとき、小島彦五郎から、

「国許の、お前の母が重い病いにかかり、助かる見込みはないそうな」

と、聞かされてはいたが、それから十余日。緊張がつづいた道中の日々に、源太郎は母のことを忘れてしまっていたかのようだ。

いや、忘れるというよりも、

（どうあっても殺されたくない。生きて、国許へ帰り、父母の顔を一目でも見なくては……）

その一念が強かったし、彦五郎小父の言葉だけでは、さほどに母の病気がさしせまっているとは考えられなかった。そこは何といっても、十八歳の少年なのである。

（私が帰って、かならず、母上の御病気を癒《なお》して見せる。癒るとも。きっと、癒る）

信じてうたがわなかった所為《せい》もあった。

母の死顔を前にして、源太郎は泪《なみだ》も出ぬ。

江戸では、一個の饅頭《まんじゅう》を頬張《ほおば》るだけで、わけもなくあふれこぼれた泪がである。

悔《くや》まれるのは、

（いま半刻《はんとき》早く、御城下に到着していたら、生きてある母上に、お目にかかれたものを……）

この一事であった。

その源太郎にひきかえ、みなが息をひきとったとき、一滴の泪も浮かべなかった堀源右衛門は、帰国した我が子の茫然《ぼうぜん》たる姿をながめて、一度に泪がふきこぼれてくるのをどうしようもなかった。

うわさにも聞き、想像もしていたことだが、十八歳の我が子の頭が、このようにすさまじい変貌《へんぼう》をとげていようとは、おもいもかけなかったからであろう。

奉公人たちも、源太郎の頭のことは耳にはさんでいる。なるべくは源太郎を見ぬようにし、遠ざかっていた。

「よう、帰って来たな」

ややあって、源右衛門がいった。

「父上……」

「よい、よい。間に合わなんだが、仕方のないことじゃ」

「御心配を、おかけいたしまして……」

「よいわ」

「母上は、私のことを心痛なさって、御病気が重うなったのではありませぬか……？」

「いや……」

哀《かな》しげに、源右衛門はかぶりを振って、

「母が病弱だったことは、お前も知っていよう」

と、いった。

みなの葬式は、ひっそりとおこなわれた。

堀源太郎が江戸藩邸において、若殿の千代之助に狼藉《ろうぜき》をはたらいたことは、柴山城下にも知れわたっている。

「堀のせがれは、江戸で首を打ち落とされたそうな……」

と、うわさがながれていた。

その源太郎が帰って来て、以前のように堀家で暮らしていることを、藩士たちは奇異におもった。

「なんでも名前を変え、あらためて、堀源右衛門の養子となったそうな」

「まことか……それにしても、あまりに寛大な御処置ではないか」

「それなら、若殿の御頭《おつむり》を家来が打擲《ちょうちゃく》しても、これほどのことですむことになる。のちのちに悪い前例を残したわけだ」

「拙者も、若殿の御頭を一つ、やって見るかな」

「叱《し》っ……」

人びとの、こうした陰口にもかかわらず、堀父子《おやこ》への誹謗《ひぼう》や讒訴《ざんそ》が、あまりきびし

くなかったのは、かねてから堀源右衛門の謹厳実直な人柄が、

「ものをいった……」

と、看《み》てよい。

源太郎は、母の葬式にも顔を出さなかった。

母の実家の小島家からも、親しい藩士たちも寄りあつまってくれたが、源右衛門は、

「せがれは、謹慎の身でござるゆえ……」

といい、源太郎を奥の一間《ま》へ入れて、一歩も出さなかった。

変り果てた我が子の姿を、人びとの目に曝《さら》したくなかったのであろう。

源太郎が帰った夜ふけに、堀源右衛門は、妻の遺体の前で、

「大声にては申せぬが……」

と、いい出した。

父子二人きりの通夜《つや》であった。

源右衛門は、奉公人のすべてを遠ざけておいて、源太郎にこういった。

「……ようやったぞ」

「は……？」

「ようやった。大名の世子《せいし》たるものが、他人の……いや、おのが家来の容貌を辱《はずか》しめるなどとは、もってのほかのことじゃ」

低い声ではあったが、あきらかに激しい怒りがこもっている。

源太郎は瞠目《どうもく》した。

白いものがまじった眉毛《まゆげ》がふるえてい、それまでは乾いてくろずんでいた面《おもて》に血の色が浮かんでいる。

おだやかな、やさしげな、それでいて何処《どこ》かさびしげな父の笑顔は、源太郎にとってめずらしいものではなかったけれども、このように怒りの感情を露呈した父を、

(ほとんど、見たおぼえがなかった……)

のである。

「お前の、してのけたことは間違うてはおらぬ。いかに主《あるじ》といえども、ゆるせることとゆるせぬことがある。そもそも武士というものの骨張《こっちょう》はそこにあるのだ。むかしむかし、戦国の世においては武士たるもの、おのれの気にかなう主でなければ、われから……家来のほうから主を捨て去ったものじゃ。お前が若殿を打ちすえたときのことを耳にしたとき、父は、この家を取りつぶされてもよい、切腹を命じられても本望とおもうたのじゃ」

「か、かたじけのうございます」

このときの父の言葉を、源太郎は、

(生涯《しょうがい》、忘れまい)

と、おもった。

たとえようもない傷心を、この父の声によって、どれほど勇気づけられたことであろう。

（父のために、私は、これからどのような苦渋にも耐えて行こう）

と、決意をした。

「もしも……父子そろうて腹を切り、堀の家名が断たれるときには、わしはわしなりに、殿へ一言、申しのべることがあった」

堀源右衛門は、きっぱりとした口調でいい切った。

（そこまで、私のために……）

源太郎は、父のいうことが口先だけではないことを、よくわきまえている。父は、死を命じられていたなら、自分の子が悪いのではない。悪いのは、

「殿様の御子ではございませぬか!!」

と、主の筒井越後守に向かって主張する決意をかためていたのであろうか……。

三

夏が来た。

そのころになると、源太郎も、一応は落ちつきを取りもどしたようである。

父は〔御役御免《おやくごめん》〕にもならず、近習頭《きんじゅうがしら》として城へあがっている。この役目は、殿さまの身のまわりに奉仕する小姓《こしょう》たちの〔頭〕ということで、それだけに、なかなか骨が折れる役目であった。

父は、御城での出来事を帰邸したのちに語ることがない。

これは、以前からのことである。

それにしても、

(私が、あれほどのことをしてのけたのに、父上が以前のまま、御奉公ができるというのは、まことに、ありがたいことだ)

そう、おもわざるを得ない。

必然、源太郎は、

「殿様の御仁慈に……」

感謝をささげていたのだ。

ところが、堀源右衛門は、

(それが当然のこと……)

と、いわぬばかりの様子を見せた。

はっきりと口に出したわけではないが、言葉の端々《はしばし》に、それが感じられるのである。

登城の折に、屋敷の門を出るときも、ぐいと胸を張り、大手を振るようにして出て行くのであった。

罪を犯し、あわれな姿になり帰って来た我が子をもつ父親として、虚勢を張っているのであろうか。

そのような堀源右衛門ではないはずなのだが……。

とにかく源太郎は、帰国して以来、一度も外へ出ず、奥の一間に閉じこもったままでいた。

父も、さすがに、

「外へ出て見たら……」

とはいわなかった。

屋敷内にいるかぎり、一応、源太郎は平穏であった。

奉公人たちも、源太郎の頭へ向ける視線になれてしまい、いつしか平静となってきたし、また、たとえ彼らがどのような眼《め》の色で自分を見ようとも、以前は江戸藩邸において、藩士たちの無遠慮な侮蔑《ぶべつ》の視線を浴びつづけ、これに耐えぬいてきた源太郎にとり、さして苦痛のことではなかったろう。

夏がすぎようとするころになって……。

ようやく、落ちつきかけた源太郎に、するどい衝撃をあたえたものがある。

それは、隣家の岡部《おかべ》忠蔵のむすめで、かつては源太郎と婚約をしていた妙《たえ》が、

「源太郎さまに、会わせて……」

ひそかに、その言葉をつたえてきたのであった。

これは、老僕《ろうぼく》の儀助によって源太郎の耳へとどけられた。

堀家と岡部家の庭は、板塀《いたべい》によって仕切られている。

或《あ》る朝早く、儀助が庭の掃除をしていると、塀の向こうから、

「もし……もし、儀助なの？」

という妙の声が聞こえた。

「は、はい」

「妙です」

「はい、はい」

「源太郎さまに、会わせて下され」

これは儀助にとっても、おもいがけぬことであった。

源太郎の奇病が、もはや手のつくしようもなくなったとき、岡部忠蔵は、

「婚約を白紙にもどしていただきたい」

と、申し入れて来て、堀源右衛門も、これを承知している。

だが、そのことは、

「父の一存……」

だと、妙は儀助にいった。

こころならずも父・忠蔵に従ったまでで、自分は源太郎のことを一日たりとも、

「忘れたことはない」

妙は、そういった。

なにぶんにも塀ごしに、人の目をぬすんでささやきかわしたことだから、儀助も充分に妙の心を看とどけたわけではない。

「どういたしましょう。お妙さまへの返事を、明日の朝、庭の塀ごしにいたさねばならぬのでございますが……」

と、儀助が奥の間へ来ていった。

源太郎は、まる二日、このことを考えつづけていた。

「よし……」

「へ……？」

「妙どのに会おう。会うてみよう」

妙も、中年の女中で米《よね》というのを、

「味方につけている……」

のだそうな。

儀助は、庭の塀ごしに、妙や米と連絡《つなぎ》をつけ、数日後の昼下りに、源太郎と妙を会

わせることにした。

場所は、柴山《しばやま》城下を南へ半里ほどはなれたところにある音水潟《おんずいがた》のほとりに決められた。

音水潟は、周囲五里ほどの湖沼《こしょう》であって、下流は南加瀬《なかせ》川となり、この川が阿賀野《あがの》川《がわ》に合し、日本海へ入る。

源太郎は子供のころ、儀助につれられて、音水潟へ鯉《こい》を釣《つ》りに来たものである。

苦胆《にがぎも》をつぶさぬように気をつけて、筒切りにした鯉を、よく味噌煮《みそに》にしたものだ。

音水潟のほとりの山本村に、儀助の妹が嫁《とつ》いでいる百姓・権左衛門《ごんざえもん》の家がある。

当日の早朝。

源太郎は儀助と共に屋敷を出て、権左衛門の家へ向かった。城下を出外《ではず》れてから塗《ぬり》笠《がさ》をかぶると、何ともいえぬ安らかな気持になった。

(この笠を除《と》らぬままに、妙どのと会いたい……)

切《せつ》に、そうおもう。

会ったところで、いまさら、どうにもなるわけのものではないが、しかし、妙が、自分に会いたいといってよこしたことが、源太郎の五体を燃えあがらせている。

「ぜひとも……」

(この私の頭を見ても、妙どのは、以前と同じようなこころでいてくれようか……も

し、そうだとしたら、私は、妙どのをつれて御城下を逃げてもよい）

と、いまはおもいつめ、その烈《はげ》しさがつのってくるのを、源太郎はどうしようもない。

その朝は、風も絶え、どんよりと曇って蒸暑《むしあつ》く、権左衛門の家へ着いたときには、源太郎も儀助も汗ばんでいた。

前日に、儀助が来て、いろいろと打ち合わせをしておいたらしく、家の者は外へ出ていたり、中にいても顔を見せぬように気をつかっていた。

源太郎は裏手の竹藪《たけやぶ》に面した小さな座敷へ外からみちびかれて入り、時刻が来るまで休むことになった。

儀助が、桶《おけ》に熱い湯を汲《く》み入れて来て、源太郎の躰《からだ》の汗をぬぐってくれた。

「儀助……」

「はい？」

「妙どのは、まことに、来てくれるのだろうか？」

「向こうさまから、いい出たことでござりますよ」

父には、

「気ばらしに、音水潟のあたりを歩いてまいります」

と、いってある。

父は、凝《じっ》と源太郎を見まもっていたが、ややあって、

「よし」

と、うなずいてくれた。

そうした気持に息子がなってくれたことを、源右衛門はよろこんでいるかのように見えた。

「儀助……」

「はい?」

「あの……あの、な……」

「何でござります」

「あの、笠を、な……」

「笠を?」

「うん。かぶったままで、妙どのと会うてはいけないだろうか……」

「………」

とっさに儀助は、こたえにつまったようであったが、すぐに屹《きっ》と老顔をあげ、

「笠を、お除りなさるがようござります」

きっぱりといった。

木の実のように小さな儀助の老眼が血走ってい、きらきらと光っていた。その眼の

色に、この老僕の必死のおもいがこめられているのを源太郎は看《み》た。

「うむ……そうする」

「はい」

いつまでも、源太郎は黙然とすわったままでいた。

儀助は源太郎をひとりにしておいて、どこかへ姿を消してしまったが、二度ほど茶をいれ替えにあらわれた。儀助も無言である。

昼近くに、儀助は熱い味噌汁《しる》とにぎりめしと漬物《つけもの》を運んで来てくれた。

源太郎は、一椀《わん》の味噌汁を口にしたのみである。

時刻が来た。

権左衛門の家を出た源太郎は、音水潟のほとりまで来ると、

「儀助は、此処《ここ》にいておくれ」

「はい」

「かならず、来てはならぬ。よいか」

「はい」

彼方《むこう》に〔一本松〕が見えた。

そこは小高い場所で、名のとおり、松の老樹が一つ、湖沼を見下している。

源太郎が近づいて行くにつれ、松の木蔭《こかげ》に立っている少女の姿がはっきりと見えて

きた。

まさに妙であったが、つきそいの女中かとおもうほどに、妙は成長していた。

妙も十五歳になったはずだ。満でいうなら十四歳である。幼女のころから、どちらかといえば大柄《おおがら》な妙だっただけに、五年ぶりに見る妙は源太郎の目に、ひとりの成熟した女性に見えたといってよい。

まだ、笠をかぶったままの源太郎の頭へかっと血がのぼり、両膝《りょうひざ》が、がくがくとふるえはじめた。

妙も、源太郎に気づいたらしい。

二歩三歩と木蔭から出て来て、源太郎へ小腰《こごし》をかがめた。

高処《たかみ》へ、足をふみしめてのぼりながら、源太郎は決意をかためていった。手指が塗笠のひもへかかっている。

「源太郎さま……」

よびかけて、妙が走り寄って来た。

そのとき、おもいきって源太郎は笠をぬいだ。

「あ……」

ぎょっと立ちすくむかたちになった妙の、ぽっかりと開いた紅《あか》い唇《くち》が、そのまま空間へ貼《は》りついたようになった。

それからのことを、堀源太郎は、よくおぼえていない。

どのようにして、どのような時間《とき》がすぎて行ったかもおぼえていない。源太郎にとっては、堪えがたいほどの長い時間におもわれたが、事実は、一瞬のことであったのだろう。

おどろきのあまり硬直した妙の、ふっくらとして白い顔の表情が、突然、くずれた。

妙は笑ったのである。

吹き出すように、笑い出したのである。

そして……。

妙は、源太郎に会いたいといい出た自分が……此処まで胸をときめかしながらやって来た自分が可笑《おか》しくてたまらぬといったような感じで、源太郎に背《そびら》を向け、高処を駆け下って行った。

下に、女中の米が待っている。

源太郎は、笑いくずれた妙を見た瞬間に、顔面にのぼった血が見る見る引いてゆくのがわかった。

五体の血は凍りついたかのようにおもわれたが、しかし、胸の中に得体の知れぬ熱い血が固まってきて、その胸苦しさをこらえきれなくなった。

それが、怒りというものだったのだろうか……。

われ知らず、源太郎は腰の大刀を引き抜いていたのである。

四

そのとき……。

刀を振りかざし、高処を駆け下る堀源太郎を見かけたものがある。

それは、筒井《つつい》藩の馬廻番頭《うままわりばんがしら》をつとめている宮武郷太夫《みやたけごうだゆう》という壮年の藩士で、禄高《ろくだか》は三百五十石。妙の父・岡部忠蔵の上司であった。

宮武郷太夫は、この日、非番《ひばん》だったので供もつれず、愛馬にまたがり、遠乗りに出た。

城下から西へ三里ほどの海辺に〔雲の松原〕とよばれているところがある。

これは、筒井家の藩祖・筒井越後守正種《まさたね》が、はじめて越後の国へ封ぜられたとき、そのあたりの風光を愛《め》で、海岸に松を植えさせたのがはじめであって、いまは美しい松原が全長一里もつづいており、近くには藩主のささやかな別邸も設けてあった。

宮武は、そのあたりまで出かけた帰途、音水潟のほとりをまわり、城下へもどるつもりで通り合わせたのである。

はじめ、女の悲鳴がきこえたので、宮武は馬腹を蹴《け》って湖沼のほとりへ駆け出《いで》て見ると、一、二度見たことがある岡部のむすめが女中へしがみつくようにしており、女中は女中で生きた心地もなく立ちすくんでいるではないか。

そこへ……。

一本松の方から駆け寄って来た禿頭《とくとう》の男が、刀を振りかざして肉薄しつつある。

（こやつ、堀源太郎か……）

と、宮武は看た。

帰国してからの源太郎を見てはいぬが、うわさは嫌《いや》になるほど聞いていたし、かつては源太郎と妙との間に婚約がむすばれていたことも知っている。

「これっ!!」

宮武郷太夫が、源太郎を大喝《だいかつ》した。

「わあっ!!」

と、源太郎が刀を振りまわしつつ、宮武の姿も声も目や耳に入らぬ態《てい》で、妙に斬《き》りつけた。

妙と女中が悲鳴をあげ、ころげるように逃げた。

逆上している源太郎の刀は空間を切り裂いたのみである。

大刀を抜いて振りまわすなどということは、おそらく、堀源太郎にとって、

「生まれてはじめてのこと……」

だったに相違ない。

馬を乗り入れて来た宮武郷太夫が、

「おのれ、気が狂うたか!!」

叫びざま、源太郎の刀を鞭《むち》で叩《たた》いた。

宮武は馬術にも達しているが、佐分利《さぶり》流の槍《やり》の名手だ。

それほどの男が叩いたのだから、細い鞭にも相当のちからがこもっている。

「あっ……」

おもわず刀を落とした源太郎の顔面を、宮武が馬上から、

「鋭《えい》」

鞭で横なぐりに払った。

「うわっ……」

この一撃で、源太郎は転倒している。

すかさず、馬から飛び下りた宮武郷太夫が源太郎を押さえつけ、

「おのれは、堀のせがれだな」

「う……」

「この態《ざま》は、何としたことじゃ」

「………」

郷太夫は、す早く刀の下緒《さげお》を外し、源太郎の両腕をうしろへまわし、固く手首を縛

りあげてしまった。

儀助が駆けつけて来たのは、このときである。

「おゆるし下されませ。な、なにとぞ、おゆるしを……」

ひれ伏して、泣き声でわびる儀助をじろりと見た宮武が、

「おのれは、堀の奉公人か？」

「は、はい……」

「申すことあらば、しかるべき場所で申せ」

「で、では、あの……」

「かほどの狼藉《ろうぜき》を見のがすことができるとおもうか、莫迦者《ばかもの》め」

そして宮武は、妙と女中の米へ目顔で、

「早く去れ」

といった。

米が妙を抱きかかえるように遠ざかって行くのを、源太郎は茫然《ぼうぜん》と見送っている。

昂奮《こうふん》がさめた源太郎は、

(と、とんでもないことをしてしまった……父上が、このことを知ったなら……)

と、空恐ろしさにすくみあがり、いっそ、このまま、

(死んでしまいたい……)

とさえ、おもった。

宮武は、源太郎の腰から差し添えの小刀《しょうとう》を抜き取り、

「おのれは何という奴《やっ》じゃ。江戸御屋敷において、あれほどの罪をおかしながら、尚《なお》も、このように血迷うた所業を仕てのけるからには、覚悟があろう」

いいざま、鞭をもって源太郎の頭をぴしりと打ち叩いた。

「あっ……」

「何じゃ、その目つきは……盗人猛々《ぬすびとたけだけ》しいとは、おのれのことじゃ」

源太郎は白い眼で、宮武郷太夫をにらみつけてい、あやまろうともせぬ。

顔面に、宮武が打ち払ったときの鞭の痕《あと》がはっきりと尾を引いており、血がにじんでいる。

宮武は、藩庁が堀父子へ対しておこなった処置を、

「なまぬるい。おどろくべきことじゃ。やがては主君となられる御方を打擲《ちょうちゃく》した者を、そのままに生かしておくとは、のちのちのためにならぬ」

と、激怒していただけに、堀源太郎については、憎しみこそあれ、いささかの同情をもしめさなかった。

狂気

一

堀源太郎は、その場から、宮武郷太夫によって〔評定所《ひょうじょうしょ》〕へ拘引された。

馬に乗り、肩を聳《そび》やかした宮武が、後手《うしろで》に縛りあげた源太郎の縄尻《なわじり》を取り、城下へもどって来たのだから、たまったものではない。

源太郎を縛り直した縄は、音水潟《おんずいがた》の近くの百姓家へ立ち寄り、出させたものである。

「あっ……あれは、何じゃ？」

「堀のせがれではないか」

「どうしたのだ。いったい……？」

「これは、おもしろい」

町人《まちびと》たちも、道を行く藩士たちも、たちまちに群れあつまって来た。

「どうか……どうか、おゆるしなされて下さりませえ……」

城下の入口近くまで、必死の叫びをあげながら、宮武郷太夫の馬側《ばそく》へまといつき、ゆるしを乞《こ》うていた堀家の老僕《ろうぼく》・儀助の姿は、もう、見えなかった。

息を切らし、叫びつづけ、その上に宮武から、

「うるさい。退《の》け!!」

二度三度は鞭《むち》で叩《たた》かれ、儀助は何処《どこ》かの道端へ倒れてしまったものか……。

白昼のことである。

しかも、源太郎は禿《は》げあがった頭をさらし、はじめは嘲笑《ちようしよう》をあびせていた者も、ついには、

「見ていられぬ……」

ほどに、泥《どろ》まみれの無惨《むざん》な姿となっていた。

これを、堀家へ知らせた者がいる。

堀源右衛門は、この日、登城していた。

藩主の越後守正房《えちごのかみまさふさ》は、この年の初夏、参覲《さんきん》で江戸へのぼっており、近習頭《きんじゆうがしら》として、藩主に奉仕することはないが、三日に一度は登城しなくてはならぬ。

そこで、先《ま》ず若党の伊橋弥平が、あわてて外へ駆け出した。

そのとき、源太郎の縄尻を取った宮武郷太夫は、城の大手門を入り、両側に老臣・重臣の屋敷がたちならぶ道を真直ぐにすすみ、大手口《おおてぐち》・中ノ門《なかもん》の左側にある評定所へ、

「さ、入れ」

源太郎を引き入れた。

評定所は、藩内の公事《くじ》や裁判をおこなうところで、筒井藩の場合、この中に白洲《しらす》もあれば牢屋《ろうや》もある。

源太郎は、この評定所の牢屋へ一カ月ほど押しこめられ、取り調べをうけた。

妙も、当日妙につきそっていた女中も評定所へよばれた。

儀助も、きびしい取り調べを受けた。

これは、政事向きの事件でもなく、汚職事件でもない。

いわば〔醜聞〕である。

だが、大人たちの色恋の生臭さはない。

男も女も二十《はたち》前で……むしろ、少年少女といってよい。

源太郎が江戸で若殿の頭を打ち叩くという事件を引き起こし、藩主か藩庁の特別なはからいで、

「杉本小太郎《すぎもとこたろう》」

の別名となり、あらためて実家の養子となった。

その源太郎をあわれみ、かつては、仮の事ながら婚約の間柄《あいだがら》だった妙が、

（ひと目、会うてなぐさめたい）

と、おもったかして、これを、音水潟へ呼び出した。

その胸のうちには、十五歳の少女らしい可憐《かれん》な愛情が残っていて、

（お頭《つむり》が、ひどく、禿げてしまわれたというけれど……いったい、どのようになっておいでなのかしら……）

源太郎への想《おも》いがつのり、なんとしても会って見たいとの決意を、妙にさせたものであろう。

婚約を破棄したのは、少女の妙の意思ではない。父・岡部忠蔵が、

「さほどに見ともない男を、むすめの婿《むこ》にしたら、城下の笑いものになるは必定《ひつじょう》である」

と、断じたからである。

それだけに、少女の胸は痛んでいたともいえる。

で、妙は儀助にたのみこんだ。

ところが、どうだ。

江戸へ発《た》つ前の堀源太郎とは、あまりにも変り果てた姿を……いや、みごとに禿げあがった頭を見た瞬間、妙は茫然《ぼうぜん》となったのだが、突然、こみあげてくる可笑《おか》しさをどうしようもなく、吹き出すように笑い出してしまった。

そこはやはり、まだ少女だったといってよい。

可笑しいものは、可笑しい。それをこらえることができなかった。

取り調べがすすむにつれ、目付役たちも、ばかばかしくなってきた。

岡部忠蔵・妙の親子については、

「何のおとがめもなし」

であった。

けれども、源太郎については、きびしい詮議《せんぎ》がつづけられた。

宮武郷太夫が通りかからなければ、源太郎は妙を殺害していたにちがいない。

それでなくとも、宮武などが憤慨していたように、堀父子へ対する藩庁の処置が、

「生《なま》ぬるい……」

という評判が大きい。

「若殿のお頭《つむり》を打ち叩いたような者を、野放しにしておくから、こういうことになるのじゃ」

「堀源太郎は江戸で死んだ。そのかわり、杉本小太郎という源太郎生き写しの者が、堀の養子になる、なぞとまわりくどいまねまでして、あれほど寛大な御処置をする意向がわからぬ」

「実に、ばかばかしいことではないか」

「死罪だ。切腹させてしまうが、もっともよい」

などと、口ぐちにうるさい。

二

家老や重臣たちも、この事件に関して、ひそかに審議をしたという。

江戸藩邸へも急使が立った。

何やら、ものものしい。

この間、堀源右衛門は屋敷に引きこもり、謹慎をしていた。

今度は、いいのがれの仕様もないことだ。

源太郎の所業は、源太郎自身が、

(狂気の沙汰《さた》……)

だとおもっているし、評定所での調べにも、

「申し開きの仕様もございませぬ。どのような罪を受けましょうとも、否《いな》やはございませぬ」

と、いったそうな。

神妙のように見えるが、取り調べに際しての源太郎の態度は、

「不遜《ふそん》である」

と、看《み》られた。

俗にいうなら、

「勝手にしろ。殺すなら殺せ。どんな罪でも着てやる」

そうした、ふてぶてしさがあったというのだ。

音水潟の事件があって、三十五日目に、江戸藩邸から急使が柴山《しばやま》城下へ駆けつけて来た。

堀源太郎の処置について、江戸にいる越後守正房の、裁断が下ったのである。

「杉本小太郎改メ、堀小太郎は狂気の故《ゆえ》をもって、生涯《しょうがい》の謹慎蟄居《ちっきょ》を申しつける」

このことであった。

堀源右衛門は〔養子・小太郎〕を、自邸内の座敷牢へ閉じ込め、一生、外へ出してはならぬ、というのである。

源右衛門は、

「かしこまった」

冷静に、この申しわたしを受けた。

その胸の内はわからぬが、今度ばかりは源太郎が悪い。

申しわたしのままにするより、

(道はない……)

と、おもいきわめたのであろう。

すぐさま、堀家の奥座敷へ牢格子《ろうごうし》が取りつけられ、源太郎は評定所から、この中へ身を移された。

源右衛門の謹慎は、まだ、ゆるされていない。

屋敷へ帰って来た源太郎は、おもいのほかに落ちついていた。

評定所の牢屋に一カ月余もいたというのに、痩《や》せおとろえてもいなかった。

奉公人たちは、

「血色も悪くないようだ」

「どうも、おどろいた」

などと、語り合っていたが、源太郎は入牢について、すでに経験者である。

江戸の下《しも》屋敷の〔締《しま》り土蔵《どぞう》〕や〔腹切蔵《はらきりぐら》〕のことをおもえば、天と地ほどの差がある今度の入牢であった。

牢の中で暮らすことに、自分でも、おもいのほかに馴《な》れていて、つとめてぼんやりとしていれば、日々がわけもなくすぎて行く。

食事も、締り土蔵のことをおもえば、ずっと上等だったし、堀家からの〔差し入れ〕も、三日に一度はゆるされたのである。

堀源右衛門は、息子が帰って来たとき、すぐに会おうとはせず、一間に引きこもったままでいた。

夜ふけてから、源右衛門が牢格子の前へやって来た。

「これ……ねむっておるのか、これ……」

「あ……父上……」

身を起こした源太郎が両手をつき、

「このたびは、まことに……」

「うむ……」

二人とも、長い沈黙のうちに、たがいの胸の中を計り合っているかのようだ。

庭に鳴きしきっている虫の声を、二人はいつまでも聞き入っている。

源右衛門が煙草盆《たばこぼん》を持って来て、煙管《きせる》を手に取りつつ、

「よいか。つまらぬことを考えてはならぬぞ」

と、いった。

「父上には、まことにもって、御迷惑を……」

「そのことではない」

「は……？」

「自ら死ぬようなことを考えるな、と、申している」

「……はい……」

父は自分が自殺することを何よりも案じてくれている。牢格子がはめられていても、此処《ここ》は牢屋ではない。自分の屋敷なのだ。奉公人たちは、みな、源太郎に同情をして

いるし、源太郎にも或《あ》る程度の自由があたえられている。自殺をしようと決意すれば、

(できぬことはない……)

のである。

自殺のことを、おもったことはある。

あるが、ふしぎに実感がわいて来なかった。

それよりも、

(こうなれば、一生を座敷牢で送ってもよい。座敷牢の内から父上を見、父上と語り合うて、生きられるだけ生きてやろう)

居直ったかたちで、そうおもいはじめている源太郎なのだ。

十八歳の若さは、このように、よくいえば柔軟で、悪くいえば、かくまでも気まぐれなものなのか……。

評定所の牢屋にいるとき、

(私は、すこし、悪いやつになったようだな……)

そうおもって、ひとり苦笑を浮かべたりしたものである。

強《し》いていうなら、妙に斬《き》りつけたのも、自分の禿頭《とくとう》を笑われたからで、これは若殿・千代之助を打ち据《す》えたときの怒りと大差はない。相手が少女だということによっ

て、
（私は、狂気にされてしまった……）
のである。

これは、しばらく後になってのことだが……。

事情がわかるにつれて、

「そもそも、岡部忠蔵もひどい男よ」

「いかに源太郎の頭が、あのようになったからと申して、むすめとの約束を我から破るとは、武士の風上《かざかみ》にもおけぬ」

「はじめは、源太郎の将来《ゆくて》にのぞみをかけ、我から、むすめをもらってくれと、堀源右衛門に申し入れたというではないか」

「それに、むすめもむすめよ」

「いかさまな。まだ小むすめのくせに、我から源太郎を呼び出しておきながら、あの頭を見て吹き出したという……」

「末恐ろしい小むすめよ」

「親が親なら、むすめもむすめだ」

藩士たちの中には、堀父子へ同情を抱くようになった者もすくなくない。

それは、さておき……。

屋敷へ帰った夜ふけに、父・源右衛門が、

「源太郎……」

と、わが実の名をよんでくれて、

「こうして、父子ふたり、生きて行こうではないか。行先のことはすこしも考えぬことにしよう。そして、いざ、死ぬるときが来たならば、共に死のう。父が、この手にかけてくれてもよいぞ」

この言葉が、源太郎をどのように勇気づけてくれたか知れぬ。

「かたじけなく存じます」

「同じことよ。世の中の人びとは、みな、おもいようによっては、座敷牢の中へ閉じこめられているようなものじゃ。その、お前が入っている三坪の内のほうが、むしろ自由自在といえるやも知れぬ」

「はあ……」

「書物を読め。昼寝をいたすがよい。好きな物が食べたければ、遠慮なく申せ」

「は、はい」

父子は、微《かす》かに笑い合いつつ、両眼へ熱いものがふきこぼれてくるのにまかせた。

つぎの日から、堀源太郎の新しい生活がはじまった。

三

堀屋敷内の座敷牢から一歩も出ぬ源太郎の生活が、それから約一年の間、つづけられた。

もっとも、それは父の屋敷内のことであるから、入浴や用便のときには牢格子の外へ出るのは黙認されている。

藩庁からの見張りが来ているわけでもないし、そのついでに、庭へ出て躰《からだ》をうごかしたこともあったろう。

ともかく源太郎は、そうしたときにも、つとめて早く、牢格子の中へもどるようにした。

堀源右衛門の謹慎も、解けなかった。

新年を迎えて、源太郎は十九歳になった。

その、正月十九日の夜であったが、突然、家老筆頭の筒井《つつい》但馬《たじま》から堀源右衛門へ呼び出しがあった。

筒井但馬は、

「殿さまの一族……」

である。

但馬は、越後守正房の伯父にあたる。

家老の中でも、この長老に対しては、殿さまのあつかいもちがう。

但馬は、三年ほど前から病床に親しみがちであった。むりもない。この新年を迎えて八十歳になるのだ。

重臣たちの会議にも、但馬は、めったに姿を見せぬ。

見せぬが、政事向きの事は、いちいち但馬にはからねばならぬ。

そのかわり、堀源太郎が引き起こしたような事件に対しては、あまり、但馬は関心をしめさぬようであった。細かい事にまで、くびを差し入れるようなことは決してせぬ長老なのである。

越後・柴山十万石、筒井越後守の筆頭家老として、筒井但馬の名は将軍や幕閣の耳へも聞こえているそうな。

いわゆる大名家の〔名臣〕なのである。

その筒井但馬から、堀源右衛門が急によびつけられた。

「はて……何事なのだろう？」

「旦那《だんな》様が、お困りになるような事に、ならぬとよいが……」

主人を送り出してのち、若党・伊橋弥平や、老僕《ろうぼく》・儀助《ぎすけ》、中間《ちゅうげん》の牛蔵《うしぞう》・為治《ためじ》などが、不安そうにささやきかわしている。

源太郎は、これを知らなかった。

夕飯の折に、父が、

「すこしは、のめ」

茶碗《ちゃわん》に半分ほど、冷酒を汲《く》んでのませてくれたのが利《き》いて、ぐっすりとねむりこんでいたのだ。

筒井但馬は、三名の家来をさし向けてよこした。

源右衛門は謹慎中の身であるから、供はゆるされぬし、両刀を帯びることもできぬ。無腰《むごし》のまま、迎えに来た三人に監視されつつ、但馬の屋敷へおもむいた。

但馬が、わざわざ夜に入るのを待って呼び出したのは、源右衛門のこうした姿をおもいやって、人目にたたぬよう、はからってくれたと看てよい。

筒井但馬の屋敷は、城内二ノ丸にあった。

本丸にある藩主の御殿に、もっとも近い。二ノ丸に屋敷をゆるされているのは、但馬のみである。

但馬には、五十九歳になる長男・理左衛門《りざえもん》がいるけれども、まだ、当主ではない。

五人の家老のうち、但馬の家のみは、その当主が、

「死ぬるまで、職に在ること」

と、決められているのだ。

堀源右衛門は、屋敷を出てから一刻《いっとき》（二時間）後に、帰って来た。

表門の門扉《もんぴ》へ、ふとい竹をかけわたし、謹慎中の出入りを禁じてあるわけだから、帰りも、筒井但馬の家来が護送して来た。

「旦那様……」

「お帰りなされませ」

奉公人たちが、潜門《くぐりもん》から入って来た主人へ、飛びつくように出迎えた。

「おお……」

「源太郎は？」

うなずいた源右衛門が、

「まだ、よく、おやすみに……」

「さようか……」

ちかごろ、とみに皺《しわ》の深くなった源右衛門の顔へ、笑いが波紋のようにひろがった。

奉公人たちは、何がなし、ほっとなった。

（旦那様の、この様子では、さほどに悪い事が起ったようでもないらしい……）

と、感じたからだ。

源右衛門は、いつもより機嫌《きげん》がよいように見える。

牢格子の前へ行き、中で、ねむりこんでいる源太郎をたしかめてから、

「うむ。うむ……」

二度三度と、うなずいた。

それから居間へ入り、伊橋弥平に手つだわせ、着替えにかかった。

弥平は、まだ、不安が消えていない。そこで、おもいきって問いかけてみた。

「御長老様の御病気は、いかがでございましたか?」

「うむ……やはり、重いように見うけられたが、それでも御病間へ、わしをよばれて……」

「御病間へ……」

「うむ」

それ以上のことを、若党の自分が問いかけることは、つつしまねばならぬ。伊橋弥平は、だまって手をうごかしつづけた。

(さほどに、病気の重い御長老様が、わざわざ御病間へ、旦那様をよびつけられ、かなりの間、おはなしをなされた……)

いったい、何を筒井但馬はいったのであろう。

病間でというからには、そこに、他の重臣や藩士が同席していたともおもわれなかった。

（何としても、この上に、また、悪い事さえ重ならなければよいのだが……）
弥平は、そう願い、祈るのみであった。

四

春が来て、また、夏が来た。
筒井但馬の病状が、
「おもわしくない……」
との風評が、城下にながれはじめた。
堀父子の生活には、依然、変りがなかった。
筒井越後守正房が、江戸から国許《くにもと》へ帰ってきた。
源太郎は、すこしも退屈をおぼえていない。
書物を読んだり、父と語り合ったりしていると、わけもなく日がすぎてしまう。
夢は、よく見た。
去年の音水潟《おんずいがた》の事件以来、隣家の妙《たえ》は、すこしも夢の中にあらわれなかった。
そのかわりに、原田小平太の夢をよく見る。
二人して、あの初霜饅頭《はつしもまんじゅう》を食べている夢なぞは、何度も見た。
盆《ぼん》、といっても、畳半帖《はんじょう》ほどの大きな盆へ山盛りに初霜饅頭が積みあげられている

のを、

「一つ……」

「二つ……」

「三つ、四つ……」

と、小平太と自分が大声で数えながら、むしゃむしゃと、たちまちのうちに食べつくしてしまう夢を見たこともあった。

そうかとおもうと、月も星もない暗夜に、小平太が白刃を引きぬき、自分へひたとつけて、じりじりと肉薄して来る。

「よせ。よしなさい。よさぬか……」

手を振って叫びつつ、後退して行くうちに、深い穴の中へ足をすべらせ、すーっと躰《からだ》が落ち込んでゆく……そこで目がさめると、躰中にあぶら汗が浮いており、実に嫌《いや》な気持であった。

(あ、そうだった)

いまごろになって、源太郎は気づいた。おもい出した。

去年、江戸の下屋敷を出たとき、小島彦五郎小父がくれた金二十両のうち、五両ずつを、和泉屋《いずみや》の寮にいた喜平とお順へやり、残る十両は、

(国許へ着いたとき、お礼に、小平太殿へ……)

そうおもっていたのだが、城下到着と同時に、源太郎は緊張と興奮のため、そのことをすっかり忘れてしまったのだ。

(いまごろ、小平太殿はどうしているかな……それに、喜平や、お順も……)

お順の夢も、ふしぎに、よく見る。

その夢の中には、目ざめてのち、源太郎の顔が赤らむようなものもあった。

(いまの私が、何故《なにゆえ》、あのように猥《みだ》らな夢を見るのか……まことに、恥ずかしい……)

夢の中で、お順は、惜しげもなく裸身をさらし、ふくよかな乳房を源太郎の胸へすり寄せ、双腕《もろうで》をくびへ巻きつけてくるのだ。

(ああ、いけない。私は、何というあさましい……)

おもいながらも、夜具へ身を横たえるときには、お順との、そうした夢を見たいとのぞんでいる自分を発見し、われにもなく、うろたえるのである。

ところで……。

そのころになると、妙の父・岡部忠蔵や岡部の上司で、源太郎を縄目《なわめ》にかけた宮武郷太夫の評判が、大分に悪くなった。

「岡部のむすめのほうが、あれは悪かった」

「そもそも、親の躾《しつけ》が、よろしくない」

「宮武殿も、あの折、馬上に堀のせがれの縄尻《なわじり》を取り、意気揚々と城下へもどって来たが、ちょと面憎《つらにく》かったのう」

「まったくだ。武士の情《なさけ》というものを知らぬ」

「知らなすぎる」

「堀家は、ひっそりとしているのう」

「気の毒じゃよ、こうなって見ると……」

「おもえばなあ、二十《はたち》前の若さで、あの頭になって見よ。そりゃ辛《つら》いぞ」

「まったく……」

「源太郎が、ああなったのも、むりはないように、このごろはおもえてきた」

「うむ、まったく……」

「ふむ、ふむ……」

と、このように変って来た。

人のうわさというものは、およそ、こうしたものなのだ。

人は容易に、他人の、

「身になれぬ……」

ものなのである。

したがって、他人の事の〔真実〕は、すぐにわかるものではない。

しかし、月日がたつにつれて、実体が次第に姿を見せる。そのとき、人びとの評価が変るのである。

変るといえば……。

越後守正房が帰国して、半月ほどが経過した或《あ》る日、堀源右衛門の謹慎が解かれた。

このことは、源右衛門よりも源太郎にとって、大きなよろこびであった。

(二度と、父上に難儀はかけぬぞ)

と、源太郎は、わが胸にかたく誓った。

源右衛門は、ふたたび、御殿へ出仕するようになったが、そうなって十日目に、つぎのような沙汰《さた》が下った。

「堀小太郎の禁錮《きんこ》を解く。ただし、生涯《しょうがい》、屋敷より一歩も外へ出ることはならぬ」

これは、朗報といわねばなるまい。

なぜなら、はじめは「生涯、座敷牢から出てはならぬ」と、命じられたのだ。

それが今度は「生涯、屋敷内から出てはならぬ」と、変った。

それならば将来、さらに変ることもあり得るのではないか。

老僕・儀助は、涕涙《ているい》して、

「これでもう、いつ、死んでもよい」

と、いった。儀助は、このとき、源太郎がいつかは自由の身になる、と、信じたようである。

奉公人たちは、すぐに、牢格子《ろうごうし》を取り外《はず》そうとした。

すると、

「あ、いますこし、そのままにしておいてくれぬか」

と、源太郎がいう。

「何でございますって？」

「すこし、そのままにしておけ。ねむるときは、その中のほうがねむりやすいのだ」

「な、なんということを……」

伊橋弥平も儀助も、おどろいた。

「なに、人というものは、そうしたものなのだ。私には身におぼえがある。たとえ、牢屋の中でも住み馴《な》れてしまうと、他の場所では、なかなかねむれないものなのだよ」

源太郎は、そういって笑った。

「まさかに……」

「いや本当なのだ。嘘《うそ》とおもうなら、一度、牢屋暮らしをしてみることだ。は、はは……」

夏がすぎ、秋が来た。

堀源右衛門は、以前のごとく忠実に、殿さまの側近くつかえている。御城の中でのことを、源右衛門は帰邸しても語らぬ。これは、むかしからのことゆえ、奉公人たちも怪しまなかった。

ともかく、登城し、帰宅する源右衛門の顔に憂悶《ゆうもん》の翳《かげ》りはすこしもない。

「いまに、源太郎様へも、おゆるしがあるのではないか……」

堀家の奉公人たちは、いよいよ行手《ゆくて》に期待を抱いた。

そのころ、二度三度と、江戸藩邸からの急使が駆けつけて来た。

何か、

「徒事《ただごと》でない……」

と、藩士たちはおもった。

しかし、その急使がもたらした内容については、まったく、不明なのである。

それを知っているのは、越後守正房と四人の家老だけなのであろう。

「それにしても、何事なのだ？」

「わからぬ」

「どうも、気味がわるい」

「御公儀との間に、何か、もめごとでも起こったのだろうか？」

「さて……？」

五

柴山《しばやま》城下は、その後も平穏であった。

堀家にも、これまでにはなかった落ちつきが見られ、源右衛門も源太郎も、ときには何かに笑い興じるようなこともあった。

奉公人たちの顔も、明るい。

それは、秋も深まった或る日のことであったが……。

夜ふけに、また、長老・筒井但馬《たじま》が堀源右衛門をよび出した。

ひそかに、但馬の家来が堀家にあらわれ、

「おこし下され」

と、いう。

この夜の源太郎は、まだ、ねむっていない。

「父上。何事でしょう?」

「ふむ……」

「私のことについてでしょうか?」

「さて……」

身仕度をしながらも、堀源右衛門は落ちついていた。

「いずれにせよ、案ずることはない」

「なれど……」

「では、行ってまいる」

「は……」

一刻ほどして、源右衛門が帰邸した。

「父上。何事でしたか？」

「いや、別に……」

言葉を濁しはしたが、源右衛門の態度は、沈着そのものであった。

「このことは、お前に関《かか》わり合いのないことじゃ」

「まことに？」

「まことじゃ。強《し》いていうならば、このことは御家のことなのだ」

「御家の……？」

「うむ」

源右衛門は奉公人たちへ、

「今夜のことは、かまえて他言《たごん》無用」

と、念を入れた。

源右衛門は、筒井家のことだというのだが、そのように重大な事柄《ことがら》へ、禄高《ろくだか》百五十

石・近習頭にすぎぬ堀源右衛門が何故に、

(関わり合わねばならぬのか……?)

であった。

深夜、筒井藩の長老が重病の身なのに、わざわざ近習頭をひとりだけよびつけて、何か談合をした。これは事実なのである。

源太郎は、この前に、父がよび出されたことを知っていない。

それだけに、

(これは、徒事でない……)

源太郎の胸がさわいだ。

(やはり、自分のことなのにちがいない……)

としか、おもえぬ。

藩の政事向きのことに、父と長老が密談をするはずがない。

(私のことにちがいない。きっと、そうなのだ)

この源太郎の予感は適中した。

その夜から十日ほどたって、藩庁は、堀源太郎へ、

「堀小太郎は狂気の者につき、生涯、妻帯を禁ず」

と申しわたして来たものである。

狂人だから、一生、結婚をしてはならぬという達しなのだ。むろん、生涯の謹慎はそのままであった。

たしかに、源太郎の行動は罪に問われるべきものであったが、藩庁も、あまりに執《しっ》拗《よう》である。

罪があるなら罰をあたえ、それで終りにすればよい。

つぎつぎに、間を置いて、罰をゆるめたかとおもうと今度はまた、大仰《おおぎょう》にいうならば、

「奇《き》想《そう》天《てん》外《がい》……」

な、罰を下したのであった。

「まったく、ひどい」

と、堀家の奉公人たちは悲憤につつまれた。

「まるで、蛇《へび》の生殺《なまごろ》しではないか……」

口に出してはいわぬが、それならば、いっそ、源太郎に死罪をあたえたほうが、まだよい。

あわれな禿頭《とくとう》の若者には、もはや、結婚の機会がないのも同じだから、このような罰を下したのであろうか。

これは、源太郎を〔男〕としてみとめぬことになる。

だが、源太郎自身は、その〔御達し〕を受けたとき、苦笑が浮かんだけれども、これほどのことならば、

（何でもないこと……）

と、おもった。

そして何よりも、父の身の上に変りがないことをよろこんだ。

もとより、結婚なぞをするつもりはない源太郎なのである。

（女という生きもの、もはや、懲《こ》り懲《ご》りだ）

と、遊び疲れた中年男のような心境になっている。

性欲がないわけではない。

しかし、その発散は、

（夢の中でよい……）

のである。

夢の中では、おもうままに、お順を愛撫《あいぶ》することができる。

根岸の寮で、自分の、みにくい頭をはじめて見たときの、お順の平然とした態度は、

（普通の少女が、普通の人を見やった……）

だけの眼《まな》ざしであったのだ。

そしてまた、源右衛門も落ちついている。

つとめて、そうしているのやも知れぬが、それから以後の源右衛門の行動は、すこしも変らなかった。

「何も彼《か》も、あきらめておいでなさるのだろう」

と、伊橋弥平はつぶやいた。

老僕の儀助は、がっくりと気落ちしてしまい、急に躰《からだ》のぐあいが悪くなった。

儀助は食欲をうしない、発熱することが頻繁《ひんぱん》となり、自分からいい出して、音水潟《おんずいがた》のほとりの、山本村に住む義弟の百姓・権左衛門の家へ引き取られて行った。

「爺《じい》や。この屋敷にいてくれ。私が看病をしよう。私も毎日することがなくては困っているのだ。儀助。ここにいてくれ。私と一緒に暮らしてくれ」

源太郎が、いくら元気づけても、儀助は哀《かな》しげにかぶりを振るばかりなのである。

儀助は、去年、自分ひとりがわきまえて、源太郎と妙を音水潟で会わせたことを悔いている。

(あのことさえなければ……)

であった。

くやんでもくやみ切れぬ。

その後悔が、老いた儀助の心身をさいなみつくした。

義弟の家に引き取られて間もなく、儀助は死んだ。

それは越後・柴山の城下に、今年はじめての雪が降った日の夕暮れであった。

大工道具

一

その日の夕餉《ゆうげ》は、大根汁《じる》に鰯《いわし》の塩漬《しおづけ》であった。

この鰯は、春になると日本海で大量にとれる。

それを塩と糠《ぬか》に漬けておき、一年中、折にふれて食べることができた。堀家では、鰯にかぎらず、野菜や山菜の漬物など、すべて亡《な》き儀助《ぎすけ》の受けもちだったのである。

(儀助の漬けたものも、これからは食べられなくなる……)

そうおもうと堀源太郎は、鰯が喉《のど》を通らなくなってしまった。

そのとき源太郎は、ひとりきりで膳《ぜん》に向かってい、女中のよしが給仕をしていた。

牢格子《ろうごうし》を取り払ったばかりの奥の間に、源太郎は起居している。

父の源右衛門《げんえもん》は、御城から、まだ帰って来なかった。

いつもなら、すでに下城《げじょう》しているはずなのだが、父を迎えに出た若党・伊橋弥平がもどって来て、

「旦那《だんな》様は、御城からそのまま、御長老様の御屋敷へまいられました。お帰りの時刻

もわかりませぬゆえ……」
先に、夕餉をするようにと、父は源太郎へいってよこしたのだ。
御長老とは、家老筆頭の筒井《つつい》但馬《たじま》のことをさす。
またしても但馬が、堀源右衛門ひとりを私邸へよび寄せたのである。
(何か……?)
父が御長老によびつけられると、
(私の身に、何かが起こる……)
そうおもうと、源太郎は落ちついていられなかった。
むしろ、伊橋弥平は、源太郎の部屋から下がって来て、堀家の奉公人たちへ、
「きっと何か、よいことがあるにちがいない」
と、いった。
この前は、源右衛門が筒井但馬によばれた後で、源太郎は気が狂っているのだから、
「生涯《しょうがい》、妻を迎えることを禁ず」
と、藩庁が申しわたして来た。
このあまりにも、
「ばかげた罰……」
に、あきれ果てたのは、堀家の奉公人のみではなく、他の藩士たちも同様だったと

いってよい。

堀源太郎へあたえられた罰は、はじめ、座敷牢へ押しこめとなり、ついで、いくらかゆるめられた。すなわち、

「屋敷内において、生涯、禁錮《きんこ》」

である。

さらに、禁錮のままで妻帯を禁ず、となった。

伊橋弥平《いばしやへい》は、

「それが、いくらかでも、ゆるめられるのではないか……？」

と、期待を抱いたらしい。

それにしても、いちいち、

(御長老様が、ひそかに旦那様をおよびなされるというのは……？)

それが、わからぬ。

源太郎にも、そこが、どうしてものみこめないのだ。

父にも何度か訊《き》いた。

返事は、きまってこうである。

「お前のことには、関《かか》わり合いのないことじゃ」

それにしても、御長老と父との密談があって間もなく、自分への申し渡しがあるの

は、偶然とはいえぬような気がする。

夕餉を終えてから、源太郎は読書をはじめたが、上《うわ》の空であった。

どれほどの時間《とき》がすぎて行ったろう。

「よし。よしは、いないか……」

凝《じっ》と、不安のまま、寒気に抱きすくめられていることに、源太郎はたまらなくなり、女中をよんだ。

すぐに、よしの足音が廊下を近づいて来た。

よしは、城下の薬種屋・若狭屋《わかさや》六郎兵衛《ろくろべえ》の次女に生まれ、少女のころから行儀見習に堀家へ奉公し、のち、縁あって嫁《とつ》いだが、子も生まれぬまま、二年後に夫と死に別れた。

その後、実家へ帰っていたが、八年前に、ふたたび堀家へ奉公し、そのまま居ついている。

主婦がいない堀家にとって、よしは、

「家族も同様……」

の、女といってよい。

「およびでございますか……」

「うむ。あの……父上の、お部屋の炬燵《こたつ》の火を、見ておいてくれぬか」

「はい」

そのことに、よしは気づかぬ女ではない。

だが、すこしも面倒がらずに、源右衛門の部屋へ入って行った。

「いささか贅沢《ぜいたく》じゃが、冬になると、もう、これだけがたのしみでな」

と、源右衛門は炬燵にぬくもりながら、

「お前も入らぬか」

源太郎にいってくれる。

しかし、

「私は、すこしも寒くありませぬ」

源太郎は、かたく辞退をしてきた。

これだけ父に迷惑をかけている自分なのだし、しかも若い身空《みそら》で、とても炬燵など
へ躰《からだ》をさし入れられるものではなかった。

よしは、父の炬燵の火のことを心配している源太郎を、うれしくおもった。

「大丈夫でございますよ」

「そうか……」

「旦那さまは、遅うござりますなあ」

「うむ……」

源太郎がうなずき、見台《けんだい》の書物へ眼を移したとき、門の方で、父が帰って来た気配がした。

「あ……もどられた……」

「はい、はい」

よしが、廊下を小走りに去った。

「お帰り」

小者の牛蔵《うしぞう》の声がきこえた。

おもわず、源太郎も廊下へ走り出ていた。

玄関内へ入って来た堀源右衛門の面《おもて》は、平静そのものであった。

源太郎は、その父の顔色を見て、すこしは不安がぬぐわれたようにおもった。

居間へ通り、よしに手つだわせて着替えにかかりつつ、

「先に、すませたか?」

と、源右衛門が源太郎にいった。

夕餉のことである。

「はい」

「うむ、うむ……」

うなずいた父の顔に、微笑が浮かんでいる。

よしが、

「旦那さま。ただいま、すぐに御膳を……」

というのへ、

「いや、よい。御長老様御屋敷で、馳走《ちそう》になった」

「ま……」

よしは、おもわず源太郎と顔を見合わせた。

これは、女中のよしでさえ、不審にたえないことであった。

殿さまの伯父にあたり、藩主一族の中で、もっとも権勢が大きい筆頭家老・筒井但馬が、百五十石の近習頭《きんじゅうがしら》にすぎぬ堀源右衛門を内々《ないない》でよび寄せ、夕餉の馳走をしてくれたというのだ。

それは、御長老と近習頭の親密さをものがたる以外の何ものでもない。

「よし。このことは他言すな」

と、源右衛門がいった。

長老に馳走をうけたことを、他の奉公人たちへもらすな、というのだ。

「はい……」

よしは、それでも、すっかり安心をしたらしく、

「では、生姜湯《しょうがゆ》でも、おもちいたしましょうか？」

「お……それがよい。源太郎にも、な……」

「かしこまりました」

よしが去るのを待ちかねて、源太郎が、

「御長老様は何用あって、父上を……？」

例によって「お前に関わり合いのないこと……」だという父のこたえを予期していたが、今夜はちがっていた。

「うむ。ま、あとで、ゆるりと、お前に聞いてもらわねばならぬ」

「では、やはり、私のことでしたか？」

「さよう……」

深くうなずき、源太郎を見やった父の眼に、得もいわれぬ深い光が凝《こ》っている。

「あの、何事で……？」

二

よしが、生姜湯を運んで来て、去るのを見すましてから、源右衛門が、

「此処《ここ》へまいれ」

源太郎をさしまねいた。

「は……」

「さ、炬燵へ入れ」

「いえ、私は……」

「入れと申すに」

今夜の父の声には有無《うむ》をいわせぬものがある。

源太郎は身をちぢめて、炬燵へ膝《ひざ》をさし入れた。

「もそっと、深く入れよ。さ、さ……」

「はい……」

「ま、生姜湯をのめ」

「父上……」

「急《せ》くな」

「は……」

「よいか、源太郎。これより先、お前の身の上には、何が起るか知れたものではない」

「…………?」

「わしが生きてあるうちはよい。なれど、お前は、父が亡《な》きのちも、十年二十年と生きて行かねばならぬ。つまらぬことに神経《き》をつかい果たしていては、身がもたぬではないか。そうであろう」

父が何をいおうとしているのか、見当もつかなかった。

「ま、のめ」

父は、しずかに生姜湯をすった。

生姜の香りと砂糖の甘味を、こころゆくまで、堀源右衛門はたのしんでいるかに見える。

「ああ……うまいのう」

「はい」

「源太郎。おどろいてはならぬぞ。くわしい事情をつぶさに打ち明けることができれば、お前もおどろかぬ……いや、いずれにせよ、おどろくであろうが、その、おどろき方もちがうはずじゃ」

「何の事でしょう、父上……？」

「おどろかぬと約束をせい」

「は……おどろきませぬ」

「よし。父も、おどろかぬゆえ、お前も、おどろいてはならぬ」

「はい」

「近きうちに、またぞろ、お前へ申しわたしがあるはずじゃ」

「また……？」

「さよう。いや、お前にというよりは、わしへの申しわたしといったほうがよいだろう。つまり、お前が狂気のゆえに、堀家の跡目《あとめ》をつぐことはならぬ、という申しわたしがある」

「さようで……」

源太郎は、それほどにおどろきはしなかったけれども、つぎの父の言葉には、かなりの衝撃をうけた。

「そして、お前の代りに、たぶん、わしは、北島市之《きたじまいちの》助《すけ》殿の次男・文吾《ぶんご》を養子に迎えることになろう」

と、源右衛門はいったのである。

「さ、さようで……」

「これ、おどろくなと申してある」

平然としている父が、源太郎にはうらめしかった。

なるほど、妻を迎えることもできぬときめつけられた自分が、武士の家の跡をつぐわけにはゆくまい。

藩庁が、さらに意地悪い処置を源太郎にあたえ、

「狂気の故《ゆえ》に、家督することはならぬ」

というのなら、仕方もないことだ。

だが、それに対して、父が平気でいることは、さびしい。

(私のほかに、養子が、この屋敷へ来ても、父上は平気なのだろうか……)

それがさびしい。

かつては、藩庁の仕打ちに激怒してくれた父が、ちかごろはとみに穏やかになってしまった。それは事実だし、これまでは、そうした父への申しわけなさでいっぱいになっていた源太郎の胸が、このときは、何故《なぜ》か騒いだ。

(父上には、実の子の私よりも、やはり、堀の家名がたいせつなのだろう……)

このことである。

「源太郎……これ、源太郎」

「は……」

「怒っておるのか」

「いいえ」

「この父を、だらしのないやつと、蔑《さげす》んでいるのであろう」

「い、いいえ……」

「これには理由《わけ》がある。深い、わけがあるのじゃが……それを、いま、申すわけにはまいらぬ」

それは、何かあるにちがいない。

藩庁の申しわたしに先立ち、わざわざ御長老が源右衛門をよび、夕餉《ゆうげ》を出してまで長い時間を密談にすごしたのである。

「それで、父上。そうなりますと……私の身は、どうなるのでございますか？」

「変らぬ」

「は……？」

「このままじゃ。この屋敷にいるのじゃ」

「北島文吾殿が、ここへ養子にまいられてからもですか？」

「さよう」

　文吾の父・北島市之助は、藩の普請奉行《ふしんぶぎよう》をつとめ、禄高《ろくだか》は源右衛門と同じ百五十石。温和な人物で、藩内の評判もしごくよろしい。

　その次男・文吾は、今年二十三歳。兄・久馬《きゆうま》がいずれ北島家をつぐわけだから、養子口があれば、よろこんで来るにちがいない。

　けれども、罪人を出した堀家への養子だから、そこには、文吾の父兄にも、多分にためらいがあると看《み》てよい。

　あっても、断わり切れまい。

　おそらく、藩主・筒井越後守正房の命によって、

「堀家との養子縁組を申しつける」

ことになるからだ。

「辛《つら》いことだろうが、我慢をいたせ」

はじめて、父の横顔に苦渋の色が浮かぶのを、源太郎は見た。

「父も、まだ……こうなっても、まだ、生くるつもりなのじゃ。なれば、お前も、父と共に生きてくれい。生きねばならぬ、ぜひとも……ぜひとも……」

うめくがごとくいい、たまりかねたように源右衛門は、両眼を手で押えたのである。

三

年が明けた。

堀源太郎二十歳《はたち》である。

江戸の上《かみ》屋敷において、若殿・千代之助《ちよのすけ》を打擲《ちようちやく》し、目黒の下《しも》屋敷内にある〔締り土蔵〕へ押しこめられたときから、早くも三年の歳月がながれている。

この正月二十日に……。

旧臘《きゆうろう》、父から密《ひそ》かにつたえられていた北島文吾養子の件が、君命によって、堀・北島両家へ申しわたされ、同時に、

「堀小太郎は狂気の故をもって、家督相続がならぬ」

との沙汰《さた》が下った。

「ひどいものだな……」

「あまりといえば、源太郎が気の毒じゃ」

と、このごろでは、城下の人びとの源太郎への同情が大きくなってきている。

北島文吾は、三月十五日に、堀家の人となることに決められた。

その一カ月ほど前から、堀家の庭の一隅《いちぐう》に五坪ほどの〔離れ屋〕を建てるための工事が始まったのである。

二月も中旬となれば、越後《えちご》・柴山《しばやま》の城下に積もる雪も溶けはじめる。

雪降りの日が少なくなり、鈍いながらも、何となく春を告げる日ざしが、日増しに明るんでくるのであった。

大工は伊助といい、柴山城下でも、

「それと知られた……」

棟梁《とうりよう》である。

伊助は、六十がらみの老人だが、年少のころから、江戸や京都で、きびしい修行をして来たという。

町家のみか、武家屋敷の建築にもくわしく、ほかならぬ〔御長老〕の筒井但馬も、伊助が、ことのほかの気に入りだそうな。

雲の松原にある藩主の別邸も、伊助が手がけたものだ。

こういうわけで、身分の軽い藩士の屋敷の仕事に、伊助ほどの大工を、

「よべるものではない」

のである。

伊助のほうで、とても、

「手がまわりきれぬ……」

からであった。

伊助は、新潟《にいがた》からも仕事の招きをうけることがたびたびで、むしろ、伊助が使う職人たちは、新潟のほうに多い。

その伊助が、堀邸の小さな庭へ、小さな離れ屋を建てていると聞き、城下ではかなりの評判となったようだ。

この〔離れ屋〕は、源太郎が起居するためのものであった。

伊助に、この仕事をたのんだのは父の源右衛門かというと、そうではないらしい。

御長老の指図で、伊助がさしむけられたのだ。

これは堀源右衛門の胸だけにたたまれていたことで、源太郎とて、すこしも知らなかった。

伊助は、五人ほどの職人をつれて来て、庭の雪を掻《か》き除き、早速、仕事にかかった。

源太郎は、すべて、父が計らってくれたものと、単純に信じきっていた。

（父上は、私が、養子に来る文吾殿と同じ屋根の下で暮らさずともすむように、取り計らって下された……）

それは源太郎にとっても、また文吾にとっても、たしかに気まずいことにちがいない。

伊助は離れ屋が建つ場所を見に来て、源右衛門の意見を聞き、つぎの日には設計の図面を引き、見せに来た。

そして、源右衛門の了解を得ると、自分の下小屋《したごや》で材木を切り組み、五日後にあらわれ、棟上《むねあ》げをした。

源太郎は、半ば放心したように、大工たちがはたらくさまをながめている。

「急ぎのことでございますから、おもうようにはまいりませぬが……まあ、ごかんべん下さいまし。こちらへ、お移りになってから、また、ときどきまいりまして手直しをいたしますから」

と、伊助は、縁《えん》にすわりこんでいる源太郎にいった。

大工たちがいるので、源太郎は絹の鼠色《ねずみいろ》の頭巾《ずきん》をかぶっていた。

大工たちは、源太郎のことを耳にしているにちがいなく、折にふれて、好奇の視線を送ってよこす。

だが、伊助はそうでなかった。

伊助の眼の色を見れば、それは源太郎に、すぐわかることだ。

自分に向ける他人の視線の中に、その胸の内にあるものを読み取るようになったのは、頭髪が脱《ぬ》け落ちてからである。

伊助は、ときに源太郎の傍へ来て、

「あのところは、このようにしようとおもいますが、いかがなもので？」

と、訊《き》いたりした。

してみれば、離れ屋が源太郎のために建てられつつあることを、この老大工は知っていたにちがいない。

小柄《こがら》だが、きりりと引きしまった躰《からだ》つきの伊助は、とても六十の老人とは見えず、きびきびと手足をうごかし、職人たちを静かな声で指図している。

声は低かったが歯切れのよい口調で、とても越後の人に見えないのは、長年、江戸にいて仕事をしていたからであろう。

三日、四日とたつうちに……。

源太郎は、朝が待ち遠しくなってきた。

大工たちの手が、鑿《のみ》や鉋《かんな》、鋸《のこぎり》を魔法のようにあやつり、材木をおもうままに変形させてゆく態《さま》を、源太郎は、むしろ瞠目《どうもく》して見まもった。

町家の若者ならば、子供のうちから何度も見ていることなのだが、堀源太郎にとっ

ては、職人たちが家を建てる現場を見たことが、これまでに、

（一度もなかった……）

のである。

（物を造るということは、こういうことなのか……）

そのおもいが、強烈である。

武家の子に生まれただけに、源太郎は生産にたずさわったことが一度もなく、わが手によって何かを造型した経験も皆無であった。

まるで、一枚の紙のように削られた板の上に、伊助が墨を引いた図面を見て、

（ははあ……ここのところが、あのように造られてゆくのか……）

見ていて飽きない。

大工たちも、しだいに、こうした源太郎へ好意を抱きはじめたようである。

或《あ》る日のことであったが……。

源太郎は伊助を傍《そば》にまねき、こう、ささやいた。

「急ぎのことだろうが、あの離れ屋は、私が一生を送る場所なのだ。出来るだけ、ていねいに建てて下さい」

将来、父が亡《な》くなれば、堀家は養子のものとなる。そうなってからでは、

（修築をすることにも、遠慮をせねばなるまい）

と、考えたからだ。

この離れ屋が出来たなら、もう、一歩も出ずに、

(書物を読み暮らして、一生を終えよう)

という覚悟がついたように、おもえた。

その一方では、

(父上が亡くなられるまでは、共に生きよう。父上を悲しませてはならぬゆえ……そして、父亡き後は、私も死のう)

とも、考えている。

四

養子に来た北島文吾は、明朗といえば明朗、無神経といえば無神経な若者であった。

大柄で、肥《ふと》っている。

童顔であった。

堀家へ入った日から、屈託のない笑い声をたてていた。

こちらの事情を察して、じめじめと神経をつかわれるより、

「いっそ、よいではないか」

と、堀源右衛門が、すでに離れ屋へ入っている源太郎のところへ来て、ささやいた。

離れ屋は六畳一間《ま》に、押入れがついており、伊助が床の間を設けようとしたとき、

「床の間はよい、そのかわりに書物を置く場所にして下さい」

そうたのんで、そこが書棚《しょだな》になっている。

柴山城下も、春めいて来た。

文吾は、のこのこと離れ屋へあらわれて、

「源太郎殿。もはや、あたたかくなったのに、そのような頭巾《ずきん》をかぶっておることもござるまい」

などという。

それが、悪意ではないのだ。

意地悪く、いっているのでもない。

「別に、外へ出るわけでもないのに、除《と》っておしまいなさい」

「いかにも、な……」

こだわりもなく、そうこたえて、素直に頭巾を脱ぐことができた自分を、源太郎はうれしくおもった。

「ははあ……」

文吾は、目をみはって、

「これは、なるほど、すさまじいものだ。このようになるものとは……うわさに聞き

およんではいたが、いやどうも、お気の毒に……」

ぬけぬけと、いってのける。

腹も立たなかった。

しかし、このように無神経な男では、

(父上の跡をついで、殿さまのお側近くにつかえる御役目は果たせそうにもないな)

源太郎は、苦笑を嚙《か》みころした。

春から夏にかけて、伊助が数度、堀家へあらわれ、源太郎の注文にしたがって、離れ屋の手直しをした。

手直しが終ってからも、伊助はやって来た。

そして、親しげに源太郎と語り合っている様子であった。

そのころから、離れ屋で物音がきこえはじめた。

奉公人たちは、伊助が、まだ手直しをしているのかとおもったようだが、伊助が来ぬ日も、木をけずる音や、鋸を引く音がする。

よしがのぞきに来て、

「あれ、まあ……」

おどろいたものである。

源太郎が木を削っているのだ。

伊助がくれた簡短な大工道具をつかい、おぼつかなげな手つきで、鋸を引いたりしている。

六畳の間が、木の切り屑《くず》だらけになっていた。

「まあ、何をしておいでなされます？」

「本箱をつくっているのだ」

「まあ……」

「もっと、うまくなったら、お前の針箱でもつくってあげよう」

文吾も、離れ屋へ顔を見せ、

「や……まるで、子供に返りましたな」

などと、いう。

源太郎は、無言で文吾へ微笑をあたえ、あとは夢中で手をうごかしている。

伊助が来ないときは、庄吉という弟子が来て、

「お離れへ通ります」

こういって、源太郎に大工道具の使い方を教えているらしい。

はじめのうちは、おぼつかぬ手つきであったが、

「いえ、このごろは、なかなか御器用になさる」

と、よしが奉公人たちへ洩《も》らした。

他の奉公人は、なるべく離れ屋へ近づかぬようにしているが、衣食の世話をしているよしだけは別であった。

「どのようなことをなさってもよい」

と、伊橋弥平が、

「それで、源太郎様の胸の内がなぐさめられるのなら……」

しみじみと、そういった。

おそらく、堀源右衛門も同じおもいだったろう。

ときどき、離れ屋へ行き、源太郎の顔を見るたびに、

（ほう……）

源右衛門は、新たな発見をするのだ。

日に日に、

（源太郎の顔つきが、変ってきている……）

ことに、気づいたからである。

事件以来、一種の虚脱状態になり、すべてをあきらめきってしまい、急に、源太郎が老《ふ》けこんでしまったようにおもえてならなかった。

食事もすすまぬので、痩《や》せてしまい、動作ものろのろとして老人くさくなっていたのが、ふたたび、元の源太郎へもどりつつあった。

双眸《そうぼう》に、かがやきが生まれた。

奉公人たちの挨拶《あいさつ》を受けたりするときも、口もとに笑いがただよっている。

そのくせ、以前の源太郎にくらべると、

「ひどく、無口におなりなされた」

奉公人たちがそういうと、若党・伊橋弥平は、

「それはな、源太郎様の胸の内がみたされているからだ」

といった。

「何で、みたされたのでしょう?」

よしが問うた。

「私が見るところ、やはり、ああして大工道具をいじっていることが、お気にかなったのではないか、な」

「そんなことで、あの苦しい、哀《かな》しい胸の内がみたされるものでしょうか?」

「だが、そうとしかおもえぬだろう。ちがうか?」

「そういわれると……やはり、そうとしかおもえぬけれど……」

五

いずれにせよ、堀家の雰囲気《ふんいき》は和んできた。

皆は、北島文吾が養子に入って来ると、

(居たたまれない……)

ほどの雰囲気になるだろうと、覚悟していたようだ。

それが、源太郎が何やら晴れ晴れしい様子を見せてくれ、文吾も無神経だが万事にこだわりがなく、城下外れの川や沼へ出かけては小魚を釣《つ》りあげ、

「おい、みなで食べろ」

気軽く台所口へ置いて行ったりする。

源右衛門に対しても、すぐに、

「父上……」

と、よび、何をするにしても、いちいち指図を受けた。

源右衛門も、胸の内の苦渋をすこしも出さず、文吾を跡取りの養子としてあつかっている。

「文吾は、君命によって、この家へ来たものだ。北島家にも文吾にも、何らふくむところはないのだから、そのつもりでおれ」

と、源右衛門は奉公人たちへも、きびしくいいわたしてあった。

こうして、たちまちに春がすぎ、夏が来た。

堀源右衛門が倒れたのは、この年の夏の或る朝である。

その日は、登城の日で、朝餉《あさげ》をしたためたのち、よしの介添《かいぞえ》で着替えにかかっているとき、急に、源右衛門が胸を押さえ、

「あ……」

くたくたと、くずれ折れるようになった。

「もし……もし、旦那《だんな》さま、ど、どうあそばしました」

「さわぐな」

よしに、ゆっくりとかぶりを振って見せた源右衛門の顔が鉛色に変じ、見る見る脂《あぶら》汗《あせ》が額にふき出してきた。

「こ、このまま……ここへ、寝かせよ」

「は、はい」

「文吾をよべ」

「はい」

「うっ、うう……」

「もし。もし、どこか、お痛みになるのでございますか？」

「いや、大丈夫……」

文吾は、玄関外で小者の牛蔵に冗談をいっていたが、

「何だと……」

あわてて駆けつけて来た。

「父上。いかがなされました？」

「文吾。急に、胸が痛んで……」

「それは、いけませぬ。すぐさま医薬を……」

「それよりも先に、おぬしは御城へ行き、この、わしのありさまを告げ、今日の登城はやすませていただくよう、届出《とどけいで》をたのむ。これでは、むりに御城へあがっても、到底、御奉公はかなうまい」

「それほどに……」

「さ、早う行け。たのむぞ」

「心得ました」

文吾は、むしろ、興奮に酔ったかたちで屋敷を飛び出して行った。

よしが、寝床をとりにかかった。

そのとき、源太郎が駆け込んで来た。

「ち、父上……」

「う……」

源右衛門の、こわばった笑いの中に、不安がただよっている。

「しずかに、わしの躰《からだ》を運べ」

「は、はい」

つづいて入って来た伊橋弥平に手つだわせ、源太郎は父の躰を床の上へ横たえた。

庭で、朝の蟬《せみ》が鳴きこめている。

源右衛門の躰は、冷たい汗にぬれつくしていた。

「ち、父上……」

「源太郎。なあに、これしきのことで死ぬるか。わしは、まだ、死ねないのだ。死なぬ、死なぬぞ。安心を……安心をしておれ」

源太郎の耳もとへ、口をさしよせ、源右衛門が、そうささやいた。

かすれて、あえぎながらの、そのささやきに、源太郎は父の、みなぎるような自分への愛情を知った。

「ち、父上……」

「心《しん》ノ臓《ぞう》らしい」

「何と、申されます……?」

「おどろくな。いま、すこしは楽になったようじゃ」

よしがさし出した手ぬぐいで、源太郎は父の汗をぬぐった。

間もなく、城下の町医者がよばれ、診察をした。

やはり、心ノ臓が悪いらしい。

「前々より、このような徴候があったものとおもわれますが……」

医者がいうと、源右衛門は、

「いいや……」

はっきりと、否定したものである。

しばらくすると、源右衛門の苦痛は和らいだらしい。

投薬が効いたのであろう。

夜に入ると、文吾が小者がいる部屋へ来て、

「父上の御容態は、どうも、よくないと、私は看《み》た」

とか、

「いざというときの覚悟をしておいたほうがよい」

などと、我からいい出したりする。

それが、どう見ても悲しげではない。ひとりで興奮し、ひとりで決めこんでいるようなところがある。

これで、ちかごろ文吾に好意を抱きはじめていた奉公人が、一度に文吾を嫌悪《けんお》することになった。

源右衛門が急死をすれば、たちまちに、

（おれが堀家の当主となり、御役目にもつける）

この興奮、その底意が、ありありと文吾に感じられたからであろう。

ところで……。

源右衛門が倒れた翌日になり、突然、御長老からさし向けられた藩医・遊佐元春《ゆさげんしゅん》が堀邸へ姿を見せた。

遊佐元春は、長老・筒井《つつい》但馬《たじま》の侍医であるのと同時に、藩主・越後守正房の侍医でもある。

その元春が、一介の藩士の診察をするはずもない。

だから、元春は夜に入って、夏頭巾に顔を隠し、内密におとずれ、源右衛門を診察したのであった。

内密にしても、これは異例、異常のことといわねばならぬ。

それは取りも直さず、堀源右衛門が筒井藩にとって、

「大事の人……」

であるからにほかならぬといってよいことだ。

異変の夜

一

夏の盛りを、堀源右衛門《ほりげんえもん》は病気と闘った。

闘うといっても、藩医・遊佐元春のいいつけを神妙にまもり、つとめて、こころしずかに日をすごし、元春があたえる散薬《さんやく》や薬湯《やくとう》も、

「のむたびに、わが躰《からだ》に効くとおもわねばならぬ」

と、いい、一度も欠かすことなく服用した。

源太郎をはじめ、奉公人たちの一所懸命の看病も無視することはできない。

倒れてから十日ほどすぎて、

「うむ、これなら……」

診察に来た遊佐元春が、たのもしげに、大きくうなずくのを見て、源太郎は心強かった。

元春は、もう六十をこえた老医だが、五代にわたって藩主の侍医をつとめる家柄《いえがら》で、体軀《たいく》がふっくらとして大きく、どちらかといえば肥満しているのだが、身のこなしが、

まるで、

「若者のよう……」

に、軽がるとして、血色はみなぎるばかり、音声にも張りがあり、このように元気な医者に診《み》てもらうだけでも、

「何やら、おのれの病体までが、元気になるようなおもいがする」

と、源右衛門はいった。

養子の文吾は、源右衛門が倒れた当日の態度を奉公人に看てとられ、すっかり毛嫌《けぎら》いされてしまい、しきりに、台所や小者の部屋へ行っては奉公人の機嫌《きげん》を取りむすんでいるようだ。

夏がすぎて……。

堀源右衛門の回復ぶりが、いよいよ顕著となった。

「もう、大丈夫。わしが受け合うてもよろし」

と、元春が、

「なれど、ここが大事の期《とき》じゃ。かまえて、病いにこころをゆるしてはなりませぬぞ。あと半年は、このままにて、こころしずかにすごさねばならぬ」

「はい。心得ました」

源右衛門は、あくまでも素直に、元春のいいつけをまもった。

元春が、いつであったか、門の外まで見送って出た源太郎へ、

「おぬしの父御は、えらいお人じゃ」

と、ささやいてよこしたことがあった。

なんと返事をしてよいか、とっさにわからず、源太郎が口ごもっていると、

「子供に返っておる」

「は……？」

「いや、このわしをたよりきってくれて、いっさいの、わずらわしい世事《せじ》を忘れ、子供に返って素直に、養生をしておられることよ。それが、つくづく、えらいとおもう」

「はあ……」

「なればこそ回復した。わかるかの？」

「わかるような……」

「気がするかな？」

「はい」

「よし、よし。それでよし」

淡い夏の夕闇《ゆうやみ》がただよう中で、自分を凝《じっ》と見まもった遊佐元春の眸《ひとみ》が一種異様な深い光をたたえているのに、源太郎は気づいた。

そして、

「……わずらわしい世事を忘れて……」

といった元春の言葉が、妙に忘れかねた。

源右衛門が回復するにつれて、遊佐元春と語り合う時間が長くなったようである。元春は、一日置きか、三日に一度、午後になって姿をあらわし、源右衛門の診察をする。以前は、診察が終ると、すぐさま帰って行ったものだが、このごろは、その後で半刻《はんとき》（一時間）ほど語り合うことが多くなったようだ。

ときに、二人が語り合っているとき、源太郎が父の病間へ入ろうとすると、早くも、その気配を察した父が、

「あ……いまは下がっていなさい」

と、いう。

そうしたときの二人の会話は、声が低く、廊下を近づいて行く源太郎の耳へも、よく入らなかった。

声の大きな遊佐元春なのに、これは、

（何やら、事情《わけ》がありそうな……？）

と、源太郎はおもわざるを得ない。

これまでの父と元春との間には、私的な交際がほとんどなかった。

もっとも、堀源右衛門は、藩主の側近くで奉公するのが役目ゆえ、御城や御殿の内では、遊佐元春との交渉があったのかも知れぬ。

あるとき、よしが新しくいれた茶を病間へ運びかけているのを見て、源太郎が、

「よし。私が……」

よしから盆を受け取り、しずかに廊下を近づいて行くと、

「……何事も辛抱でおざるよ、源右衛門殿」

という、元春の声が耳へ入った。

あたたかく、やさしく、そして励ましのちからが声にこもっていた。なればこそ、おもわず声が高くなったのであろう。

すると……。

するとだ。源右衛門が泣き出したのである。

声をしのび、歯を喰《く》いしばって、泣くまいとしながらも、たまりかねて洩《も》れた、低い低い男泣きの声を、たしかに源太郎は聞いた。

一瞬、凝然《ぎょうぜん》となり、つぎに、源太郎は足音を忍ばせて廊下を引き返し、台所へ入った。

「どうなさいました？」

問いかけるよしへ、源太郎がいった。

「いまは行かぬがよい。行かぬほうが、よい……」

二

この夏の源太郎は、いそがしく日を送った。

先《ま》ず、父の看病である。

父の病気に関係のあることなら、どのように微細なことでも、

「自分の手で、してのけずにはいられなかった」

のである。

文吾も、うろうろしてはいるが、こういうことになると、

「何をしてよいのか、わからぬ」

のだそうで、

「何事も、源太郎殿におまかせしますよ」

と、いう。

奉公人にも疎《うと》まれてしまい、どことなく、文吾はさびしそうであった。

むしろ、源太郎のほうで気をつかい、夜がふけて、父が寝しずまると、

「私の小屋へ来ませんか」

文吾を離れ屋へさそい、よしに命じて、酒を出してやると、

「すみませぬなあ」

文吾は、さも、うれしげに茶碗《ちゃわん》の冷酒《ひやざけ》を啜《すす》るのであった。

そうしたときに、文吾が離れの中を見まわすと、いつの間にか、新しい机が出来ていたり、桐《きり》の文箱《ふばこ》が二つも在ったりする。

「源太郎殿が、つくられたのか？」

「さよう」

「どれ、どれ……ははあ、これは、どうも、器用なものだ」

「だめです。私は、無器用だそうな。棟梁《とうりょう》の伊助に釘《くぎ》を刺されましたよ」

「源太郎殿が無器用だというのなら、私なぞは役立たずというところだ。とてもとても、このようなまねは……」

「文吾殿にも、何か、こしらえてあげましょうか？」

「そう……そうだな。ま、考えておこう」

とっさに、おもいつかぬらしい。

文吾は、読書もせぬし、これといった趣味が何もないらしい。

だからといって剣術でも好きかというと、そうでない。

「とんでもない。この天下泰平の世の中に、なんで、あのようなばかげたまねをすることがある」

　と、文吾がいった。

「これからはな、源太郎殿。剣術よりも、算盤《そろばん》だ。武士であっても算勘《さんかん》に長《た》けている者が出世をする世の中だ」

「なるほど……」

　源太郎は、若殿・千代之助《ちよのすけ》と共に、江戸藩邸で剣術や柔術の稽古《けいこ》にはげんだこともある。

（木刀を持って、文吾殿と立ち合うたなら、私のほうが強いかも知れぬ）

　そうおもいながら、文吾を見つめると、文吾は気弱げに、せわしなく瞬《まばた》きをくり返し、面《おもて》を伏せてしまう。

（この人は、よい人だ……）

　と、源太郎はおもった。

（この人なら、父上の跡目をつがせても、口惜《くや》しくはない）

　と、感じた。

　つまり、そのころの源太郎には、それだけの余裕《ゆとり》が、生まれつつあったといってよいのではなかろうか。

　ところで……。

　夏がすぎようとする或《あ》る朝のことだが、源太郎が白い布をかぶせた物を小脇《こわき》に抱え、父の病間へあらわれた。

「おお、源太郎か……」

「父上、血色がよろしゅうございます」

「さようか。わしも、そうおもう。立って出て、庭を歩いても平気のようにおもうのじゃが……なれど、元春先生のいいつけにそむくことはならぬし……」

「はい」

「何じゃ。その、手に持っているのは？」

「ごらん下さい」

源太郎は布を除《と》って、その物を父の枕許《まくらもと》へ置いた。

細工物である。

「ほ……書見台《しょけんだい》のようなものじゃな」

「そのとおりでございます」

「なれど、妙な形をしておるではないか……」

「はい。私がつくりましたもので……」

「何、お前が？」

「はい。かようにいたします」

まさに、書見台であった。

しかも、それは、終日を病床に身を横たえていなくてはならぬ父・源右衛門のためにつくられた特別の書見台であった。

仰向《あおむ》けになったまま書物が読めるように、細工がほどこされている。

これは、読書を好む源右衛門にとっては、何よりのものといえた。

遊佐元春は、一月《ひとつき》も前に、

「読書をしてもよろしい」

と、いっている。

「これを……お前が……まことに、お前が手にかけたのか?」

「はい」

「げ、源太郎……」

いいさして、源右衛門は絶句してしまった。

よろこびと哀《かな》しみが一つになり、源右衛門を惑乱させた。

「父上……父上。おしずかに」

「うむ……」

源右衛門の老顔が、泪《なみだ》にぬれつくしている。

その泪を、源太郎が懐紙でぬぐった。

「ありがたい。よう、こころづいてくれた」

「お気にめしましたか、父上……」

「うむ、うむ……」

「また、何か、考えます」

源太郎はうれしかった。

このようにうれしかったことは、何年もなかったほどだ。

江戸の下《しも》屋敷の腹切蔵《はらきりぐら》を出たときよりも、うれしかった。

(父上が、これほどに、よろこんで下さるとは、おもいもかけなんだ……)

からであった。

「もっと、よいものを……もっと、父上によろこんでいただけるようなものを、つくります」

「それほどに、細工仕事がおもしろいか？」

「はい。木を切ったり、削ったりしておりますと、何も彼《か》も忘れます」

「さようか……」

はずみきった、明るい笑顔の源太郎を見て、源右衛門の目に、またしても泪があふれた。

開け放った縁先から射《さ》しこむ朝の陽《ひ》が、源太郎の禿頭《とくとう》に光っている。

源太郎の頭には、もはや一すじの毛も残されてはいなかった。

堀源右衛門は、たまりかねたように夏の掛蒲団《かけぶとん》へ顔を埋め、

「たのむ……」

と、いった。

「たのむ。また、何か、こしらえて見せてくれ、源太郎。たのしみに、しておるぞ」

三

秋になると、棟梁の伊助が、

「一年ほど、新潟《にいがた》へ行ってまいります」

と、別れの挨拶《あいさつ》にあらわれた。

「新潟へ……」

「はい。お寺を一つ、建てますので……」

「さびしくなるな」

源太郎は、しみじみといった。

いまは、伊助に教えられて、大工道具をつかい、種々の細工をすることだけが、

(おれの、たのしみ……)

と、なってしまっている。

(おのれの手で、物をつくるということが、これほどに、おもしろいものか……)

むしろ、それは、堀源太郎にとり、驚異でさえあった。

「どちらかといえば、源太郎さまは無器用のほうでございますね」

と、いわれたように、たとえば、小さな箱を一つこしらえるにしても、間怠《まだる》いほどの日数を要した。

そのかわり、寸法が狂ったり、出来あがったあとで毀《こわ》れたりするようなことはない。

「これは、大変に便利なものじゃ」

堀源右衛門は、源太郎がこしらえてくれた書見台を愛用している。

床に身を横たえたままで、手に書物を持たずともよいから疲れないし、かなり長い時間を読書に没頭できるので、

「あまり、書物に齧《かじ》りついていても、よろしくない」

と、遊佐元春に注意されたほどである。

源太郎は、奉公人たちへも、

「遠慮なく、いってくれ。おれが一つずつ直してゆくから……」

こういって、台所の棚《たな》や、塀《へい》の破損などにも手を出すようになった。

まだ、たどたどしい手つきなのだが、熱心に鋸《のこぎり》や鉋《かんな》をつかう姿を見ていて、奉公人たちは、たまらぬおもいがした。

よしが、このことを源右衛門に告げると、

「さようか……源太郎の好むままにしておいてやれ、そのほうがよい。お前たちもいろいろと注文を出してやるがよい。そうしてやってくれ」

さびしげに笑って、源右衛門がいう。

「よしに何かこしらえてやろう。いうてごらん」

しきりに源太郎がいうので、

「では、あの……針箱がほしゅうございます」

「針箱か、なるほど。たしかに引き受けたぞ」

と、源太郎は七日ほどかかって、紙へ、針箱の図面を描き、よしに見せた。

「まあ……こんなに細かいところまで……」

「引出しを、七つもつけることにした」

「はい。こんな立派なものを、私が……もったいのうございます」

「立派なものが出来るか、どうか、やってみないとわからぬ。半年がかりになるかも知れない」

源太郎は、その半年の月日を、いまからたのしむかのような表情になって、

「ふむ。これは、おもしろいぞ」

と、いった。

細工仕事は無器用だというが、よしが見た針箱の図面は精緻《せいち》をきわめたものであっ

て、しかも、正面・両側面・後正面の四枚からなっている。

よしは、うれしいといってよいのか、もったいないといってよいのか、哀しいといってよいのか……ついに、たまりかね、泣き出してしまった。

「どうして、泣く？」

「はい……も、申しわけ、ございません」

「泣くことはないのだ、よし」

「は、はい」

「ここのところは、桜材をつかおうとおもっている。伊助の弟子が、よいものを持って来てくれるそうだよ」

「も、もったいない……」

「よし。いつまでも、父上のお側にいてあげてくれ。お前が、もし、また、どこかへ嫁にでも行ってしまうと、父上も、おれも困る」

「なんで、まいりますものか。この年齢《とし》をして嫁入りなどは、もう、こりごりでございます」

よしは、泪声ながらも、きっぱりといいきった。

ところで……。

棟梁の伊助は、新潟へ発《た》つ前に、

「こんなものでも、お暇の折、ごらんになると、おもしろいかも知れませぬ」

と、いい、三冊に分けて綴《と》じこんだ設計図を源太郎の手もとへあずけて置いてくれた。

これは、これまでに伊助が手にかけた寺社や民家の設計図である。

さすがに、武家屋敷のものは見せてくれなかったが、普通の書物の二倍の大きさがあって、丹念に布と厚紙でつくられた帙《ちつ》におさめられてある。

見ていて飽きなかった。

源太郎が知っている城下の寺院の図面もあったし、伊助が若いころに手がけた小さな民家のものまで、おさめられてあった。

この年の源太郎は、春から秋までの日々を、意外な充実感をもってすごした。

父の発病もあり、毎日が源太郎なりにいそがしく、暇を見ては細工物にいそしむというわけで、それ以外のことへ、まったく神経をつかっていられなかった、と、いってよい。

正月二十日に、藩庁から「狂気の故《ゆえ》をもって、家督相続がならぬ」との沙汰《さた》があって以来、源太郎の身辺には何事も起こらぬ。

北島文吾が養子に入って来た事は、堀家の奉公人たちにとって、一つの大事件であったろうが、源太郎は、さほどの衝撃をおぼえなかった。

これまでに、若い源太郎が体験し、息をやすめる間もなく我が身に襲いかかった変事にくらべると、むしろ、

「何でもないこと……」

と、いってもよかった。

源太郎は、異変になれてしまったのだろうか。

ともあれ、もっとも心痛をした父の病気が回復に向かいつつあることだけで、源太郎は、

（仕合《しあわ》せな……）

おもいに、みちたりていたのである。

秋も闌《たけなわ》の或る日。

遊佐元春が来て、源右衛門に、

「このぶんなら、来年の春……さよう、浜に鰯《いわし》がとれるころ、御城への出仕もかないましょう」

と、いっているのを、源太郎は聞いた。

そのころには、藩主・越後守正房《えちごのかみまさふさ》も、江戸藩邸を発し、帰国するはずである。

元春の言葉に、堀源右衛門も、こらえきれぬうれしさを顔に見せ、

「かたじけのうござる」

床の上に両手をついた。

それから三日目になって、堀源右衛門・源太郎父子《おやこ》の身に起こった異変を、このときは、だれが予測し得たろう。

四

その日の昼すぎになって、

「たまさかには、実家《さと》へ、その元気な顔を見せてやりなさい」

と、源右衛門にいわれた文吾が、

「では、そうさせていただきます」

よろこんで、実家の北島市之助邸へ出かけて行った。

同じ城下にある実家だけに、堀家へ養子に入ってからも、二度三度は顔を見せている文吾だが、養父から「泊まって来てもよい」と、ゆるしを得たのは、これが、はじめてであった。

源右衛門が、このことをいい出したのは、別に他意あってのことではない。偶然に、おもいついたまでである。

文吾が屋敷を出て行ってから、格別に変ったこともなかった。

源右衛門は例のごとく床に寝て読書をたのしんでおり、源太郎は離れ屋で細工物に没頭していた。

屋敷内は、しずまり返っていた。

八ツ半(午後三時)ごろに、よしが熟《う》れた柿《かき》と茶を、離れ屋へ運んだ。

「お茶を……」

「ありがとう。父上は何をしておられる?」

「御書見を、なすっていらっしゃいます」

「そうか……」

「すっかり、お元気になられました」

「よかった。何よりのことだ」

よしは、離れ屋からもどって、間もなく台所へ入った。夕餉《ゆうげ》の仕度にとりかかったのである。

日は、たちまちに沈みかけ、水の底にいるような夕暮れがせまってきた。

門の傍の中間部屋《ちゆうげんべや》で、将棋《しようぎ》をさしていた牛蔵《うしぞう》と為治《ためじ》が、

「どれ、そろそろ……」

と、駒《こま》を仕舞って腰をあげた。

日暮れになれば、一日の終りの仕事が中間たちにある。

と、そのとき……。

潜門《くぐりもん》の扉《とびら》を叩《たた》く音がしたので、牛蔵が、

「はて。いまごろ、だれだろう？」

「遊佐先生ではないか」

と、為治が出て行き、

「はい、はい。ただいま……」

扉を開けて、いぶかしげに、

「どなたさまで？」

声をかけた。

門の外に、若い旅の侍が立っていたからである。

ずんぐりとした感じなのだが、それでいて、かなり大きな躰《からだ》をしており、日に灼《や》けた顔の目鼻、口など、みな大きく、為治は、

(何者だろう？)

胸がさわぎ、知らず知らず、用心深い姿勢になった。

「堀源太郎様はおいでか？」

旅の侍が、ものしずかに訊《き》いた。

「は、はい……」

「ともかく……」

いいさして、旅の侍が門内からくびを出していた為治の躰を押し込むように、するりと門内へ入った。

「あ……な、何を……」

為治は狼狽《ろうばい》した。怪しい男と看《み》たのである。

牛蔵も飛んで出て来た。

侍は、潜門の扉から、外を見まわしている。

「もし、どなたさまで？」

腕力が強く、度胸もよい牛蔵が為治に代って、侍の背中へ問いかけつつ、

(早く、奥へ行って、このことを知らせろ)

と、為治へ目顔でいった。

為治が駆け出したとき、侍が、門の扉を閉めて振り向いた。

牛蔵は身構えた。

侍が苦笑をうかべた。

「私は、原田小平太《はらだこへいた》という者だ。源太郎様が、よく御存知のはず。ここに待っているから、知らせてもらいたい」

まさに、小平太である。

物腰は落ちつきはらっていたが、この突然の訪問の仕様といい、緊迫の色をひそま

せた眼の光といい、徒事《ただごと》ではなかった。

源太郎が脇差《わきざし》をつかみ、為治の急報で、玄関へあらわれた。

これを見た原田小平太が、

「源太郎様……」

よびかけて、近づいて来た。

牛蔵の、小平太へ対する警戒は、うすれかかっている。

「あっ……」

源太郎が、おどろきの声をあげた。

「小平太殿……」

「はい」

玄関の式台へ下りた源太郎へ身を寄せた原田小平太が、

「安藤主膳《あんどうしゅぜん》様よりの御使いで、まいりました」

「何ですと……？」

江戸家老の安藤主膳が、わざわざ、小平太を越後へ……というのは、何事なのか、
とにかく、源太郎も、これまでがこれまでだけに、はっと五体が堅くなった。

「これは、内密の御用でございます」

と、小平太がささやき、

「堀源右衛門様へ、お目にかからせていただきとうございます」

「父上に？」

「はい」

小平太が片ひざをつき、頭をたれた。

（…………？）

このとき源太郎が、自分へ対する小平太に異常を感じたことが、もう一つあった。

小平太は、源太郎が〔杉本小太郎《すぎもとこたろう》〕の別名となって、堀家へもどされたことを、よく、わきまえている。

もう三年ほど前になるが、江戸を発つときも、

「堀源太郎は腹切蔵《はらきりぐら》で切腹をしたはず。これよりは、杉本小太郎があなたです。あなたは別の人になられたのです」

小平太は、そういった。

それなのに、いま、小平太は、はっきりと〔本名〕をもって、

（私をよんだ）

のである。

さらに、江戸から、はるばると越後まで送って来てくれたときの小平太の態度と、まったく変ってしまった。

原田小平太は、藩士の中でも身分が軽い家に生まれたので、堀源太郎に、ある程度の敬意をもって口をきいたし、それなりの礼儀を見せていた。

しかし、それはなんといっても俸禄《ほうろく》百五十石の堀家へ対してのもので、たとえば小平太が家老・安藤主膳に対するときとは、まるでちがう。

親しげな様子も気がねなくあらわしたし、ときには源太郎を強くたしなめることさえあった。

名をよぶときも、

「……殿《どの》」

と、よんだ。

それがいま、

「源太郎様」

と、よぶのである。

片ひざをついて頭を下げた様子も、これは、はるか上位の人に接するときの態度と看てよい。

不審におもいながらも、源太郎は、牛蔵と為治へ、

「小平太殿へ、早く濯《すすぎ》を……それから門扉《もんぴ》を閉ざし、外からの人を入れてはならぬ。知り合いの者が来たら、門内へ入れる前に、先ず、私に知らせるのだ」

と、指図をした。

夕闇《ゆうやみ》が、わずかな間に濃くなってきている。

風は絶えていたが、冬のように底冷えが強《きつ》い。

五

足を濯ぎ、手甲《てっこう》・脚絆《きゃはん》をぬいだだけで、道中の埃《ほこり》にまみれた姿のまま、原田小平太は、源太郎の案内で病間へ通った。

「これは、ようこそ……」

床の上へ半身を起こした堀源右衛門が、

「せがれより、いろいろとうけたまわっています、原田殿のことは。ようも親切に、お世話下された。あらためて、お礼を申しあげる」

ていねいにいって、白髪頭《しらがあたま》を下げるのへ、小平太は恐縮しきった様子で両手をつき、

「その折には、まことに……まことに、不調法《ぶちようほう》をいたしまして……」

ふかぶかと、頭をたれるのである。

源右衛門も、

「それはさておき、安藤様よりの御使いとか?」

安藤主膳からの、何か、緊張している。

「秘密の使者」

と、聞いただけで、源右衛門は、これまでに見せたこともない緊張を、隠そうともしていなかった。

「私、下がっておりましょうか？」

源太郎が父に訊いた。

「いや……かまわぬ。ここにいなさい」

原田小平太は、安藤主膳からの密書を取り出し、

「先ず、御披見《ごひけん》下されますよう」

源右衛門へ、さし出した。

うなずいた源右衛門が、密書をひらいた。

巻紙の密書ではない。

うすい美濃紙《みのがみ》二枚へ、細字で、びっしりと書きしたためてある。

これを細く折りたたみ、さらに油紙で幾重にも巻きしめたものを、小平太は肌身《はだみ》へつけて来たのだ。

病間へ入る前に小平太は、密書の油紙だけをほどき、読みやすいようにして、源右衛門へさし出したのである。

源右衛門は、密書を読みすすむにつれて、別人のような形相《ぎょうそう》となった。

怒るとか、おどろくとか、悲しむとか……そうした簡短な言葉ではいいあらわせぬ表情なのである。

いくつもの感情、いくつもの理性が同時に源右衛門の胸の内で綯《な》いまぜとなり、さらに、それが変化し、おもい迷いつつ決断をせまられつつある様子が、源太郎にはわかった。

だが、密書の内容まではわからぬ。

父が読んでいる最中《さなか》に、小平太を見やったとき、目と目が合った。

すると小平太は、目をそらし、尚《なお》も深く頭をたれた。

それは、ほとんど、

「ひれ伏す……」

といってもよい姿勢だったのである。

息づまるような時間がながれた。

源右衛門は読み終えてから、源太郎を見やり、

「父上……」

低く、よびかける源太郎を、

「待て」

と、制した。

それから、また、密書を読み返しにかかった。

小平太が病間へ入ってから、源右衛門が密書を二度、読み終えるまで、およそ四半《しはん》刻《とき》（三十分）はかかったろう。

はじめは速く読んだ。

二度目は、ゆっくりと読みすすみ、読みつつ源右衛門は、自分の決意をかためてゆくようであった。

「源太郎……」

立ちあがった源右衛門が、

「急ぎ、夕餉をしたためるがよい」

と、いったものである。

「父上。どうなされたのです？」

「腹ごしらえをしておきなさい」

「……………？」

父へ向けていた視線を、源太郎は小平太へ移した。

小平太が、強く、大きくうなずいて見せた。

「小平太殿……」

「私も、いっしょに腹ごしらえをさせていただきます」

という小平太へ、源右衛門が、

「そうじゃ。そうして下され。気づかぬことであった。すまぬ、原田殿」

「いえ……」

小平太は源太郎へ擦り寄って、

「さ、早うなされませ」

「ど、どこかへ行くのですか?」

「江戸へ、私が、お供をいたします」

「何ですと……?」

するとと、源右衛門が、

「わけは、あとではなす。それよりも、腹ごしらえをして、早く、旅の仕度を……」

と、いい、

「弥平へ、すぐに、此処《ここ》へまいるよう」

「は……」

源太郎は、小平太に、廊下へ押し出されたかたちになった。

「さ、早う」

「小平太殿。これは、いったい……?」

「御城下にいては、御身《おみ》が危《あや》ういのでございます。わけは、途々《みちみち》、私がおはなし申しあげます」

「私の身が、危うい……？」

「すでに、刺客《しかく》が江戸を発足《ほっそく》し、御城下へ向かっております」

「私を、斬《き》りに……？」

「はい」

「では、江戸の御家老が、またしても私を救うて下されようと……？」

「そのとおりでございます」

「よ、よし。では……」

事情は何もわからぬ。

だが、源太郎は、これまでの経験から、たしかに危急がせまっていることを感じとった。

若党の伊橋弥平が、堀源右衛門の病間へ入って行ったのは、それから間もなくのことだ。

源右衛門は、そのとき、手紙をしたためていた。

「およびでございますか」

「すこし、待て」

「はい……」

弥平も異常を感じているらしい。顔が蒼《あお》ざめていた。

「この手紙を、な……」

「はい？」

「遊佐元春《ゆさげんしゅん》殿の屋敷へとどけてくれ。そして、返事をもらって来るのだ。よいな、かならず……かならず、返事をいただいてまいれ」

「心得ました」

「行け。急いでくれ」

「はっ」

「あ、待て、城下のものに気取《けど》られるな、よいか」

「わ、わかりましてございます」

伊橋弥平が状箱《じょうばこ》へ入った主人の手紙をしっかりとつかみ、門内へ走り出ると、牛蔵が飛び出して来て、

「伊橋さん。どうなすったのです？」

「も、門を開けてくれ。遊佐先生御屋敷まで行って来る」

「えっ……旦那《だんな》様のおかげんが悪くなったですかよ？」

「ちがう。なんだか、おれにもわからぬ。わからぬが一大事らしい。お前も為治も、しっかりしてくれ。よいか、しっかりしてくれぬといかぬ。さ、開けてくれ、門を……」

脱出

一

伊橋弥平が、城下の中町にある遊佐元春邸へ走って行ったあとで、

「仕度を……」

と、堀源右衛門が女中のよしにいった。

「あの……？」

「着替えじゃ。袴《はかま》もつけておきたい」

「はあ……？」

「急げ」

源右衛門の表情にも口調にも、みだれているところはすこしもなかったが、緊迫の様子はおおうべくもない。

(何が、起こったのだろう……？)

不安でたまらなかったが、よしには、それを源右衛門に問いかけることができない。

問いかけたとしても、

（旦那さまは、おこたえ下さらぬだろう……）

であった。

「よし」

「はい？」

「源太郎は、原田小平太殿と共にか？」

「はい。いま、御膳《おぜん》を……」

「うむ。それでよい」

よしの介添《かいぞえ》で、源右衛門が身仕度を終えたとき、食事を終えた源太郎と小平太が入って来た。

よしは、引き下がった。

奉公人たちは、屋敷内の表と裏をかため、

「何か、大変なことが起こったらしい」

「いままでとは、様子がちがうぞ」

などと、ささやき合っていた。

「原田殿、江戸からの刺客は何名でござる？」

と、源右衛門が尋ねた。

「十二名でございます」

「その十二名が、いきなり、当家へ押し込み、源太郎を討つと申される？」

「はい」

「江戸の奥方様の、御指図だそうでござるな？」

「は……」

原田小平太は、いいよどんだが、

「私は、江戸家老・安藤主膳《しゅぜん》様の密命を受け、ひそかに江戸藩邸を脱《ぬ》け出し、御家老の御手紙をあなた様へおとどけにまいったのです。それだけより、いまは申しあげられませぬ」

「む……まさに……」

源太郎は、二人の会話を傍《そば》で聞いて、凝然となった。

（奥方様の、私へかけておられる怒りは、それほどに強《きつ》いものだったのか……）

このことである。

三年前に、若殿・千代之助から手《て》酷《ひど》く嬲《なぶ》り物にされ、たまりかねた源太郎が激怒し、

「おのれは主《しゅ》に逆らうつもりか」

と詰《なじ》る若殿を打ち据《す》え、若殿は鼻血にまみれて失神した。

以来、三年にわたり、堀源太郎は執拗《しつよう》で奇妙な処罰をうけ、今日に至っている。

それだけで、もう、充分ではないか……。

この上に尚《なお》、

(奥方様は、私の一命を奪わぬかぎり、どうしても、お胸の内がおさまらぬのか……)

それにしても、おかしい。

源太郎を討つならば、三年前のあのとき、筒井家における奥方の権勢をもってすれば、

(わけもない……)

ことだったのである。

しかも、ひそかに十二名の刺客を国許《くにもと》へ送り、源太郎を討つというのは、いわゆる〔暗殺〕しようとしていることになる。おだやかではない。

すでに藩庁の裁きも決まり、源太郎が罪に服し、謹慎している以上、公《おおやけ》に、そのいのちを奪うことができなくなったからなのか……。

若党・伊橋弥平が、遊佐元春を案内し、もどって来たのは、このときであった。

元春を迎えた堀源右衛門は、すぐさま、

「これを……」

と、安藤主膳からの密書を、いささかも躊躇《ちゅうちょ》することなく、遊佐元春に手わたした。

「よろしいのか、源右衛門殿」

「申すまでもないこと」

「では……」

元春が、ちらと源太郎を見やってから、密書へ視線を移した。

源右衛門が、

「源太郎。弥平をよべ」

と、いった。

源太郎と共に、弥平が廊下へあらわれると、

「弥平。源太郎の旅仕度を急げ」

源右衛門が落ちついた声で、

「お前とよしの二人きりで、いたせ。他の者には気取《けど》られるな」

「は、はい」

「よいか、わかったな」

「はいっ」

「急げ」

弥平が緊張して、廊下を去った。

それを見送った源右衛門が手文庫の中から金を出し、これを真新しい胴巻へ包み、源太郎の前へ置いた。

「ち、父上……」

「三十両ほどある。いまは、手もとに、それだけしかないのじゃ。ともあれ、肌身《はだみ》につけておれ」

「父上。私に、何処《どこ》へ逃げよと申されますのか」

「万事、原田小平太殿が心得ていてくれる。小平太殿から寸時もはなれるな、よいか……よいな、源太郎」

源右衛門の目が、うるみかかっている。その老顔に、何ともいえぬ複雑微妙な翳《かげ》りがあった。

「さて、いそがしゅうなった……」

密書を読み終えた遊佐元春が、

「源右衛門殿、何事も早いがよろしい」

「いかさま」

「お躰《からだ》のぐあいは?」

「大丈夫でござる」

二

父の居間から引き下がり、自分の離れ屋へもどり、伊橋弥平とよしに手つだわせ、旅仕度にかかりながら、源太郎は、父・源右衛門も、自分といっしょに逃げるのだとおもいこんでいた。

弥平も、よしも、そのつもりでいたようである。

二人とも、源太郎に口をきかなかった。

青ざめたよしの両眼が赤く腫《は》れあがってい、引きむすんだ唇《くち》が別人のような強《きつ》さで、怒ったように手をうごかしている。

「よし、……」

「はい？」

「お前に、とうとう、針箱をつくってやれなかった……」

「…………」

「たのみがある」

「何でございますか？」

「これは、弥平も聞いておいてくれ」

「はい」

大工の棟梁《とうりょう》・伊助が、新潟へ発《た》つ前に、

「お暇つぶしに、ごらん下さい」

と、いい、源太郎へあずけて行った自分の仕事の図面をおさめた大きな帙《ちつ》を、よし

と弥平の前に置き、

「これは、たいせつな物ゆえ、かならず、伊助の手へわたしてもらいたいのだ」

と、源太郎がいった。

「お気づかいなさいますな。たしかに、弥平が引きうけました」

伊橋弥平が声をふるわせて、

「いったい、何で、このような目に旦那様も源太郎様も……どう考えてみても、弥平には納得ができかねまする」

ほとばしるように、いった。

「それは、私にもわからぬ」

ゆっくりと語り合う間もなかった。

原田小平太が来て、

「さ、早う……」

急《せ》かしたからである。

父の居間へもどると、遊佐元春が父の机で手紙を書き終えたところであった。

元春は、これを持って、表門内側に待っている自分の小者へ、

「この手紙を、急ぎ御長老様の御屋敷へおとどけせよ。そして、御返事はいらぬゆえ、すぐにもどってまいれ」

と、いった。

小者が門の外へ走り出て行ってから、元春は庭づたいに、源右衛門の居間へもどり、庭先から、

「源太郎殿。御仕度は、よろしいか」

「はい」

「父上は、この遊佐元春が、たしかにおあずかりする」

「では、父上は私と共に、此処《ここ》を……？」

「病体の源右衛門殿には、無理でござる」

たしかに、それはそうだ。

「源太郎、かならず、また会えよう。会わずにはおかぬぞ」

と、源右衛門がちから強く、

「わしなり、遊佐先生なりから知らせが行くまで、お前は山本村へ隠れておれ。ここに手紙がある」

「山本村へ……？」

「さよう」

山本村といえば、いまは亡《な》き老僕《ろうぼく》・儀助《ぎすけ》の妹が嫁《とつ》いでいる百姓・権左衛門《ごんざえもん》の家のことだ。

そこへ、隠れよ、という。

儀助が亡きのちも、妹のおきねは、野菜などを持って堀家を訪ねて来たし、六十をこえた夫の権左衛門は以前から、しっかりとした男で、読み書きもできる。

源太郎をかくまってくれることについては、うたがいもないのだ。

とにかく、江戸家老・安藤主膳の密書だけでは、堀源右衛門と遊佐元春も、いまひとつ、はっきりとした事情がのみこめぬらしい。

源太郎を逃がす、といっても、諸般の状況がのみこめていなくては、何やら困ることもあるようなのだ。

元春が、藩の長老・筒井但馬《つついたじま》邸へ自分の手紙をとどけさせたのも、おそらく、そうしたふくみがあると看《み》てよい。

「さ、行け。源太郎」

声をはげまして、源右衛門がいった。

「は、はい」

「何をいたしておる。急げ」

叱《しか》りつけるような口調に変った。

「さ、お供をつかまつります」

と、原田小平太が源太郎を促した。

「わしが、大手口まで、ついて行って進ぜよう」

遊佐元春が、こういって、先に立った。

「父上……」

もはや、どうしようもない。

別れを惜しむなどという隙《すき》さえ見せぬほどに、このときの堀源右衛門はきびしかった。

「行け」

と、

「急げ」

の、二言《ふたこと》だけであった。

よろめくように、源太郎は小平太に腕をささえられつつ、門の外へ出た。

「げ、源太郎さま……」

「お達者でいて、下されませい」

中間の牛蔵と為治が、ほとんど泣き声で叫んだ。

「たのむ……たのむぞ、父上を……」

「はい、はいっ」

外濠《そとぼり》に沿った道を、遊佐元春は、まるで風を切るようにして歩む。

さいわいに、人影はなかった。

重く、冷たい闇《やみ》がたれこめているのみであった。

柴山《しばやま》城下の諸方には、番所がいくつも設けてある。

だが、御城の大手門傍《わき》の〔外《そと》ヶ輪《わ》〕の番所さえ抜け出すことができれば、

（あとは、どうにでもなる……）

と、源太郎には自信があった。

その〔外ヶ輪〕の番所だけを、遊佐元春がつきそって、源太郎と小平太を通り抜けさせようというのだ。

原田小平太は、夕暮れに城下へ入って来たときの旅姿である。

堀源太郎は、むしろ、小平太よりも身分の低い……たとえば、若党の伊橋弥平が旅に出るときのような姿で、菅笠《すげがさ》を目深《まぶか》にかぶっている。

外ヶ輪番所の番士たちは、遊佐元春の姿を見ただけで、一礼を送り、小平太と源太郎には何の関心もしめさなかった。

番所を通りすぎ、笹井川《ささいがわ》に沿った寺町へ出て、長国寺という寺の塀外《へい》まで来たとき、
遊佐元春が、

「源太郎殿。これまでじゃ」

と、いった。

「わしは、お身の父上をおまもりせねばならぬゆえ、すぐ、引き返す」

「先生。父を……父を、おたのみいたします」

おぼえず源太郎は、元春の手をつかみ、にぎりしめていた。

元春の手が、ちからをこめて、それに応《こた》えた。

「原田殿とやら……源太郎殿を、たのみましたぞ」

「はっ。一命に替えましても……」

「うむ。そうでなくてはならぬ」

と、元春がうなずいた。

この言葉に、源太郎は、

（………？）

何か、異常のものを感じた。

（私の身を小平太殿が一命に替えても、まもってくれる……そして、遊佐先生は、そのことを、そうでなくてはならぬ、と申された。私は、小平太殿や遊佐先生が、それほど、たいせつにして下さる男ではない。それなのに、何故《なにゆえ》……？）

であった。

遊佐元春の姿が闇に消えると、原田小平太が、

「源太郎様。これからは、あなたさまに、案内をしていただかねばなりませぬ」

「わかりました」

番所の目をかすめ、城下の外へぬけ出す道は、いくつもある。他国の者は知らなくとも、城下の人びとは、だれでも知っている。

十三歳のときまで、柴山城下に暮らしていた堀源太郎にとって、それは、わけもないことであった。

やがて、二人は、柴山城下を南へ半里はなれた湖沼《こしょう》・音水潟《おんずいがた》のほとりを歩んでいた。

このあたりで、隣家の岡部《おかべ》忠蔵のむすめ・妙《たえ》と会い、妙を斬《き》ろうとしたことなど、いまの源太郎の念頭にはなかった。

「どのあたりでございます？」

と、小平太が尋《き》いた。

「いま、すこしです」

「源太郎様……」

突然、原田小平太が立ちどまった。

「何です？」

「堀源右衛門様も、また、遊佐元春様も、かまえて申されませなんだが……」

「え……？」

「私は、あなたさまへ、この一事だけを申しあげておきます。そのほうが何につけ、これからの進退の上で御理解がゆくと存じますゆえ」

依然、小平太の源太郎へ対する言葉づかいは、丁重をきわめている。

「うけたまわりましょう、小平太殿」

「実は……」

いいさして、ちょっと息を呑《の》んでから、小平太がおもいきったようにいった。

「実は、若殿・千代之助様が、御他界あそばされたのでございます」

「えっ……」

おもいもかけぬことではある。

あの丈夫な千代之助が、亡《な》くなるとは……。

堀源太郎は立ちすくんだまま、心《しん》ノ臓《ぞう》を得体の知れぬものの手で、ぎゅっとつかまれたような気がした。

三

千代之助が亡くなったというからには、

(急死ということ……)

になる。

前から病床に就いていたとすれば、国許《くにもと》へも知らせがとどくはずであった。

「小平太殿。それは、いったい、どのような……?」

「朝、急に、お苦しみあそばして……お腹《はら》ぐあいがよろしくないとのことで……」

いいよどみながらも、小平太が、そういった。

「では、腹痛……」

「はい。いったんは、痛みも軽くなったのだそうでございます。ところが……」

ところが、夜ふけになると、凄《すさ》まじい腹痛が千代之助を襲って来たらしい。

三人の藩医が詰めきりで介抱にあたったが、

「もはや、手のほどこしようもなかった……」

と、いうのだ。

十九歳になっている千代之助が、医師たちの腕をはね退《の》け、

「うわ……わ、わ……」

絶叫を発し、両手で腹を押さえ、身をよじり、臥所《ふしど》から畳の上へころげ出て、のたうち廻《まわ》る。

そのたびに、家来たちが必死で押さえつけ、臥所へ躰をもどすのだが、だからといって痛みが軽くなるわけではない。

千代之助は、その二日ほど前から食欲を失い、わずかな腹痛をうったえていたそうな。

おそらく、現代でいう急性の化膿性腹膜炎《かのうせいふくまくえん》だったとおもわれる。こうした病気に対し、むかしの医薬は対抗すべき術《すべ》をまったくもたなかった。

ぐずぐずと、はっきりせぬ腹痛であっただけに、

「さしたることもあるまい」

と、おもい、むろん、手当は充分におこなったのだが、その間に、胃や腸の中の細菌が腹腔《ふくこう》にもれ、化膿性の炎症を起こしたのだ。

激痛が熄《や》むと、千代之助は死魚のごとく臥所に倒れ、わずかに口をひらいたまま、身じろぎもしなくなる。

しばらくすると、またしても痛みがはじまる。

「うわ……あ、あっ、あっ、ああっ……」

恐ろしい叫び声を発し、ころげまわって苦しむ千代之助は、その痛みが中断すると、ほとんど失神状態になってしまったらしい。

そのうちに、また、痛みはじめる。

激しい痛みが、失神している千代之助を苦悶《くもん》の中へ引きもどす。

こうした反復のうちに、若殿・千代之助は、文字どおり〔苦しみ死《じに》〕に亡くなったのである。

およそのことを小平太から聞き、源太郎は、

と、おもったが、千代之助の死に、自分がまったく関係のないことを、あらためて確認した。

はじめ、千代之助が急死したと聞いたときには、三年前のあのとき、自分がちからにまかせて若殿を打ち据《す》えたことが、

(何か原因《もと》になって、若殿が亡くなられ、それゆえにこそ、奥方様が自分を討ち取らねば、お胸の内がやすまらぬのではないか……?)

とさえおもった堀源太郎なのである。

源太郎に打ち叩《たた》かれたとき、千代之助は昏倒《こんとう》し、顔面が腫《は》れあがり、高熱を発し、半月ほども寝込んだものである。

源太郎自身、それほど強いちからで打ち叩いたとはおもわなかったけれども、無我夢中の瞬間に人間が揮《ふる》うちからは、想像を絶するものがあるといってよい。

ことに、人の頭は大事なものと聞いていたし、頭脳の損傷が、歳月を経た後、死につながることもあると、いつであったか、源太郎は、耳にしたことがあった。

しかし、千代之助は激しい腹痛の後に亡くなったのであるから、先《ま》ず、源太郎の暴行とは関係がないといえよう。

音水潟の岸辺は、しずまり返っていた。

夜気が肌《はだ》を刺すように冷たい。

「さ、急ぎませぬと……」

小平太が、源太郎をうながした。

「心得た」

一本松のある高処《たかみ》へ、小平太を誘《いざな》いつつ、

「いま、すこしです」

「その場所は、まことに、安心なところなのでございましょうな?」

「さよう」

源太郎は、老僕・儀助のことについて、手短かに、小平太へ語った。

儀助の妹・おきねは五十三歳になるが、夫の権左衛門との間に、子がひとりもない。

いや、むすめが二人生まれたのだが、二人とも嫁入り前に病歿《びょうぼっ》してしまったのである。

このような苦悩を経て来た老夫婦だけに、いささかの打算もなく、住んでいる山本村のためにも骨身を惜しまず、村人たちからも敬われているそうな。

権左衛門の家は、寝しずまっていた。

源太郎が戸を叩き、父からの手紙をわたすと、権左衛門は、

「よろしゅうございます」

たのもしく引きうけてくれた。

堀源右衛門の手紙には、くわしい事情を書きのべてあったわけではあるまいが、権左衛門夫婦は、江戸から国許へ送り返されてからの源太郎について、亡き儀助から、くわしく聞きおよんでいる。

「何があったか知れぬが……源太郎さまを、裏の小屋へお隠ししたほうがよいのではないか？」

と、おきねがいい出たのへ、権左衛門は、

「なあに、大丈夫じゃ。いざとなったときには、わしにも考えがある。下手にうろうろせぬがよいわい」

自信ありげに、こたえた。

源太郎と小平太は、すぐに、奥の〔ネマ〕とよばれる小部屋へ案内された。

屋敷を出るときに食事をすませているので、熱い茶だけでよかった。あのとき、源右衛門が、いち早く源太郎の腹ごしらえを急がせたのは、当初、この権左衛門の家へ隠すつもりではなかったのではないか。

すぐさま、原田小平太のいうままに、筒井家領内から脱出せしめようとしたのであろう。

二人が食事を終えたあと、遊佐元春が来邸し、そこで源右衛門との間に何やらあわただしい打ち合わせがおこなわれ、その結果、とりあえず権左衛門の家へ、

「隠しておこう」

と、いうことになったらしい。

それに対して、源太郎が離れ屋で身仕度をしている間に、原田小平太との打ち合わせもあったと看てよい。

茶をのみ終えると、小平太が、

「源太郎様。申すまでもございませんが、身仕度をゆるめては相なりませぬ」

「わかっています」

「いつにても、此処《ここ》を発《た》つことができますよう、おこころ構えを……」

「承知した」

「では、私、ちょっと」

「どこへまいられる？」

「この家《や》のあるじに、このあたりの様子やら、いざというときの抜け道を、くわしく尋ねておきたいとおもいます」

「さ、さようか……」

「すぐに、もどります」

小平太が出て行ったあと、源太郎は袴《はかま》も解かずに、おきねが敷きのべておいてくれた蒲団《ふとん》の上へ身を横たえた。

この小部屋は、あたたかい。

〔チャノマ〕とよばれて、炉が切ってある部屋で、小平太が権左衛門夫婦と語り合っている声が、微《かす》かにつたわってきた。

(それにしても……)

と、源太郎は、事態の容易ならぬことへ、はじめておもいがおよんだ。

自分のことはさておき……。

筒井家十万石の世嗣《よつぎ》である千代之助が急死したとすると、藩主・越後守正房には、他に男子がないからである。

四

いま、江戸藩邸にいる筒井越後守正房《つついえちごのかみまさふさ》は、四十三歳になる。

現・徳川将軍の実妹にあたる夫人・高子《たかこ》との間に、三人の子が生まれた。

長男が千代之助《ちよのすけ》。長女が、今年で十五歳になる光姫《みつひめ》。次女が十三歳の長姫《ながひめ》である。

越後守正房には、側室《そくしつ》がいない。

越後と江戸を行ったり来たりしている越後守だけに、国許の柴山《しばやま》城に暮らすときは、側室の一人や二人がついているのは当然なのである。幕府の定めによって、大名の正夫人と跡つぎの男子は江戸藩邸へとどめ置かれることになっている。

四十をこえたばかりの越後守が、まったく女気なしの生活を強《し》いられることは、むしろ、異常といってよい。

越後守が高子と結婚をしたのは二十年前のことで、一年後に、千代之助が生まれたのだ。

そのころ二十代の越後守は、国許へ帰っても側室をもうけることをしなかった。

重臣たちの中には、あからさまに、側室をもつことを越後守へすすめた者もいる。

これは、今度の千代之助急死のような事態があった場合、他の側室が二人でも三人でも男子を生んでいれば、あわてずにすむことなのだ。

越後守に側室をもつことを禁じたのは、他ならぬ〔奥方さまの高子〕であった。

なにしろ、現将軍の妹でもあり、筒井家へ嫁《とつ》いだときには莫大《ばくだい》な持参金を持って来て、これがために、半ば慢性的に行き詰まっていた筒井家の苦しい赤字財政が、

「救われた……」

のであった。

そればかりではない。

高子が筒井家の人となって以来、幕府は一度も、筒井家へ課役《かえき》を申しつけなくなった。

課役というのは、江戸幕府が諸大名に申しつける諸工事のことで、江戸城の修理やら諸国の道普請《みちぶしん》、治水工事、日光山・東照宮《とうしょうぐう》の修築など、多種多様にわたってい、この課役を命ぜられると、大名は費用のすべてを自家でまかなうことになる。

これがために財政危機に落ちこみ、苦難にあえぎつづけている大名もすくなくないのだ。

大名たちは、

「何ともして……」

課役を逃げるべく、かねてから幕府高官との交際を絶やさず、逃れるためには、あらゆる手段を講じている。このための出費も生《なま》なかなものではない。

だが、筒井家では、そうした心配をせずにすむ。

現将軍は、令妹高子を特に可愛ゆくおもわれているとかで、ひいては令妹のために、筒井越後守も何かとたいせつにしてくれている。

将軍と幕府に、これだけの恩恵をうけている筒井越後守なのだから、

「御守殿《ごしゅでん》ひとりをまもるほどのことなら、わけもないことじゃ」

という風評もきこえぬではない。

〔御守殿〕とは、将軍家から三位《さんみ》以上の大名に嫁いだ娘の尊称である。

筒井越後守は正三位ではないから、たとえての風評であろう。

ともあれ、夫人・高子の権勢は大きい。

兄の将軍と幕府を後盾《うしろだて》にしているのだから、嫁入りと共に付きそい、筒井家の臣となった者たちを国許へも江戸へも配し、政治向きにまで高子の影響が大きいと、源太郎も聞いている。

高子が、自分以外の女性《にょしょう》を、

「御側《おそば》に近づけては相なりませぬ」

と、越後守へ念を入れてあることは事実だ。

また、ひとつには越後守自身が、温和な、どちらかというと学者肌の大名であり、年少のころは、あまり健康がすぐれなかったほどで、さほど女体への興味があるわけでもなく、高子ひとりをまもって、三人の子をもうけたのだから、何事にも波風を立てずに、筒井家の主《あるじ》として、平穏な一生を終え、千代之助へ次代を託したいというところであった。

だから、これまでは別に、もめごとも起こらなかったのだ。

堀源太郎が若殿を打ち据えた事件などは、越後守正房が藩主となって以来の椿事《ちんじ》だったといってよいのだ。

しかし、千代之助が亡くなったとなれば、二人の息女のうちのどちらかへ、養子を迎えて、これを世嗣とせねばならない。

となれば、奥方・高子と、その背後にある将軍と幕府の、筒井家への介入がきびしくなることは、

「目に見えている……」

のである。

そうした事の一つ一つが、

(うまく、おさまればよいが……?)

であった。

筒井家の家臣の中にも、高子の権勢と、それをたのむ重臣たちを、

「御家の恥……」

だと、考えている人びとが多い。

その筆頭が、江戸家老・安藤主膳《しゅぜん》である。

源太郎も江戸藩邸に暮らしていただけに、そうした気配を感じないではなかった。

あまりに、高子の濫費《らんぴ》が激しいので、安藤主膳が面《おもて》を犯し、

「大名家の奥向きと申すものは、さようなものではござりませぬ」

敢然と意見をし、初代徳川将軍・家康のころは、江戸城中にあって、老将軍が足袋《たび》

もはかず、足に皹《あかぎれ》を切らし、血をにじませていながら平気であったことなどを言いたてて、高子を激怒させたこともある。

こうした事情を、わずかながらでもわきまえていたので、源太郎は、

（これからが容易ではない……）

と、おもったのだ。

事態は、意外に早く、さしせまってきた。

原田小平太が、しきりに、

「今夜は、よく、おねむり下さい。それでないといけませぬ」

と、いい、江戸藩邸の様子を、

（すこしでも知りたい）

と願う源太郎に、

「いまは、余計なことを、お考えにならぬことです」

「なれど、これから、どうなるのだろうか……？」

「わかりませぬ」

小平太は、不敵に笑った。

仕方もなく蒲団の中で、源太郎は目を閉じたが、小平太は起きているようであった。

そのうちに、権左衛門が「もし……原田さま」と、よぶ声が板戸の外で聞こえ、小平太が出て行った。

それだけは、おぼえていたが、いつの間にか源太郎はねむりの中へ引きこまれた。

「もし……もし、源太郎さま」

肩をゆさぶられ、源太郎がはね起きると、原田小平太と若党の伊橋弥平が、こちらをのぞきこむようにしていた。

行灯《あんどん》の火が、まだ、灯《とも》っている。

あとで、わかったことだが、小平太は権左衛門から、さらに新しい抜け道のことを聞いたのち、この部屋へもどり、うつらうつらしていると、権左衛門が伊橋弥平の来たことを告げた。

「弥平……」

おもいがけなかったことで、源太郎は弥平へしがみつくようにし、

「ち、父上は、いかがなされた？」

「大丈夫でございます。遊佐元春様と共に、御長老様の御屋敷へお入りになられました」

「では、御長老様が、父上を、お匿《かくま》い下さるのか？」

「さようでございます」

「そ、そうか……」

このときの安堵《あんど》は、とても筆や口につくせるものではなかった。

藩主・越後守正房の伯父にあたる長老・筒井但馬《つついたじま》の庇護《ひご》を受けている以上、先《ま》ず、堀源右衛門の身に危害が加えられることはあるまい。

それならば何故《なにゆえ》、源太郎も共に、匿ってはくれぬのか……。

それが不審なのだが、いまの源太郎には、そこへおもいがおよぶ余裕はなかった。

「こ、これを、旦那《だんな》様が……」

弥平が差し出した父・源右衛門の手紙を、源太郎は、むさぼるように読んだ。

文面を要約すると、つぎのごとくになる。

「……この手紙を見たならば、すぐさま、原田小平太殿と共に、御領内を脱け出なくてはならぬ。自分の身は、いまのところは安心ゆえ、こころおきなく、何事も小平太殿をたのむがよい。また、いつか、かならず会えよう。会えると、わしは信じている」

源太郎は、父の手紙を小平太へわたしてから、

「弥平。御城下の様子は？」

「いまのところ、別に、変ったことはございませぬが……」

「お前たちは、屋敷にいるのか？」

「いえ、旦那様の御指図で……」

堀源右衛門は、よしを実家へ帰し、弥平のみをつれて筒井但馬邸へ入った。

他の奉公人へは、それぞれに金をあたえ、

「いずれ、また、共に暮らすこともあろう。そうおもっていてくれい。それまでは、それぞれの身寄りをたより、散りぢりになっていてもらいたい。屋敷は、このままにしておくがよい。お前たちの身の廻《まわ》りの品だけは持って行くがよい」

源右衛門は、そういったという。

「では、私は、すぐさま、御長老様の御屋敷へもどりまする」

と、弥平がいった。

「うむ。父上を、たのむぞ」

「はい」

行きかけた伊橋弥平が「あっ……」と、忘れものをおもい出したように、ふところから袱紗《ふくさ》に包んだ金包みを出し、

「これは、御長老様からでございます」

「私に、か？」

「はい」

五十両の大金である。

源太郎は、小平太と顔を見合わせた。

「さ、早く……」

「小平太殿。この金は、あなたがあずかっていて下さい」

「では……」

弥平が名残り惜しげに駆け去って間もなく、源太郎と小平太は、百姓・権左衛門に誘《いざな》われ、おきねに別れを告げ、外へ出た。

払暁《ふつぎょう》である。

夜の闇《やみ》が、水の底ほどの明るみをたたえてきはじめ、裏庭の何処《どこ》かで、鶏《とり》が鳴いた。

「さ、こちらへ……」

権左衛門は、裏手の小川の岸辺に繋《つな》いである小舟へ、二人を乗せた。

「権左どの。どこへ行く？」

「この川は、音水潟《おんずいがた》へながれておりますでな」

「では、音水潟を、この舟で？」

「へい。越後街道は危《あぶ》のうござります。昨夜、原田さまに抜け道を教えましたで……信濃川《しなのがわ》沿いに、三国峠《みくにとうげ》を目ざして、お逃げなされませ」

大工の家

一

それから数日の間のことを、堀源太郎は、よくおぼえていない。

百姓・権左衛門が仕度をしてくれた小舟で、原田小平太と共に、音水潟をわたった朝が、昨日のようにおもわれもし、また、一月《ひとつき》も二月《ふたつき》も前の事のようにも感じられた。

小平太は、権左衛門がくわしく描《か》きしたためてくれた絵図をたよりに、注意ぶかく歩をすすめた。あくまでも街道を外《はず》れ、村から村へと道をたどりながら、小平太の足どりは自信にみちていた。

源太郎もそうだが、小平太は尚更《なおさら》に、このあたりの地理を知らぬはずである。しかし、彼は、忠実に権左衛門の絵図をたどり、なるべく、日中は人目にたつことを恐れて歩かぬことにした。

「これならば、大丈夫でございます」

越後の長岡《ながおか》城下を迂回《うかい》し、信濃川《しなのがわ》に沿って南下し、魚野川《うおのがわ》との分岐点へ出たとき、小平太は力強く源太郎にいった。

魚沼《うおぬま》の山稜《さんりょう》の西側を信濃川がさかのぼって千曲川《ちくまがわ》となり、東側を魚野川がながれている。魚野川は上越国境の谷川岳から発し、越後の川口から小千谷《おぢや》のあたりで信濃川と合流するのである。

「ここまで来れば、三国街道へ出ても大丈夫でございましょう。それに、これからの山越えには、そうするよりほかはございませぬ」

依然として原田小平太の、源太郎へ対する言葉づかいは丁重をきわめていた。

三国街道は、関東と越後をむすぶ往還であり、戦国の時代には、かの英傑・上杉謙信《うえすぎけんしん》が越後・春日山《かすがやま》の居城を発して関東へ出陣するとき、この街道を進軍したものだと、源太郎も耳にしている。

長岡から、約二十八里で三国峠に達し、この峠もまた、上州と越後の国境であった。

三国峠を二里ほど下ると〔猿ヶ京《さるきょう》〕の関所がある。

この関所を通りぬけるについては、

「関所手形は、あなたさまのものを用意してございます」

小平太は、そういった。

自分の一命をねらっている藩の刺客たちもが、

(後を追って来るにちがいない)

と、おもいつづけていた源太郎も、六日町《むいかまち》、塩沢《しおざわ》を経て、いよいよ三国峠への上りにかかるころには、その不安が消えた。これまで、小さな村の百姓家に泊めてもらった折も、小平太は金を惜しまず、ときには馬を借りて、源太郎を乗せ、一日に五里か六里ほどしか歩まぬ用心深さだったので、疲れもひどくなかった。

その夜……。

二人は、三国峠の手前の火打峠《ほうちとうげ》の手前にある元橋というところの旅籠《はたご》へ泊まった。

このあたりは、ものの本に、

……険悪の山道なりけれど、人馬、路《みち》に相のぞみ、冬季、大雪にあたれば、三宿《さんしゅく》に数百人の停留を見る。

と、記してあるほどの、山また山であった。

その山間《やまあい》の空に、星が降るような夜である。

「もはや、大丈夫とおもわれますが……」

原田小平太が、夕餉《ゆうげ》の膳《ぜん》を下げて、いざ寝ようというとき、急にかたちをあらため、

「江戸までは、まだ六十里に近い道のりがございます」

と、いい出した。

うなずく源太郎へ、小平太は、

「万が一、ということもございます。もしも、刺客に出会うようなことがありましたなら、私にかまわず、お逃げ下さいますよう」

「どこへ、逃げたらよいのです？」

「はい。江戸へ向かっておすすみ下さい。そして、もし私が追いつきませぬときは、江戸の、浅草・田町《たまち》に住む大工の松蔵と申す者をおたずね下さいますよう」

「大工……？」

「はい」

　このとき、堀源太郎の脳裡《のうり》をよぎったのは、柴山《しばやま》城下の屋敷を出るとき、伊橋弥平と女中のよしに、大工の棟梁《とうりょう》・伊助からあずけられた図面をおさめた大きな帙《ちつ》を「かならず伊助の手へわたしてもらいたい」と、たのんでおいたことであった。

　よしは実家へ帰り、弥平は父・源右衛門と共に長老・筒井但馬邸へ隠れたという。

　弥平が権左衛門宅へ駆けつけて来たとき、事態が切迫していたこともあり、源太郎は伊助の図面がよしの手にあるのか、弥平の手にあるのか、尋ねるのを忘れてしまっていたのだ。

（大丈夫だろうか？……よしか、弥平か、忘れることなく、あの図面を持ち出してくれたろうか……あれは伊助にとって、まことにたいせつな、かけがえのないものなのだから……）

何か心配でたまらぬのである。

自分の一命が危《あや》ういというときに、何で、一大工の建築図面のことが気にかかるのであろうか……。

それは、源太郎自身にも、わからなかった。

「もし……もし、源太郎様……」

「あ……」

「どうなされました?」

「いや、別に……何でもありません、小平太殿」

「浅草の田町に住む、大工の松蔵でございます。しかと、お胸の内にきざみこんでおいて下さいますよう」

「わかりました」

「そこへ、お着きになりますれば、万事、松蔵がのみこんでおりまする」

「私ひとりで、まいってもか?」

「はい」

「まことに……?」

「源太郎様。三年ほど前に、御下屋敷から根岸《ねぎし》の和泉屋《いずみや》の寮へ、お移りになりましたるとき、お身のまわりをお世話いたしました……」

「おお、寮番の喜平……」

「いえ、むすめのほうの……」

「お順……」

と、叫ぶように源太郎がいった。

このところ、間断なく身にふりかかってきた変事に対処《たいしょ》するのが精一杯で、すっかり忘れていたあの娘の名を、源太郎は間髪《かんはつ》をいれずにおもい出したのであった。

「さようでございます。よう、おぼえておいでに……」

「うむ……親切にしてもらったので……」

「源太郎様。大工の松蔵は、お順の父親なのでございます」

「あ……」

「いま、お順は父親のもとにおります。なれば、あなたさまを見れば、すぐに、わかります」

「さ、さようか。お順が……」

「はい」

この夜。

原田小平太は、堀源右衛門からあずかった三十両と、長老・筒井但馬が伊橋弥平に持たせてよこした五十両と合わせて金八十両を、源太郎の前へ置き、

「このうちの四十両を、あなたさまが肌身《はだみ》へおつけなさいますよう」

「いや、それは、小平太殿にあずけておいたほうが……」

「半分を、たしかにあずかりまする。なれど半分は、お持ち下さい。もしも、別れ別れになりましたときには、何よりも金子《きんす》次第……」

「そのようなことは、ないとおもうが……」

「私も、そう願うておりまする。なれど、これよりは街道を江戸へ向かいまする。抜け道や傍道《わきみち》ではございませぬ。どこに、だれの目が光っているやも知れませぬ」断固として、原田小平太は金四十両を胴巻へ入れて源太郎へわたし、

「もしも、私と別れ別れになりましたるときは、その金子にて馬なり駕籠《かご》なりを存分につかい、一刻も早く、江戸へお入りになりますよう」

「はい」

「念のため、申しあげておきまする」

「何でしょう?」

「申すまでもございませぬが、藩邸へお立ち寄りなさいませぬよう。そして、根岸の和泉屋の寮へも立ち寄られては相なりませぬ」

「わかりました」

二

翌日。

堀源太郎と原田小平太は、日がのぼりきってから、ゆっくりと旅籠を出た。

朝のうちは、街道に人の往来が多い。

それを避けたのである。

今日のうちに、猿ヶ京の関所を通りぬけてしまえば、それでよいのだ。小平太は、自分が源太郎に付きそっているかぎりは、あせらず急がずに江戸へ入るつもりらしい。

檜《ひのき》と杉《すぎ》の山林にかこまれた街道の、昼近い時刻には人の往来が、やや絶えがちになっている。

旅籠を出て、間もなく、火打峠へさしかかった。

峠といっても、そこは山と山の鞍部《あんぶ》にすぎず、遠望はきかないが、街道の右手に、標高二千百五十メートルの苗場山《なえばさん》がそびえ、その堂々たる山容を、二人は昨日からながめつつ、街道をのぼって来た。

その苗場山が、いまは、うしろへ遠ざかりつつある。

山々は紅葉《こうよう》して碧空《へきくう》の下に鮮烈な衣裳《いしょう》をまとい、三国山から発する清津《きよつ》川《がわ》が泡《あわ》を嚙《か》んで街道の右側をながれていた。

源太郎や小平太がその名も知らぬ山鳥の声が樹間を縫い、前方の山と山の間の空に日が輝きはじめた。

「よい天気がつづく……」

と、源太郎がつぶやくようにいった。

「さようでございますな」

「小平太殿……」

「は……？」

「あなたは、くわしい事情《わけ》を知らぬというたが、そうではあるまい。何故《なにゆえ》、私が、藩の刺客に一命をねらわれるのか……江戸の奥方様の御指図というが、何故、奥方様が私の命を……？」

「何度も申しあげましたように、真《まこと》の事情を、私は存じませぬ」

「いや、知っているはずだ」

「いいえ……」

「すくなくとも、私よりは知っている」

「何事も江戸へ、お着きなされましてから……」

「あなた一人の推測にてもよい。お聞かせ下さい」

「いや、それは……」

「どうあっても、お聞かせねがえぬか?」

「はい」

と、これはきっぱりとした返事である。

二人は、いつの間にか、火打峠をすぎていた。

前方の、街道が曲がりくねって山蔭《やまかげ》へ消えている、そのあたりから荷車をひいた馬があらわれた。たくさんに木材を積んだ荷車である。馬の轡《くつわ》を取っているのは、このあたりの村人であろうか。

二人は、街道の傍《はた》へ寄って、荷車をやりすごした。

村人が腰を屈《かが》めて二人に挨拶《あいさつ》を送り、通りすぎて行った。

やりすごし、左へ曲がっている街道を歩みはじめたとき、原田小平太が、ぎくりと足をとめた。

「あっ……」

おもわず、源太郎が叫んだ。

山蔭からあらわれた四人の旅の侍が何か叫び、笠《かさ》をぬぎ捨て、駆け寄って来るのを見たからである。

ちょうど、街道が曲がり角にさしかかっていたこともあり、やりすごした荷車の蔭になっていて前方の様子がよく見えなかったこともある。

「源太郎様。私が声をかけるまでは、私の傍《そば》をはなれてはなりませぬぞ」

小平太が一気にいうや、笠をぬぎ捨てて、大刀を抜きはらい、われから、前方の四人へ向かってすすみはじめた。

「原田。連れの男を、こちらへよこせ」

と、四人のうちの一人が抜刀して、わめいた。

この男の顔に、源太郎は見おぼえがある。江戸の藩邸内で数度、見かけたことがあった。源太郎が暮らしていた御殿においてではなく、藩邸内の通路などで見た。

身分の低い藩士であろうから、名も知らなかった。あとの三人の顔はまったく見おぼえがなかった。

源太郎は、まだ、菅笠《すげがさ》をぬいではいない。旅へ出てからこの方、ほとんど自分の頭に乗り、禿《は》げあがった頭を隠していてくれる菅笠を、無意識のうちに源太郎は、わが頭髪のように感じていたのやも知れぬ。

「原田。おのれは、おのれがしていることを、わきまえているのか」

「不忠者」

「そこを退《の》けい!!」

「退かねば、斬《き》る!!」

四人が口ぐちに叫び、間合いをつめて来た。

いまは、人通りが絶えているけれども、なんといっても白昼の街道である。

四人は、たしかにあせっていた。

この態《さま》が人目につくことを、四人はおそれている。

だが、談合の余地はなかった。

原田小平太は腰を沈めて、右手《めて》の大刀を小脇《こわき》へ掻《か》いこむように構え、左手に源太郎を庇《かば》いつつ、山肌を背に、じりじりとまわりこみながら、

「源太郎様。刀を……」

低く、いった。

刀をぬいて、身をまもれといったのである。

笠をかぶったままで、源太郎も刀を引きぬいた。

いまは亡《な》き若殿・千代之助の学友として、共に剣術の稽古《けいこ》にはげんだこともある源太郎だが、それも一通りのことであって、われから真剣をもって敵と闘うことなぞ、それこそ、

(夢にも、おもわなんだ……)

ことなのである。

源太郎の両眼は白くつりあがり、喉《のど》が痛いほどに口中《こうちゅう》が乾き切っている。

「おのれ!!」

「かまわぬ。斬って捨てろ!!」

「早く……早く、方《かた》をつけてしまわぬといかぬぞ」

「よし!!」

四人の刃《やいば》が半円のかたちに、二人を押し包んだ。

「鋭《えい》!!」

左端の藩士が躍りあがるようにして、小平太へ斬りつけた瞬間、源太郎は小平太の左腕で突き飛ばされた。

それは、恐ろしいほどの腕力《うでぢから》であった。

源太郎は刀を持ったまま、三間《げん》ほども突き飛ばされ、転倒した。

つまり、小平太へ斬りつけた左端の藩士の横合いを泳いで、入れちがいのかたちに突き飛ばされ、源太郎は街道へ転倒したのであるから、四人の包囲を一応はくぐりぬけたことになる。

倒れたが、源太郎は、すぐにはね起きた。

はね起きて、まさに見た。

藩士の一人が刀を落とし、両手で顔面をおおい、突き飛ばされるまで源太郎が立っていたあたりに両膝《りょうひざ》をついている。手の間から真赤な血がふきこぼれていた。

原田小平太は、源太郎に背を向け、残る三人の肉薄をぴたりと押さえていた。

小平太に顔を切り割られた藩士が、苦悶《くもん》のうめきを発しつつ、突っ伏してしまうのが、源太郎の目に入った。

「う、うう……」

「くそ!!」

「よくも、おのれ……」

三人は、あまりにすばらしい小平太の剣の冴《さ》えに瞠目《どうもく》した。

「源太郎様……」

がっしりと幅広い肩を微動だにさせず、小平太が、

「早く、お逃げ下され」

と、いった。

そのとき、あたりの空気が烈《はげ》しくゆれうごいた。

側面から斬りつけて来た一人の刀をかわした小平太へ、別の一人が、

「やあっ!!」

猛然と刀を突き入れた。

「む!!」

その刀を打ちはらった小平太が、身をひるがえして別の敵へ躍りこんだ。

源太郎は、自分に向かって駆けて来る一人を見た。

「早く……」

また、小平太が叫んだ。

源太郎は夢中で、三国峠の方へ向かって街道を走り出した。

刀と刀が打ち合う凄《すさ》まじい音が、背に聞こえた。

三

それから、十日もかかって、堀源太郎は江戸へ入った。

原田小平太とは、ついに、めぐり合えなかったのである。

（なぜ私は、あのとき、小平太殿と共に、敵と闘わなかったのか……）

それをおもうと、居ても立ってもいられない気もちになってくる。

いかに小平太が、早く逃げろといってくれたにせよ、二十歳《はたち》にもなった侍の子の自分が、いわれるままに逃げ出したのは、刀を抜いて敵と斬り合う自信が、まったくなかったからだ。

（私は、卑怯《ひきよう》な男だ……）

なさけなくなってくる。

しかし、一には、

（自分がいては、小平太殿の邪魔になる……）

と、直感したからでもある。

もっとも、源太郎自身、期せずして敵の一人を相手にしたのだ。

そやつは、二人の藩士に小平太をまかせ、源太郎を追い駆けて来た。

浅貝《あさかい》の宿場から三国峠へ向かう街道は、ゆるいのぼりになってい、向こうから来た町人の夫婦らしい旅人が二人、悲鳴を発して木蔭へ逃げこんだのを、源太郎はおぼえている。

追いかけて来る藩士の、鞴《ふいご》のような激しい息づかいが背中にせまって来て、

(あ……もう、いかぬ……)

源太郎は絶望しかけた。

うしろから斬りつけて来た刃風《はかぜ》が菅笠をかすめたとき、源太郎は前のめりに倒れた。

相手も踏鞴《たたら》をふんで、体勢をくずしながら、

「うぬ……死ねい」

かすれ声で叫び、のしかかるように刀を突き入れて来た。

必死に刀を振りまわし、街道から草の中へ転《ころ》げこみ、清津川のながれにずるずると落ちこんだとき、源太郎は、

(おれは、きっと、切られている……)

と、おもったほどだ。

だが、幸運にも、かすり傷ひとつ受けていなかったのである。

急流の中を押しわたり、対岸の山林へ逃げこむ源太郎の背後から、敵も、たしかに追って来た。

一度か二度、振り向いたとき、日射《ひざ》しに煌《きら》めいた敵の刃《やいば》と、大きく口を開けた敵の顔を、たしかに見た。

そこは、赤湯山《あかゆやま》の東の裾《すそ》になっていたのだが、むろん、源太郎は知らない。

山林の中を無我夢中で逃げるうち、いつの間にか、大刀を手ばなしてしまった。

それでいて、菅笠だけは半ば擦《ず》り落ちかけていながらも、源太郎の禿頭《とくとう》へしがみついていたのである。

敵の息づかいと、足音が途絶《とだ》えた。

それでも尚《なお》、源太郎は山林の中を逃げつづけた。

喉が千切れそうに乾いていたし、手も足も躰《からだ》も鉛と化したかのように重く、何度も失神しかけながら、

(なんで、私は、こんなに逃げなくてはならないのだ。それほど、死にたくないのか……なんという、あさましい奴《やつ》なのだ、私は……)

まるで、猟師に追いまわされている猿《さる》の子にでもなったようなおもいがし、つくづく、なさけなくなったものだ。

堀源太郎が逃げ終《おお》せたのは、道もない山林の深いふところに抱きこまれたからであろう。

何かの拍子に、敵は、源太郎が逃げた方向と反対の方へ踏み込んで行ったにちがいない。

気力も体力も限度が来て、源太郎は杉の樹林に伏し倒れ、気を失った。

そして、肌《はだ》に突き刺さるような冷気をおぼえ、目ざめたときは夜になっていたのである。

手足や顔が、逃げまわったときの擦傷《すりきず》や打撲《だぼく》を受けて痛んだが、敵の刃は一カ処も当たっていない。

(た、助かった……)

このときのよろこびは、たとえようもなかった。

自分のために闘ってくれた原田小平太の安否も知れぬのに、この歓喜に一瞬でも酔ったことを、源太郎は恥じた。

夜が明けてから、源太郎は山林の中を歩みはじめた。

昨日、元橋の旅籠《はたご》を出たとき、大きな握飯《にぎりめし》が三つ、竹の皮に包まれたのが、小荷物と共に背中に在ったし、竹製の水筒も腰から落ちていない。

大刀は、どこかに落としてしまったが、差し添えの脇差《わきざし》もある。

なんとなく、源太郎に勇気がわいてきた。そうなると、

（あれほどに強い小平太殿なのだから、きっと、敵を斬って殪《たお》したにちがいない）

と、おもえてもくる。

一人は斬り殪されたのだし、一人は源太郎を追って来た。

となれば、小平太の敵は二人である。

二人で斬りかかっても、おそらく小平太にはかなうまいとおもわれた。

源太郎は、南を目ざして歩みはじめた。道がついていないので、難儀をきわめ、体力も消耗してしまい、

（あっ……）

という間に、夕暮れが来た。

握飯と梅干を一つずつ食べ、寒さにふるえながら、朝を待った。

寒さのために、ほとんどねむれず、よろよろと森や林の中を歩み、日がのぼってから、小さな草原に出ると、そこへ倒れて深いねむりに落ちた。

目ざめると、日が沈みかけている。

最後の握飯を食べて歩き出したわけだが、草原の向こうの楢《なら》の林へ入り、のろのろと半刻《はんとき》ほども歩いて行くと、林の中に細い道がついているのを発見した。

道があるからには人が通り、人が通るからには近くに村里があろう。

金四十両を腹に巻きつけてはいるが、肝心の関所手形は、原田小平太から受け取っていない。猿ヶ京の関所を、どのようにして越えたらよいものか……そこまでは、まだ考えてはみなかった。とにかく（助かった……）というよろこびに、胸が一杯になったことをおぼえている。

源太郎は、刺客《しかく》に襲撃された場所から、それほど遠くへはなれていないとおもっていたのだが、実は、いつの間にか山中の国境を越え、上州へ足を踏み入れていたのだ。

翌朝になって、山道を上り下りするうち、谷川のほとりへ出た。

この川が、四万川《しまがわ》であった。

川に沿って下って行くと、村があった。

堀源太郎は救われた。

「自分は、筒井越後守の家来で、堀源太郎という者です」

と、すこしも隠し立てをせずに名乗り、公用で江戸へ向かう途中、三国街道で四人の盗賊に襲われ、山林の中へ逃げこんだが、道に迷い、ここまで来たのだ、と、落ちついて村人たちに語った。

このあたりは、すでに、上州の吾妻《あがつま》郡である。

猿ヶ京の関所へ、わざわざもどるまでもなく、五里も南下すれば榛名山《はるなさん》の北麓《ほくろく》へ出てしまうのだ。

それから、吾妻川に沿って渋川、高崎へ至れば、江戸まで二十六里十五丁の道程である。

村人たちは、自分の言葉を、

（すこしも、うたがわなかった……）

ように、源太郎は感じた。

だが、村に二日ほど泊めてもらい、疲労を癒《いや》している間にも、村人たちは源太郎のことを届け出るようなことをしない。それは、やはり、源太郎の身に何やら深い事情があると看《み》てとったのではあるまいか。けれども、禿頭の奇妙な若者の人品のよさや、たよりなげな素直さが、村人たちをして、

（助けてやろう……）

と、おもわしめたにちがいない。

ぼろぼろに千切れた着物を捨て、源太郎は村人の着物をもらって旅姿となり、脇差は荷物にして背負い、新しい笠をかぶり、村の若者に案内をされて、間道《かんどう》づたいに渋川まで出ることを得た。

わずか七戸ほどの小さな山村の人びとの親切に、源太郎は、

（持っている金を、すべて、あげたい）

と、おもったが、さすがに、おもいとどまった。

これからの行手に、

(何が待ちうけているか、知れたものではない……)

からである。

そこで金十両を、辞退する村人たちへ、

「それでは、私のこころがすまぬ。どうか、受けて下され」

むりにも受け取ってもらったのだ。

こうして、堀源太郎は、二年半ぶりに江戸の土を踏んだのである。

四

浅草の田町《たまち》は、かの金竜山《きんりゅうざん》・浅草寺《せんそうじ》の北面にあたる。

石神井《しゃくじい》用水と根岸川の末流で、浅草の待乳山《まっちやま》の北の裾を大川(隅田川《すみだがわ》)へそそぐ山谷《さんや》堀《ぼり》の、川口に架かっているのが今戸橋《いまどばし》だ。その一つ先の正法寺橋《しょうほうじばし》の南詰を西へ入ったところに、大工・松蔵の家があった。

松蔵は、浅草・元鳥越《もととりごえ》の大工の棟梁《とうりょう》で〔大喜《だいき》〕とよばれる喜兵衛《きへえ》の右腕といわれた男だそうな。

七十に近くなって、ちかごろは、すっかり躰《からだ》がおとろえた喜兵衛に代り、松蔵は一切の采配《さいはい》をふるい、喜兵衛晩年の子の喜太郎に、

「大喜の跡目を、立派に継いでもらわなくては……」

と、念願していた。

喜兵衛も、すっかり松蔵をたよりきっているし、今年で十七歳になる喜太郎も一所懸命に修行をつづけている。

〔大喜〕の仕事は、むろんのことだが、そのほかにも、松蔵の腕を見込んでたのまれると、大喜の職人たちをつかって、工事を請負うこともゆるされている。

それだけに、田町一丁目の家には下小屋《したごや》もあるし、三、四人の弟子もいて、土地《ところ》の人びとが、

「棟梁」

と、よんでも、すこしもおかしくない松蔵であった。

松蔵は四十五歳である。上のむすめのお幸《こう》は、大喜の職人・富治郎の女房《にょうぼう》になって、二人の子をもうけてい、息子の梅吉は、〔大喜〕の喜太郎と同年の十七歳で、これは家へ置かず、大喜へ住み込ませている。

そして、次のむすめで梅吉の一つ上の姉が、お順であった。

去年、松蔵の女房・おきよが病歿《びょうぼつ》したため、お順が父親や弟子たちの世話を一手に切りもりしていた。

ところが、半月ほど前から、松蔵は、弟子たちを〔大喜〕へあずけてしまった。

「ま、長いことではねえ。すこし、おれも根《こん》をつめて図面を引きてえ仕事があるし、大喜の普請場《ふしんば》へも出られねえ。だから、しばらくの間、お前たちも大喜へ寝泊まりをしていてくれ。そのほうが何かにつけて便利だから……」

と、松蔵は弟子たちにいった。

弟子たちが大喜へ移ると、松蔵は一人きりで下小屋へこもり、こつこつと何か仕事をしはじめた。

切り組んだ材木や、種々の道具類などがある下小屋に、三坪ほどの中二階がある。

その中二階を、松蔵が改造しているらしい。

「お父《とっ》つぁん。下小屋で何をしているんです？」

と、お順が尋《き》いた。

「入って来てはいけねえ」

などと、松蔵が妙に、秘密めいたことをいったからだ。

「お順。お前だけには、はなしておかなくてはなるまい」

「なんのこと？」

「三年前だったか……お前が、まだ、和泉屋《いずみや》さんへ奉公にあがっていたころ、和泉屋さんの、根岸の寮へ手つだいに行っていたことがあったな」

「ええ……」

忘れるものではない。

あのときの、すっかり頭が禿《は》げあがった病気の、さむらいの少年の身のまわりを世話したことが、いまも尚、強い印象となってお順の胸に残されている。

(源太郎さま、と、おっしゃったっけ……)

和泉屋の主人《あるじ》・善助から、

「これはね、お順。お前がしっかりしたむすめだから、特別にたのむことなのだよ。だからね、根岸の寮に、あの若いおさむらいがいることは、だれにもいってはいけない。いいね、わかったかえ」

念を押されたものだ。

(何か、きっと、ふかいわけがあるにちがいない……)

と、当時、十六歳のお順は、

(まだ、二十前でしょうに、あんなに頭が禿げてしまって、お気の毒な……)

可笑《おか》しがるよりも同情を抱いて、源太郎を看た。

堀源太郎が、越後へ帰るとき、

「お礼のつもりだ。こころよく、受けてくれ」

むりやりに、自分の帯の間へ押し入れた金五両は、いまも、手つかずにしてある。

その五両を、お順は和泉屋善助へ見せた。

すると、善助は、

「そうか、そうか。それはよかった。それはね、大切にしまっておおき。そして、お前が嫁入りをするときの仕度におつかい」

と、いってくれ、このときもまた、

「人にいってはいけませんよ」

念を入れられたのである。

そのときの和泉屋善助の両眼が、何故《なぜ》か、うるみかかっていたのをお順はおぼえている。

源太郎がくれた一両小判を五枚、お順は三枚の半紙で包み、その上から、むらさき色の袱紗《ふくさ》をかけ、父親が造ってくれた寄木細工《よせぎざいく》の小箱の底へ大事に仕舞ってある。

〔大喜〕は、和泉屋へ長らく出入りをしており、和泉屋の普請を先代のころから引きうけていた。松蔵も少年のころから、棟梁・喜兵衛と共に和泉屋の普請場へ通ったし、根岸の寮は、ほとんど松蔵が手にかけたものであった。

和泉屋善助は、松蔵の人柄《ひとがら》が気に入り、喜兵衛にも、

「ひとかどの棟梁にしてやるがよいな」

口添《くちぞえ》をしてくれたし、喜兵衛も松蔵へ、何度か独立することをすすめたのだが、

「とんでもねえことで……」

松蔵は、取り合わないのである。

「いまの境涯《きょうがい》が、気楽で、いちばんいいのさ」

亡《な》くなった女房には、そういっていた松蔵だが、

「いや、松蔵は大変な忠義者だ。あれだけ肚《はら》のすわった男を大工にしておくのは惜しいほどだ。大きな声ではいえないが、いまどきの武家方にも、あれだけの男はなかなかいない」

などと、和泉屋善助は松蔵をほめそやした。

こうしたわけで、お順は、行儀見習に和泉屋へ奉公をしたのだが、母親が亡くなってから、田町の家へもどったのである。

「お前が、根岸の寮で、お世話をしたおさむらい……堀源太郎さまと、おっしゃる」

「ええ……」

父親が、何をいい出すのかとおもった。

「おぼえているかい？」

「おぼえているけど……それが？」

むしろ、お順は、なぜ、父親が源太郎のことを知っているのかと、不審であった。

(和泉屋の旦那《だんな》から、聞いていたのかしら？)

松蔵の、小柄で、細く引きしまった躰が、あきらかに緊張をたたえている。

父娘《おやこ》が二人きりで暮らすようになってから十日目の夕餉《ゆうげ》の膳《ぜん》に向かい、お順の酌《しゃく》で酒をのみはじめたときに、松蔵は、このはなしを切り出したのだ。

「いまから、おれがはなすことを、決して口外してはならねえ。いいか、お順」

「ええ……」

「もう一度、お前に、堀源太郎さまのお世話をしてもらうことになるかも知れねえ。いや、きっと、そうなるだろう」

「まあ……」

お順は、目を見はった。

「じゃあ、お父つぁん。また、根岸へ？」

「いや、ちがう。此処《ここ》でだ」

「何ですって」

「この家《うち》へ、源太郎さまがお見えになるかも……いや、きっと、お見えになるはずだ」

「ほんとうなの？」

「うむ……」

「だって、どうして？」

不安をおぼえるよりも、あきらかに、お順は興奮をしていた。

「いいか、おれたちで源太郎さまを、お匿《かくま》いするのだ」

「えっ……源太郎さまが、何か、悪いことでもしなすったの？」

「悪い奴《やつ》は、他《ほか》にいる」

口走るようにいってから、松蔵は口を噤《つぐ》み、手酌で、たてつづけにのんだ。

「お父つぁん……」

「悪い奴を、なんで、お父つぁんが匿うものか……」

「そうだったわねえ」

「くわしいことは、おれも知らねえ。だが、和泉屋の旦那が、お父つぁんを男と見込んでおたのみなすったことだ。いのちがけになるかも知れねえが、お前も、もう十九だ。いざとなったら、お父つぁんと一緒に死ぬ気でいてくれ」

芝居の台詞《せりふ》のようなことを、一語一語、おのれが嚙《か》みしめているような口調でいい出した父親の顔を、お順は呆然《ぼうぜん》と見まもった。

そのとき、突然、裏手の戸を叩《たた》く音がした。

父娘は、顔を見合わせた。

「お父……」

「叱《し》っ……」

松蔵が裏の戸口へ出て、何か、外の人へいいかけていたとおもったら、すぐに戸を開けた。

台所の土間へ入って来た男を、

(源太郎さま……?)

立ちあがったお順の目に、若い侍の姿が飛びこんできた。

だが、堀源太郎ではなかった。

お順にも見おぼえがある、原田小平太であった。

その夜

——

「まあ……」

おどろくお順へ、

「やあ……」

原田小平太は、強《し》いて、微笑をうかべて見せ、

「おぼえていたかね？」

「はい。原田さま……」

松蔵は、まだ、土間に立っていた。

裏の戸を細目に開け、外の様子をうかがっている様子であった。

小平太の後をつけて来た者が、

（もしや……？）

いるのではないかと、念を入れたのである。

お順は、すぐに濯《すすぎ》の仕度をして、台所の上がり框《がまち》へ腰をおろした原田小平太の足を

洗おうとした。

「いや、自分で……」

と、手をのばしかけた小平太が、しかし、お順のするままにまかせ、ぐったりと目を閉じたのは、よほどに疲労しつくしていたからであろう。

裏の戸締りをした松蔵は、その小平太の横顔を、凝《じっ》と見つめている。

「松蔵どの……」

「はい」

「どうやら、堀源太郎様は、ここへ到着なされていないようだな」

松蔵は、うなずき、

「ごいっしょでは、なかったので？」

「む……」

「ど、どうなさいました？」

小平太の返事はなかった。

松蔵は、

「お順。釜《かま》で湯を沸《わ》かしてくれ。それから、原田さんへ飯の仕度を……」

いいつけておいてから、小平太を下小屋へ案内した。

別棟《べつむね》になっている下小屋だが、台所の一隅《いちぐう》に設けられている戸口から屋根のついた廊下がついており、外へ出なくても出入りができる。

「あ……」

小平太は下小屋へ入ると、あたりを見まわし、

「ここへ、源太郎様を？」

「さようで」

「実は……」

すぐに小平太は三国街道で刺客に襲われたことを語り、

「そこで、別れ別れになってしまった……」

「その、相手のおさむらいたちは？」

「一人は、源太郎様を追って行った。残る三人は斬《き》って殪《たお》した」

松蔵は息をのんだ。

「こうなると私も、うかつに御屋敷へはもどれぬ。いや、もどれなくなった」

「ふうむ……」

「三人を殪してから、すぐに後を追ったのだが、源太郎様と、もう一人の行方は、ついにわからぬ。あちこちと探しまわり、日数《ひかず》をかけ、近くの村々をまわって見たが、わからぬ。二人を見かけたものもないのだ」

「それは、困ったことに……」

「もしや、と、おもい、江戸へもどって来たが、戸を開けてくれた松蔵どのの顔を見たとたんに、まだ御到着でないことがわかった……」

ここまで立ち入ったはなしをしているところを見ると、原田小平太と大工・松蔵は、前にも数度会っており堀源太郎脱出につき、いろいろと打ち合わせをしていたものと看《み》てよい。

「これでは、御家老に顔向けがならぬ」

小平太は、唇《くちびる》を嚙《か》みしめた。

江戸家老・安藤主膳《しゅぜん》へ対してのことである。

そこへ、お順が大きな手桶《ておけ》二つに、水と湯を運んで来た。

小平太の汗と脂《あぶら》と埃《ほこり》にまみれた躰《からだ》を拭《ふ》くためのものであった。

「そんなことを、してはいられぬ」

「ですが、その姿では、どこへも出られるものじゃあございませんぜ」

「……それも、そうか……」

「お順。おれのものでいい。原田さんの着替えを……」

「あい」

躰をぬぐい、着替えをし、熱い味噌汁《みそしる》と魚の干物《ひもの》とで飯を食べた小平太は、ようやく元気を取りもどした。

お茶を運んで来たお順へ、

「向こうへ行っていろ。だが、ねむっちゃあならねえぞ。お父つぁんが行くまで、気をつけていてくれ」

と、お順が出て行くのを見送ってから、松蔵が、

「ともかく、今夜は、ここでゆっくりと、おやすみになることで」

「そうしてはいられぬ気持なのだが……だが、まだ、あきらめるのは早い」

「そうでございますとも」

「いずれにしろ、御家老へ連絡《つなぎ》をつけなくてはならぬ」

「それについては、やはり、和泉屋《いずみや》の旦那《だんな》に相談をしたほうがいいのじゃあございませんか」

「うむ。それよりほかに、道はないとおもう」

「明日の朝、私が和泉屋さんへまいりましょう」

「そうしてくれるか。たのむ」

松蔵を見つめた小平太の両眼《りょうめ》が、じわりとうるんで、

「柴山《しばやま》の御城下を出るとき、私があずかった金八十両のうち、半分を源太郎様へおわたししておいたのは、いまにしておもえばよかったのだが……猿《さる》ヶ京《きょう》の関所を通る手形を、おわたししておかなかった。これでは、御家老の御苦心も水の泡《あわ》というものだ。

まったく、手ぬかりなことをしてしまった」

しかし、猿ヶ京の関所をぬけてから、小平太は三日もかけ、近辺を探しまわり、

「別に、異常な出来事があったことを耳にしなかった……」

のである。

そこに、いまの小平太はのぞみをつないでいた。

上州路を江戸へもどる途々《みちみち》も、小平太は諸方で聞きこみをしながら歩いたが、

「べつだん、血なまぐさい事件《こと》も耳にしなかった」

のである。

「だが、松蔵どの」

と、小平太は、つきつめた目の色になり、

「いまにしておもうと、おもいきって……おもいきって、源太郎様へ、申しあげておけばよかった……」

「何をでございます？」

「源太郎様が、殿の……越後・柴山十万石、筒井越後守様の御子様であることを……」

と、聞いても、松蔵はおどろかぬ。

そうしてみると、よほどに深いところまで、松蔵は立ち入っていることになるでは

ないか。

小平太も、また、松蔵への警戒の色もなく、このような重大事を口にしてはばからないのだ。

「このことを打ち明けておけば、おのずから源太郎様の御覚悟もちがったとおもう。そうおもわぬか？」

「ですが、原田さん、それは安藤様が……」

「うむ。江戸へ着くまで、申してはならぬとおっしゃった。御家老が、みずから申しあげるつもりだったのだろう」

「はい。それにしても、私どもから見ると、なんとしても、こみ入ったはなしですから、どうしていいものか、見当もつきません」

「それは、私だって同じことだよ」

小平太は暗然となった。

小平太の長屋は、目黒の筒井家・下《しも》屋敷にある。

両親はすでに亡《な》く、兄弟《きょうだい》も姉妹《しまい》もない。

ただ、父の代から奉公をしていてくれる老僕《ろうぼく》の為蔵《ためぞう》が、下屋敷内の小さな長屋の留守をまもっていてくれている。

「さ、今夜は、これまでにしておきましょうよ」

と、松蔵がいった。

「うむ……この、夜ふけでは、どうしようもないな」

「そのとおりで」

「ここで、やすませてもらってよいのか？」

「若様を、ここへお匿《かくま》いするつもりでおりました」

「うむ……ここなら、先《ま》ず大丈夫だろう」

「そりゃあ、もう……」

「だが、和泉屋は目をつけられている。じゅうぶんに、気をつけてもらわぬと……」

「のみこんでおりますよ」

松蔵が去ってから、小平太は、中二階へあがり、蒲団《ふとん》へ身を横たえた。

不安と焦燥で、居たたまれぬおもいであったが、それ以上に肉体の疲労が烈《はげ》しかった。

たちまちに、原田小平太は深い泥沼《どろぬま》のようなねむりへ落ちこんでいった。

二

「もし……もし、もし……」

強く躰をゆさぶられて、小平太は目ざめた。

明り取りの窓の障子に、明るく日が射している。

「あ……」

目ざめて、反射的に枕《まくら》もとの大刀へ手をのばしかけた小平太が、

「松蔵どのか……」

「よく、おやすみでございましたね」

「夢も見なかった……」

「よほど、疲れていなすったのでしょう」

「いま、何刻《なんどき》だろう？」

「もう、昼をすぎました」

「それは、いかぬ……」

あわてて飛び起きた小平太へ、松蔵が、

「和泉屋の旦那が、お見えになっています」

と、いった。

「ほ、ほんとうか？」

「朝のうちに行ってまいりました。そうしたら、すぐに、来て下さいましたよ」

「いかぬ。私としたことが……」

朝早く、松蔵は家を出て、本郷《ほんごう》三丁目にある〔椿寿堂《ちんじゅどう》・和泉屋善助〕方へ出向き、

主人の善助へ、

「昨夜、原田小平太さんが……」

告げるや、和泉屋善助が顔色を変え、

「それで？」

松蔵は、かぶりを振って見せた。

これだけで、堀源太郎がもどらなかったことを、善助は察知した。

「そうか、よし。それでは松蔵、一足《ひとあし》先へ帰っておくれ。私はしばらく間を置いてから、家を出ることにしよう」

「では、私のところへ？」

「いうまでもない」

和泉屋善助は、松蔵が座敷へ入って来たときから、緊迫の面《おも》もちだったのである。

座敷を出て行きかける松蔵へ、善助が立って来て、ささやいた。

「昨夜、大変なことになった……」

「何でございますって？」

「わけは、あとで……」

何が大変なことになったのか、松蔵は、よくわからぬままに田町の家へもどって来た。

間もなく、和泉屋善助があらわれた。待乳山聖天《まっちやましょうでん》の近くで町駕籠《まちかご》を下り、そこから歩いて来たらしい。

「向こうで、お待ちでございますぜ」

「そうか。すぐに行く」

といってから小平太は、

「いや、ここへ来ていただいたほうがよいのではないか……？」

「そうだ、そのほうがようござんす。あっちには、お順もいることだ」

松蔵が母屋《おもや》へ行くのを見送り、小平太は蒲団をたたみ、身仕度をした。

下の土間へ、和泉屋善助が入って来た。松蔵は戸を閉め、母屋へ引き返して行った。

「和泉屋どの。ここです」

「あ、原田さん……」

善助は中二階の梯子《はしご》をあがって来て、半身を見せたかとおもうと、

「原田さん。昨夜、安藤様が、御屋敷をお出になりましたよ」

と、いった。

「御家老が？」

「はい」

「出た、とは？」

「御身《おみ》が、危なくなったのだそうで」

「何といわれる……」

「御屋敷内《うち》では、何やら、血なまぐさい事件《こと》が起きたようで……それと看て、安藤様は、すぐさま、おひとりで御屋敷を脱け出されたそうです。着のみ着のままと申してよろしい」

「で、御無事なのですか？」

「大丈夫。てまえが、お匿《かくま》いしております」

「ああ……」

小平太は、安堵《あんど》のためいきを吐《つ》いた。

「安藤様のもとへ、これから、お連れしましょう」

「たのみます」

「ま、落ちつきなされ。うっかりと出ることもなりませぬ。先ず、お腹をこしらえてからでよろしい」

「さようか……」

「ちょっと、お待ちを……」

和泉屋善助は五十をこえたばかりの男だが、先々代から筒井藩邸へ出入りをゆるされ、菓子を納めてきている大店《おおだな》の主人だけに、町人ともおもえぬ貫禄《かんろく》がある。

長身の、すっきりとした躰つきで、立居振舞が大身《たいしん》の武家のように悠揚《ゆうよう》としており、善助自身は構えてそうしているのではないのだが、口のききようにも何か侵《おか》しがたい気品がただよってい、藩邸へは番頭をさし向けてよこし、自分はめったに姿を見せぬ。

「大層な菓子屋ではないか。けしからぬ」

「御出入りを、さしとめてしまうがよいのじゃ」

などと、藩邸での評判は、はなはだよろしくない。

それでいて、和泉屋善助は出入りをさしとめられることもなく、いうならば、

「まことに威張って、商売をしている……」

ことになる。

けれども、町方の評判は非常によいのだ。

いまの善助の代になってから、善助が創案した〔初霜饅頭《はつしもまんじゆう》〕は、江戸市中に、銘菓となっているし、本郷三丁目の店では、たとえ裏長屋の老婆《ろうば》が、初霜饅頭を一個、買いにあらわれたとしても、店の者はあくまでも腰を低め、

「かくれもない……」

「ありがとうございます」

懇切丁寧に、応対をするのである。

いま一つ、これは元禄のころ、和泉屋が、はじめて江戸へ店を構えたときからの銘

菓で〔近江落雁《おうみらくがん》〕というものがある。

薄手の、小さな円型の落雁なのだが、これを人びとは、

「大耳落雁《おおみみらくがん》」

などと、よぶ。

それは、現主人の和泉屋善助の耳が異様に大きいことに、むすびつけたのであろう。

ただ、大きくて長いばかりではなく、善助の耳の肉づきは、まことに見事なもので、あるとき、本郷の通りを善助が手代《てだい》をつれて歩いていると、すれちがった易者《えきしゃ》が、

「ふうむ……」

うなり声をあげて善助の耳と人相に見とれ、

「あなたは、百二十歳までは、かならず生きる」

と、いったそうな。

和泉屋善助は、筒井家の藩中でも身分が低い原田小平太に、一段へり下った言葉づかいをしてはいるが、小平太の目には、どうしても、善助が藩邸出入りの商人とは映らぬのだ。

和泉屋善助の顔を、はじめて見たのは、近年のことなのだが、そのときから小平太は気圧《けお》されていた。

剣術を、かなり深いところまで修行した原田小平太が、和泉屋善助を、

（ただものではない……）

と、看《み》ているのだ。

小平太が、お順の運んで来た食事をすませている間に、和泉屋善助は、母屋で松蔵と何か密談をしているようであった。

「原田さま……」

食事の給仕をしているお順が、たまりかねたように、

「いったい、どうなっているんでございます？」

「え……」

箸《はし》をとめて小平太が、びっくりしたように、お順を見た。

「堀源太郎さまは、どこに、おいでなさるんです？」

「私にも、わからない」

箸を置き、

（松蔵は、このむすめに、どこまで打ちあけているのだろうか？）

と、小平太はおもってみた。

三

半刻《はんとき》（一時間）後に、原田小平太《はらだこへいた》は松蔵の家を出た。

松蔵の着物を身につけ、髷《まげ》のかたちを町人ふうに変え、腰には脇差《わきざし》も帯びていない。髷は、お順がゆい直してくれた。むろん、髪《かみ》ゆいがするようにはまいらぬが、手先の器用なお順は父親の髪をゆいあげることもあって、なれたものなのである。

小平太は荷物を背負った。小さな空《から》の行李《こうり》を大風呂敷《おおぶろしき》に包んだものである。小平太の堂々たる体軀《たいく》が松蔵の着物からはみ出し、その裾《すそ》をたくしあげ、股引《ももひき》に藁草履《わらぞうり》をはき、菅笠《すげがさ》をかぶり、先へ出て行った和泉屋《いずみや》善助の後を追った。

善助は、待乳山聖天の境内に待ってい、あらわれた小平太にうなずいて見せ、だまって先に立ち、境内を出た。

すこし間を置いて、小平太がついて行く。

江戸市中を歩くのにも、いまの小平太には、これほどの警戒が必要となっていたのである。

それというのも、和泉屋善助が、

「私も、目をつけられている。ともかく、念には念を入れなくては……」

松蔵と相談をし、小平太に指示をあたえたからだ。

和泉屋善助は、待乳山聖天から山之宿《やまのしゅく》へ出て、浅草寺《せんそうじ》の東側を花川戸《はなかわど》から材木町へ向かう。この裏河岸《がし》から大川（隅田川《すみだがわ》）をわたる渡し舟が出ている。

後から来る原田小平太が追いつくのを待ち、善助は舟に乗った。他《ほか》に数人の客が乗っていた。小平太は善助とはなれたところへ屈《かが》みこんだ。

朝から曇っていて、薄ら寒い。

大川をわたりきって、本所《ほんじょ》の中《なか》ノ郷《ごう》へ着いた舟から、善助は後も振り向かずに岸へあがって行く。

小平太も二百文《もん》の渡し賃を船頭へわたし、後へつづいた。

「本所へ着いたら、一層、あたりに気をつけて下され」

と、松蔵の家を出る前に、小平太は善助から念を入れられていた。

笠の中の顔をうつ向け、背を屈め、わざと重い荷物を背負っているような姿で歩む小平太を怪しむものは、だれもいない。

だが、菅笠の中から、小平太の眼はするどく、あたりを注視していた。

和泉屋善助は、細川若狭守《わかさのかみ》邸と中ノ郷竹町の間の細い道へ入った。

このあたりは、むかし、武蔵《むさし》の国・葛飾《かつしか》郡のうちの村落だったのを、正徳のころに江戸市中の町に編入され、郷名がついた。

したがって、江戸の中央部にくらべると、新開地の感はまぬがれない。

竹藪《たけやぶ》が多く、

「蚊《か》の名所……」

だそうである。

深い沼が、ところどころに残っているし、むかしのまま百姓家が残っていて、大川の向こうの、浅草寺門前の賑《にぎわ》いにくらべると、まるで田舎へ来たようなおもいがする。

人気《ひとけ》もない曲がりくねった細道を、和泉屋善助はゆっくりと歩んで行き、こんもりとした木立の前にある西岸寺《せいがんじ》という寺へ入って行った。

中ノ郷一帯には、寺がすくなくない。その中でも、西岸寺は小さな寺で、

(和泉屋どのは、こんな場所の、こんな寺と、いったい、どのような関《かか》わり合いがあるのだろう?)

小平太は、不審におもった。

寺の朽ちかけた門の前を、いったん通りすぎ、しばらく行ってから振り向いて見ると、うす暗い小道のあたりには人影もなかった。

西岸寺の門内から肥えた黒猫《くろねこ》がのそのそとあらわれ、小平太を凝《じっ》と見つめてから、木立の中へ消えた。

引き返して西岸寺の門を入ると、そこに和泉屋善助が佇《たたず》んでいる。

「和泉屋どの……」

「この寺に、安藤様がおいでになります」

「そ、そうでしたか……」

「さ、こちらへ」

勝手を知った顔つきで、善助は、本堂の傍《わき》の庫裡《くり》へ案内した。

本堂も庫裡も茅葺《かやぶ》き屋根の寺なのである。

(なるほど。ここに御家老がおられようとは、だれしも思うまい)

小平太は、そうおもった。

それだけに、藩邸内の紛争が尋常でなかったことがわかる。

「やあ、おいで」

庫裡の中から声がして、人がひとり、出て来た。

四十前後の僧である。

一礼した善助が、小平太をかえりみて、

「原田小平太どのです」

といった。

先刻までは「原田さん」とよんでいたのに、いま、善助は「どの」をつけて、引き合わせた。

「ふむ、ふむ」

僧は、うなずく。

「原田どの、こちらが、和尚《おしよう》さまですよ」

「はい」

小平太は、深く、あたまをたれた。

たしかに和尚の姿をしているのだが、たくましい筋骨のもちぬしで、眉毛《まゆげ》も鼻も口もふとく、両眼は炯々《けいけい》としており、小平太から見ると、まるで、ひとかどの武士のような気がした。

「安藤様は？」

「うん」

うなずき、和尚は入れ
、というように手をあげた。

この寺には、和尚の他《ほか》に、まったく人の気配がない。

細い廊下を突き当たったところに、板戸がある。

和泉屋善助と原田小平太が、その前まで来ると、戸口の中から、

「和泉屋どのか……？」

まぎれもなく、江戸家老・安藤主膳《しゅぜん》の声がした。

四

堀源太郎が江戸へ着いたのは、この日の夕暮れであった。

江戸で四年も暮らしたことがある源太郎だが、芝の愛宕下《あたごした》にある筒井家・上《かみ》屋敷内から、めったに外へ出たことがなかった。

それでも四年間のうちに五、六度は、亡母《ぼうぼ》みなの縁者で、同じ藩邸にいる小島彦五郎に連れられ、浅草寺や深川八幡《はちまん》、目黒不動などを見物したことがあった。

しかし、いずれにせよ、江戸の町々を一人で歩いたことはないし、いまの源太郎にとっては、

「他国も同然……」

と、いってよい。

江戸四宿《ししゅく》の一つである板橋から巣鴨《すがも》を経て、本郷通りへあらわれた源太郎は、金竜山・浅草寺への道を人に尋ね尋ね、浅草へたどり着いたのであった。

浅草寺門前の、にぎやかな町並には、たしかに見おぼえがあった。

(ここまで来れば……)

さすがに余裕も生まれ、先ず、浅草寺へ参詣《さんけい》をし、原田小平太の無事を祈った。

冷え冷えと曇った日暮れどきの浅草寺境内には、人影も疎《まばら》である。

源太郎は境内の絵馬堂のうしろに出ていた小さな茶店へ近づき、

「もし……浅草の田町へは、どうまいりましたら、よろしいのでございましょう」

つとめて、ていねいに言葉をかけた。

茶店の老婆が、びっくりした顔つきで源太郎をながめた。

上州・吾妻《あがつま》郡の山村で、自分を救ってくれた村人の着物を身につけ、荷物を背負い、

菅笠をかぶった源太郎の、その風体《ふうてい》と人品と言葉づかいが、とっさに老婆には一つの、ものとならなかったからだろう。

「もし。あの、田町へは……？」

「へえ、へえ……」

我に返った老婆が、くわしく、道順を教えてくれた。

源太郎は礼をのべ、矢大臣門から境内を出て、山之宿の通りを北へ歩みはじめた。

それから、もう一度、待乳山聖天宮・表門前の煙草《たばこ》屋で道を尋ねると、人のよさそうなあるじが、

「町の、何処《どこ》へ行きなさる？」

「はい。あの、田町に住む大工の松蔵どの……いや、松蔵さんのところへ……」

「ああ、棟梁《とうりょう》のところかね。そんなら、もうすぐだ」

このあたりでも、松蔵の名を知らぬものはないらしい。しかも「棟梁」で通っている。

松蔵の家の表戸は、もう閉まっていた。

源太郎は裏手へまわり、戸を軽く叩《たた》いて、

「もし……こなたは松蔵さんのお宅でございますか？」と声をかけた。

すぐに、戸が開き、松蔵が顔を出したかとおもうと、

「源太郎様でございますか？」

ほとばしるようにいった。

源太郎の顔を見たこともない松蔵なのだが、笠の内をのぞきこんだ瞬間に、直感したらしい。

「はい。堀源太郎です」

「松蔵でございます。さ、早く、お入り下さいまし」

手を取って土間へ引き入れ、松蔵は戸締りをした。

お順が、転《ころ》げるように駆けあらわれた。

「おお……お順さんか……」

「源太郎さま……」

源太郎の顔に、血がのぼった。

お順を見たことによって、一度に安堵《あんど》のおもいが胸にこみあげてきたのだ。

「ああ……よかった……」

と、上り框《がまち》へ腰をおろした源太郎へ、松蔵が、

「お順の父親《てておや》の、松蔵でございます」

「おお……原田小平太殿から、聞きおよんでいます」

「原田さんは昨夜、此処《ここ》へ見えましてございますよ」

「えっ……」

源太郎の顔色が変り、松蔵へしがみつくようにして、

「ま、まことか？」

「はい」

「いま、何処《どこ》に？」

「大丈夫でございます。おっつけ、もどってまいりましょう」

「何処へ行かれたのか？」

「心配なさるような場所へ出かけたのではございません」

「そ、そうか……小平太殿、生きていてくれたか、生きていて……」

あとは、言葉にならなかった。

堀源太郎は、両手で顔をおおい、噎《むせ》び泣いたのである。

だが、夜がふけても、原田小平太は大工・松蔵の家へ帰って来なかった。

それぱかりではない。小平太は、この夜のうちに江戸を発《た》ち、ふたたび、源太郎を探すために中仙道《なかせんどう》を上州へ向かったのである。

このことを知らせたのは、和泉屋善助の手紙である。

手紙をとどけに来たのは、西岸寺の和尚であった。

五

もっとも、和泉屋善助の手紙は、原田小平太が江戸をはなれたことについて、書きのべていない。まぎれもない善助の筆で、

「……原田さんは、しばらく、そちらへもどれぬが案ずるにはおよばぬ。何か事あるときは、私のところへ知らせてもらいたい。私の方からも何とか日に一度は連絡《つなぎ》をつけるようにするつもりだ」

と、およそ、このように簡短な文面であった。

和尚は、手紙を松蔵へわたすと、よけいなことをすこしも口にせず、さっさと帰って行ったし、松蔵にしても、これが西岸寺の和尚だとは知らぬ。その寺に安藤主膳が隠れていることも知らなかったのだし、だから、

（うかつには、口もきけねえ……）

と、おもった。

和泉屋善助の手紙をひろげて見たときには、すでに和尚の姿が戸外の闇《やみ》に消えていたのだ。

これは善助が、安藤主膳の隠れ場所を、松蔵の耳へは、

（入れておかぬほうがよい）

と、考えたからにちがいない。

松蔵を信頼せぬからではなく、善助には善助の思慮があったからなのだろう。

喰《く》い入るように、善助の手紙を源太郎へ見せた。

松蔵は、何度も読み返してから、源太郎が、

「この、いずみや、と書いてあるのは、前に、私がいた根岸の寮の……あの、和泉屋どのか?」

「さようで……」

こたえた松蔵は、すぐにも、源太郎が着いたことを和泉屋善助へ知らせなくてはならぬ、と、おもった。

「お順。お前、ひとりで留守ができるか?」

と、松蔵が、そっと訊《き》いた。

源太郎を、先ず下小屋の中二階へ案内し、母屋《おもや》へもどって来たときにである。

お順は台所で、てきぱきとはたらいている。お順と松蔵は、すでに夕餉《ゆうげ》をすましていたので、源太郎の食事をととのえているのであった。

「大丈夫」

しっかりと、うなずいたお順が、

「けど、いまから、お父《とっ》つぁん、どこへ?」

「源太郎様がお着きになったことを、和泉屋の旦那《だんな》へお知らせしなくてはならねえ。こいつは早いほうがいいのだ」

「たしかに、そうだね。それならお父つぁん、早く行っといでなさいよ」

「何事も起こるまいとはおもうが……下小屋へは、だれも入れちゃいけねえ」

「わかっていますよ」

「よし。じゃあ、たのむぞ」

手早く身仕度をした松蔵は、提灯《ちょうちん》へ火を入れて出したお順へ、

「戸締りに気をつけろ。お父つぁんがもどるまで、お前は寝るなよ」

「わかってますとも」

松蔵が出て行くと、お順は表裏の戸締りをあらため、下小屋へ食事を運んで行った。

「お腹《なか》が空いていらっしゃるとおもって、先に御飯をもって来ました。そのあとで、熱いお湯をたっぷりと沸かしますから、お躰《からだ》をふいて下さいまし」

「すまぬ」

「急なことで、何もないんでございますよ」

食事の給仕にかかるお順に、堀源太郎は目をみはった。

足かけ三年前の、まだ小むすめだったころにくらべると、別人のように躰つきが成熟して見え、襷《たすき》がけのまま給仕をするお順の双腕《もろうで》がふっくらと処女の凝脂《ぎょうし》をたたえて

いる。行灯《あんどん》の灯影《ほかげ》にも、お順の肌《はだ》が照り返るようなみずみずしさで、すぐ目の前にすわっているだけに、源太郎は、何やら胸がさわぎはじめた。

きびきびと立ちはたらいた直後の、お順の躰は汗ばんでい、だから、得もいわれぬ香りがただよっている。

飯の茶碗《ちゃわん》を盆に乗せ、差し出したお順が、源太郎の視線に気づき、はっと面《おもて》を伏せ、伏せたかとおもうと、上眼《うわめ》づかいに、ちらりと源太郎を見た。

今度は、あわてて源太郎が目を逸《そ》らした。

それを見て、また、お順が顔を伏せてしまう。

なぜ、そうなるのか、おそらく二人ともわからぬにちがいない。

お順は、飯茶碗を源太郎が受け取るや、

「あの……お湯を沸かしてまいります」

「あ……すまぬ」

「すぐに、あの……」

「はい」

「ちょっと、ごめん下さいまし」

お順の頸筋《くびすじ》のあたりから耳もとへかけて、赤く血がのぼっている。

「ほかに、あの……何か、お入用《いりよう》のものはございませんか?」

「別に……ない」

お順が中二階から去った後も、源太郎は左手に茶碗を持ったまま、しばらく箸《はし》もとらずに、ぼんやりとしていた。

これは、たしかに、ちがう。

自分の頭が無残なものとなってより、あの日、柴山《しばやま》城下外れの音水潟《おんずいがた》で、かつての許婚《いいなずけ》の間柄《あいだがら》だった岡部《おかべ》家のむすめ・妙《たえ》が見せた態度と、お順のそれは、あきらかにちがう。

理屈も何もない。

お順は、

(私のことを笑いもしなければ、眉《まゆ》をひそめもしなかった……)

のである。

というよりも、源太郎の強い視線を受けたときのお順が見せた羞恥《しゅうち》は、好意を抱いていればこそのものである。

嫌悪《けんお》や軽蔑《けいべつ》からは、決して、羞恥は生まれぬ。

あのころ、和泉屋の根岸の寮で、お順の介抱をうけつつすごした日々を、源太郎は忘れたことがない。

なぜならば、当初から、お順は源太郎の禿頭《とくとう》を嘲笑《ちょうしょう》しなかったからである。

やがて、源太郎は箸を取った。

いざ食べはじめると、さすがに食欲は旺盛《おうせい》をきわめた。

金もあったし、注意ぶかく、ゆっくりと道中をして来たので躰は疲れていないが、若い肉体の空腹はそれといい関係がない。

「お湯が沸きました」

と、知らせに来たお順が、飯櫃《めしびつ》の中を見て目をまるくした。

源太郎は顔を真ッ赤にして、土間へ下り、台所へ行った。

大きな桶《おけ》に釜《かま》の湯を移し、躰をぬぐいはじめた源太郎へ、

「あの、私、お床《とこ》をとってまいります」

声をかけて、お順が下小屋へ去った。

間もなく、源太郎も下小屋へもどった。

そして……。

そのときに、異変が起こったのである。

決　意

一

それから起こった事は、他の男たちの場合、取り立てていうべきほどのことではなかったろう。

だが、堀源太郎にとって、まさに〔異変〕であった。

そのときは、源太郎自身が〔異変〕とおもわずにいたとしても、

「異変であったことは、間ちがいのないこと……」

なのである。

それは、これからの源太郎の生き様《いざま》を見れば、おのずとわかることだ。

源太郎が下小屋の中二階へもどったとき、寝床をのべ終ったお順は、小部屋の板戸を開け、出て来た。

そこは一坪ほどの板敷になってい、釣梯子《つりばしご》が設けられている。松蔵が源太郎を匿《かくま》うために細工したもので、梁《はり》に仕掛けられた綱を手繰《たぐ》ると梯子段が引きあげられ、ついには一枚の戸となって、この中二階の小部屋を隠してしまう。

小部屋は、三畳であった。

お順は下の土間へあらわれた源太郎が梯子段をのぼりかけるのを見て、板敷へ身をずらした。

「すまぬ」

声をかけ、中二階へあがって来た源太郎が手に持っている濡手《ぬれ》ぬぐいを、お順が受け取った。

そのとき、二人の手指がふれ合い、眼と眼が合った。

おもいもかけぬ衝動が源太郎の五体に疾《はし》った。

こればかりは、何とも理由のつけようがないものだ。

これまで、ただのひとりも女を知らずにすごして来た堀源太郎であったが、

「お順どの……」

低く叫び、いきなり、お順を抱きすくめていたのである。

「あ……」

わずかに、お順は身をもがいた。

汗ばんだお順の躰《からだ》の香りが、源太郎の鼻腔《びこう》へ押し寄せてきた。

小部屋の板戸は、まだ閉められていなかった。

源太郎は、わけのわからぬことを口走りつつ、お順を小部屋の中へ押し込むように

した。

いや、源太郎が押し込んだのでもなければ、お順が誘《いざな》ったのでもない。

強《し》いていうなら、

「自然に、そうなった……」

とでも、いうよりほかに表現の仕様がない。

小部屋いっぱいに、夜具が敷きのべられている。

その上へ……これも、そうなるよりほかはないというかたちで、二人は身を倒した。

お順のくちびるからもれる熱した気息《いき》が源太郎の頰《ほお》へかかり、男の手は無意識のうちに、うごきはじめている。

もう、言葉も声もなかった。


大工・松蔵が我が家へもどったのは、翌朝になってからである。

空が白《しら》みはじめるころに、松蔵は帰って来た。

「お順。お父《とっ》つぁんだ」

裏口から声をかけると、

「あい。いま、すぐ……」

すぐに、お順の声がした。

その声を聞いて松蔵は、

（うむ。何事もなかったようだ）

ほっとしたのである。

「お帰りなさい」

戸を開けたお順が、

「和泉屋《いずみや》の旦那《だんな》へ、お目にかかれたの？」

「うむ」

土間へ入って松蔵が、

「源太郎さまは？」

「よく、ねむっておいでですよ、お父つぁん」

「そうか。それは、よかった。とにかく、酒をたのむ」

てきぱきとうごいて、お順が湯のみ茶碗《ぢゃわん》へ汲《く》んで出した冷酒を、松蔵は一気にのみほした。

「お順。お前、ちっとも、ねむらなかったのか？」

「ええ」

うなずいたお順が、父親の顔を凝《じっ》と見まもった。

「どうした？」

「何が？」

「何がってお前、何も、そんなに、まじまじと、おれの顔を見ることはねえじゃあねえか。顔に何かついているのか？」

「ううん」

かぶりを振って、お順は微笑をうかべた。

「…………？」

松蔵は、何となく、わがむすめに妙なものを感じた。

どこの何が妙なのか、といえば、そのこたえは出ない。

ずっと、のちになってからのことだが、松蔵は伜《せがれ》の梅吉へ、こういったものである。

「……あの晩の、お順は、死んだお前たちの母親《おふくろ》が生き返って出て来たようにおもえて、おれは何となく、寒気《さむけ》がしたくらいだ」

ともかく、松蔵は堀源太郎とお順との間に、どのようなことがあったのかを、まったく気づかなかった。

そこへおもいをめぐらすだけの感覚が、男の松蔵には欠けていた。

足かけ三年前の、根岸の和泉屋の寮における源太郎とお順について、はなしには聞いていても、わが目に見たわけではない。

また、この夜はじめて、自分の前にあらわれた源太郎が、自分のむすめとあの、、、ようい、なことにおよんだとは想像もつかぬことであったろう。

源太郎とお順にとっても、それは、まさに、

「おもいもかけぬこと……」

だったのである。

「お順。さ、いまのうちに寝ておこう。明るくなると、和泉屋の旦那がお見えになるはずだ」

「あい」

「これからは、ちょいと、いそがしくなるぜ。お前も気を張っていてくれ」

「わかっていますよ」

というお順の口調が、死んだ女房《にょうぼう》そのままなのに、松蔵は気づいた。

(お順め、今夜は、どうかしていやがる)

松蔵は台所へ行き、茶碗へ二杯目の酒を汲んだ。

外で、雀《すずめ》が鳴きはじめている。

二

和泉屋善助が、松蔵の家へあらわれたのは、四ツ(午前十時)ごろであった。

筒井《つつい》藩邸が和泉屋を注視しているというからには、迂闊《うかつ》に、すぐさま駆けつける

わけにも行かず、和泉屋善助は相当の手間をかけ、行動をしているにちがいなかった。

　この前のときと同じように、和泉屋は待乳山聖天《まっちゃましょうでん》の下で駕籠《かご》を捨て、まわり道をしながら松蔵宅へ着いた。

「旦那。すぐに、お会いになりますか？」

「うむ……」

　松蔵に案内されて下小屋へ入った和泉屋の顔が、緊張に引きしまっているのを、お順は見のがさなかった。

　しばらくして、松蔵が台所へもどり、茶の仕度をしているお順へ、

「いらねえよ」

と、いった。

茶菓などを持って行かずともよい、というのだ。

　今朝になって、松蔵は、まだ、源太郎の顔を見ていない。

　洗面から、食事の仕度まで、すべて、お順が下小屋へ運んで行き、遅く目ざめた源太郎の世話をした。

「どんな、ぐあいだ？」

　松蔵が尋ねると、お順は落ちつきはらって、

「とても、疲れていらっしゃるようだよ、お父つぁん」

と、こたえた。

「そうか。そうだろう、むりもねえことだ」

松蔵は、源太郎の朝餉《あさげ》が終ってから、下小屋に出向くつもりでいた。そこへ、和泉屋がやって来たのである。

松蔵は、釣梯子《つりばしご》をのぼって、板戸の外から、

「源太郎さま。和泉屋の旦那がお見えになりました」

と、告げ、

「さようか……」

こたえる源太郎の声のみを聞き、和泉屋の手を取って中二階へあげ、入れかわりに梯子を下り、母屋《おもや》へもどったのだ。

和泉屋善助は、半刻《はんとき》（一時間）ほど下小屋にいた。

松蔵とお順が台所に接した茶の間で、息をころしていると、

「松蔵……松蔵……」

下小屋から台所の一隅《いちぐう》へ通ずる廊下をもどって来た和泉屋の声が聞こえ、松蔵が飛び出して行った。

「旦那……」

「うむ……」

うなずいた和泉屋善助が、

「みんな、申しあげたよ」

呻《うめ》くように、ささやいてよこした。

「では、殿さまの御子さまだということを……？」

「申しあげた。安藤様の口からとおもっていたのだが、源太郎様の、あのお顔を見たら、もう、こらえきれなくなってしまった……」

「で、どうなさいました、源太郎さまは……」

「それは、松蔵……」

と、和泉屋は一瞬、声をのんだが、

「ひどく、おどろかれて……」

「そ、そりゃもう、おどろきなさるのが当り前のことで……」

「そうだ。当り前のことだ」

「源太郎さまは、いま……？」

「ぼんやりとして、いなさる」

「ぼんやり、と……」

「当り前だ。私が申しあげたことを信じかねておられるとしても、な……」

「はい」

「安藤様に、此処《ここ》へ来ていただかねばなるまい」

「さようで……」

「むずかしいな……」

和泉屋善助は、台所の板敷に立ったまま両腕を組んだ。

お順は、茶の間で懸命に聞耳《ききみみ》を立てていたが、二人の声は聞こえても言葉はほとんど聞きとれぬ。

「松蔵。昨夜、西岸寺の和尚《おしよう》どのが、わしの手紙を此処へとどけてくれた……」

「はい」

「和尚どのは、お順を見たか？」

「はい。お順が茶をさしあげたんでございます」

「それなら、ちょうどよい。お順に西岸寺へ行ってもらおう。お順ならば和尚も怪しむことなく、私の手紙を、安藤様へ取り次いで下さるだろう」

「なるほど……」

そこで、和泉屋は茶の間へ入って来て、安藤主膳《あんどうしゆぜん》への手紙を書きはじめた。

「お順。すぐに身仕舞《みじまい》をしろ。中ノ郷《なかのごう》の西岸寺へ旦那のお手紙をとどけるのだ」

と、松蔵がいった。

和泉屋は、身仕度をしたお順の前へ紙をひろげ、西岸寺の場所をくわしく地図にして書きしたため、

「お前も、うすうすは知っていようが、くれぐれも気をつけて行っておくれ。よいか、この道順のとおりに行くのだ。わかったかえ？」

「わかりました」

意外に、お順は動じなかった。

和泉屋の手紙を肌身《はだみ》につけ、

「では、行ってまいります」

何気もなく、家を出て行ったのである。

「お順はしっかりしている。あれなら大丈夫だ」

と、和泉屋善助が松蔵へ、うなずいて見せた。

「ですが、旦那……」

「なんだね？」

「こうなると、源太郎さまを探しに出た原田さんはどうなるのでございましょう。こんなとき、原田さんがいてくれると、どんなに心強いか知れません」

「原田さんの後を追わせたよ。昨夜おそく、お前が帰ってから、私は手をまわしておいた」

「さようで……そいつは、ありがたいことだ」

「お前を、とんでもないことに巻きこんでしまった。すまぬとおもっています」

「何をおっしゃるんで、いまさら……」

「どうもね、今度の事件《こと》については、いろいろとたのむ人のことを考えぬいてみたのだが……いざとなると松蔵、私がたのむ人は、お前しかいなかった。事が事だけに、何処《どこ》を見まわしても、みんな危ない気がしてな」

「旦那に、それだけたのみにされただけでも、もったいねえくらいのものでございます」

「恩に着ていますよ」

「旦那。もう、そんなことをおっしゃらねえで下さいまし」

「ほ……怒ったのかえ?」

「面倒くさいんでございますよ。私だって、嫌《いや》なことならお引き受けはいたしません。大工ふぜいの私を見込んで下すって、いきなり……いきなり旦那が、何も彼《か》もぶちまけておくんなすった。へえ、もう、それだけで充分なんでございます」

「うむ……うむ……」

和泉屋善助の両眼に、光るものが、あった。

三

堀源太郎は、下小屋・中二階の小部屋へ閉じこもったままである。

和泉屋善助とは初対面であったが、主家との関係や、江戸家老・安藤主膳とも親密で、三年前に死をまぬがれた自分を根岸の寮へ引き取り、親切に保養させてくれたことも、むろん、わきまえている。

松蔵に案内され、小部屋へ入って来た和泉屋が両手をつき、

「和泉屋善助でございます」

深ぶかと頭を下げた。

「あ、お手をおあげ下さい」

源太郎も両手をつき、

「あの折には、いろいろとお世話に相なり、御礼の申しあげようもありませぬ」

「いえ、とんでもないこと……さ、お手を、おあげ下さいまし」

「かたじけなく、おもうております」

「なんの。当り前のことでございます」

と、和泉屋善助が、かたちをあらためて、

「源太郎様に申しあげまする」

「はい」

「このことは、江戸家老の安藤主膳様より申しあぐるべきかと存じまするが、私、安藤様より、事あらば、お前から申しあげてくれてもよいと、かねがね、うけたまわっておりましたゆえ、申しあげまする」

「は……？」

「それは、あなた様の、御身の上のことでございます」

「私の……身の上……？」

「はい」

一瞬、何をいうことかとおもった。

和泉屋の顔は、極度の緊張のためか、血の気をうしない、紙のように白くなっていた。

「何のことでしょうか？」

「あなた様は……」

いいさした和泉屋善助の喉仏《のどぼとけ》が、ごくりと鳴った。

「あなた様は、筒井《つつい》越後守正房《えちごのかみまさふさ》様の血を分けた、御子様にございます」

今度は、源太郎の顔色が一変した。

それは、驚愕《きょうがく》というより、むしろ、不安に堪《た》えきれぬかのような、たよりなげな、さびしげな表情であった。

わずかに口を開け、堀源太郎は、しばらくの間、押しだまっていたが、

「なんと、申されましたか……いま一度……いま一度、申し聞け下さるよう……」

と、まったく抑揚のない声で問うたのである。

和泉屋は、もう一度、同じ言葉をくり返し、

「おわかり下されましたか？」

念を入れた。

「はあ……」

と、息を吸いこむように源太郎はこたえ、

「たしかに……」

うなずいた。

顔面蒼白《そうはく》となっていた。

おどろくのが当然である。今度の危急に際し、自分と筒井家の関係を徒事《ただごと》ではないと看《み》ていた源太郎であるが、それはあくまでも、かつての〔罪人〕としての意識が根底に在り、そうした自分を何故《なぜ》、国許《くにもと》の長老・筒井但馬《たじま》や、江戸家老が救おうとしてくれるのか……また、筒井家の家来である父の堀源右衛門が、あえて自分を柴山《しばやま》城下から脱出せしめたのは、どういうつもりなのか……その疑問や不審も、罪の意識から

離れたものではなかった。

それが、いま、いきなり、

(私が、殿様の血を分けた子……)

となったのだから、源太郎の衝撃がどのようなものか、それは和泉屋善助にも容易に察しられた。

「殿様と、いまの奥方様との御婚儀があった、その以前に、あなた様は、お生まれなさいましたのでございます」

いつの間にか、和泉屋善助の口調が、町人のものとはおもわれぬ重《おも》おもしさに変ってきた。

源太郎が、微《かす》かにうなずく。

このとき、源太郎の脳裡《のうり》には、この足かけ三年の間に起こった一切の出来事が想起され、その一つ一つの疑念がたちまちに氷解したのであった。

(そうか……それならば、何事にも辻褄《つじつま》とやらが合う……)

のである。

おそらく、越後守夫人・高子は、源太郎出生《しゅっしょう》の秘密を知っているにちがいない。なればこそ、わが腹をいためた世子《せいし》の千代之助急死となったとき、源太郎殺害の手を柴山城下まで伸ばしたのであろう。

同時に、長老や江戸家老は、藩主の血を引く源太郎こそ、

「次代の筒井藩主でなくてはならぬ」

と、おもいきわめたに相違ない。

しかも、源太郎を原田小平太一人に託し、急遽《きゆうきよ》、国許から脱出させねばならなかったのは、つまり、それほどに、越後守夫人が将軍実妹の威風をもって、筒井藩を押さえ切っているからだ。

江戸藩邸の最高職に任じている安藤主膳さえ、身をもって逃れ、本所の破れ寺《や》に潜んでいるのである。

「和泉屋どの……」

「はい？」

「いま、申されましたことは、まことですか？」

「はい。まことでござります」

和泉屋は、しっかりとこたえた。

「では、私を生んだ……私の、まことの母は、いまも生きておられるのでしょうか？」

「お亡《な》くなりになった、そうでございます」

「しかと……？」

「はい」

「どのような、お人だったのでしょう、私の生母は……」

「くわしくは存じあげませぬ。安藤様が御存知のはずでござります」

だが、源太郎は、

(和泉屋どのは、知っているにちがいない)

と、看た。

「さようか……」

源太郎の口から、吐息《とい》《き》がもれた。

だが、強《し》いて追求をせぬ。

それから間もなく、和泉屋善助は中二階から下り、松蔵が待つ母屋へあらわれたのである。

「しばらく、お待ちを……」

そういって和泉屋が出て行ったあと、堀源太郎は茫然《ぼうぜん》とすわったまま、身じろぎもしなかった。

ややあって、ふらりと立ちあがり、釣梯子《つりばしご》を土間へ下りた。

うす暗い土間へ立ったとき、

「何のことだ……」

源太郎がつぶやき、微かに笑った。その口もとが哀《かな》しげにゆがんでいる。

「な、何のことだ……」

また、つぶやいた。

これは、

(何のことだ。私の父母は、堀の両親をおいて他《ほか》にはない)

と、いう意味のつぶやきであった。

わが出生の秘密を、源太郎は信じる気持になっている。それは、この三年間の異変の一つ一つが、その秘密とぬきさしならぬものに感じられたからだ。

だが、その秘密は、当年二十歳《はたち》となった堀源太郎に何一つとしてむすびついていない。

源太郎の心身は、堀源右衛門夫妻の子として成り立ってきたのだ。

「父上……」

源太郎は、故郷にいる堀源右衛門によびかけてみて、自分の、その声音《こわね》の実感をたしかなものに受けとめた。

下小屋の土間の一隅が板敷になってい、そこの棚《たな》に、松蔵の大工道具が整然と置き並べられてある。

われ知らず、其処《そこ》へ近寄って行き、源太郎は鬱金《うこん》の木綿布におおわれていた鉋《かんな》の一つを手に取りあげた。

裏の路地で遊ぶ子供たちの声が聞こえている。

どこかで、しきりに、鵙《もず》が鳴いている。

いつまでも、いつまでも、堀源太郎は両手に持った鉋を見つめていた。

四

「おや……？」

茶の間で、和泉屋《いずみや》善助と語り合っていた松蔵が、不審げに眉《まゆ》を顰《ひそ》めたのを見て、和泉屋が、

「どうした？」

「ちょっと……」

黙っていて下さい、とでもいうように、松蔵が手をあげて制し、台所へ出て行き、しばらく聞耳《ききみみ》を立てているようだったが、下小屋へ通じる板戸を開けた。

「旦那《だんな》……旦那……」

「どうしたのだ？」

和泉屋も不安そうに、台所へ出て来たところで、

「松蔵。いったい……」

いいかけて、ぎょっとなり、

「あれは、お前……」

「はい。下小屋で鉋の音がしているんでございます」

「鉋で、木を削っている……?」

「さようで……」

松蔵は、土間へ下り、心張棒《しんばりぼう》をつかんだ。

「だ、だれか、下小屋へ入って来やがった……」

「落ちつけ」

と、和泉屋善助がささやいた。

両眼は、するどく光っていたが、長身の背すじがぴ、い、しりとのび、

「私の後から、ついておいで」

いうや、ゆっくりと戸口から入って行ったのである。

下小屋へ入った和泉屋善助と松蔵は、同時に、

「あっ……」

低い叫びをもらし、顔を見合わせた。

土間の一隅《いちぐう》にある削り台に、あり合わせの木材を乗せ、源太郎が鉋でこれを削っているのを見たからだ。

まさか源太郎が、このようなまねをしていようとは、おもいもおよばぬことだったろうが、大工・松蔵がおどろいたのは、本職の大工にはおよばぬとしても、かなり、馴《な》れた手つきで、源太郎が鉋をつかっていたからであった。

足の踏まえ方も堂に入っており、傍目《わきめ》もふらず、一心に木を削っている源太郎へ、和泉屋よりも先に、松蔵が、

「もし……な、何をしておいででございます？」

声をかけていた。

何をしているかは、見ればわかる。

それなのに、問いかけずにはいられぬほど、松蔵の目には、このときの源太郎の姿が、

「異様なもの……」

に、映ったのであろう。

「源太郎様……」

と、和泉屋も呼びかけた。

夢から覚めたように、源太郎が、いぶかしげに二人を見た。

はじめは、二人がだれなのか、よくわからなかったらしい。

「もし、源太郎様……」

「あ……和泉屋どのに、松蔵どのでしたか……」

源太郎は、はずかしげに面《おもて》を伏せ、勝手なまねをしてしまいました」

「松蔵どの。ことわりもなしに、勝手なまねをしてしまいました」

「いえ、なにを、おっしゃいます」

「ここに並べてある大工道具を見ましたら、知らず知らず、手に取って、このようなまねをしてしまいました。おゆるし下さい」

「でもまあ、そんなことを、なさいます」

「いえ……好きなものですから……」

「細工が、お好きでございますか？」

「はい」

うなずいた源太郎が、鉋を捧《ささ》げるようにし、

「この鉋は地金《じがね》が軟らかい。よい鉋ですね」

と、いった。

松蔵は呆《あき》れて、和泉屋の横顔を見た。

和泉屋善助は、ものもいわずに、源太郎を凝視している。

源太郎は鉋の屑《くず》をきれいに落としながら、

「松蔵どの。お順さんは……？」

と、尋《き》いた。

「はい。いま、安藤様へ、あなた様が御到着のことを告げに出ております」

松蔵にかわって、和泉屋がこたえると、

「さようでしたか」

鉋を元あった場所へ置き、源太郎が、

「和泉屋どの。この松蔵どのは、私の出生のことを知っているのですか?」

「はい」

「では、ここで申しあげます……というよりは、お願いをいたします」

「はあ……?」

「どうか、お願いです。安藤主膳《しゅぜん》様へも、お申しつたえ願います。私は、どこまでも、堀源右衛門夫婦が生んだ子として、これからも生きてまいりたいとおもいます」

「何をおっしゃいます」

「いえ、そうしていただきたい。それが本当です」

「なれど、それは、もはや通りませぬ。そのようにおっしゃられては、安藤様が、いのちがけで御奉公なさっておいでのことが、むだになってしまいます。御家のためでございます。あなた様に、ぜひとも、筒井家十万石の御世嗣《よつぎ》になっていただかねばなりませぬ」

和泉屋善助の声には、異常な情熱がこもっている。

まるで、筒井家の家臣のような口ぶりなのだ。

「そうしていただきませぬと、ものの道理が相立ちませぬ。あなた様という、正しき御世嗣がありながら、何で、他家より御養子を迎えなくてはなりませぬのか……ここのところを、よくよく、お考えあそばしますよう」

「それは……」

と、源太郎が微笑し、

「あまりにも、御勝手がすぎるというものです」

おだやかな口調ではあったが、きっぱりといった。

「そうではありませぬか、和泉屋どの。もし、千代之助様御他界なきときは、堀源太郎のまま、私を捨て置かれたはずです。ちがいましょうか？」

「う……」

和泉屋は、二の句がつげなかった。

「俗に、生みの親より育ての親と申します。いま急に、私が筒井家の世嗣になれと申されても、はなはだ迷惑をいたします」

「いや、それは……」

「それでなくとも、三年前に、私は、この一命を絶たれようとしました。筒井家の世嗣になるべき者が、筒井家から、このようなあつかいを受けるはずがありますまい。家来が若殿を打擲《ちょうちゃく》したのではない。兄が弟を打ったわけです。しかも、まだ、双方ともに子供と申してよい。子供の兄弟喧嘩《げんか》だったわけだ。それを死罪に……」

「お待ち下さい」

和泉屋も、必死の面持《おももち》となっていた。

「なればこそ、安藤様も、お国許《くにもと》の御長老様も、あなた様をお救い申すため、肝胆《かんたん》をくだかれました。堀源右衛門様も、また……」

「もう、よろしい」

源太郎は、身を返して、釣梯子へ足をかけながら、

「あらためて申しておきます。私は、堀源太郎です。一命を何度も奪われかけ、ついに、筒井家を脱走した男です。このことは、あなた方に何といわれようとも、私は変えるつもりはない」

何処《どこ》とはなしに、源太郎の声にも態度にも、凜然《りんぜん》としたものが加わって、

「私は、もはや、こころを決めています」

「こころを、お決めに……」

「はい」

中二階の小部屋へ去る源太郎を、和泉屋善助は立ちすくんだまま、見送っている。

松蔵の顔は、汗にぬれ、光っていた。

五

そのころ原田小平太は、江戸から約十六里、武州《ぶしゅう》・熊谷《くまがや》の宿《しゅく》外れ、荒川の八丁堤へさしかかっていた。

前日……。

本所の西岸寺《せいがんじ》で、江戸家老・安藤主膳に会った小平太は、

「もしや、源太郎様が江戸へ御到着になっていてはと存じ、ともかく立ち帰りましたが……こうなりましたら、まだ、あきらめきれませぬ。いま一度、引き返して、お探しいたします。御家老様、私は、きっと、源太郎様が御無事でおわすようにおもえてなりませぬ」

自分から安藤主膳に、いい出たのであった。

「小平太。そうしてくれるか」

「はい。すぐさま、此処から出立《しゅったつ》いたしたく存じます」

「では、たのむ。源太郎様の安否が知れぬうちは、わしとて、どうしようもない」

そこで小平太は、町人ふうの旅姿を西岸寺でととのえてもらい、腰に脇差《わきざし》を差し込み、まだ日が落ちきらぬうちに西岸寺を発した。

そして、夜がふけてから、中仙道・浦和の宿へ入り、旅籠《はたご》・大松屋勝助方へ泊まった。

今朝は暗いうちに、浦和を発《た》った。

小平太は、

(江戸の近くを探しても、むだのようだ)

と、考えている。

もし、源太郎が近くまで来ているのなら、どのようにしても、江戸へあらわれるはずだ。

(やはり、あのとき、三国街道から山の中へ逃げ込まれたにちがいない。そして、追いかけて行った一人に傷を負わされ、山間《やまあい》の村にでも匿《かくま》われ、傷が癒《い》えるのを待っておられるのではないか……?)

このことである。

安藤主膳も、

「わしも、そうおもう」

と、いった。

もし、源太郎が殺害されているとしたら、その報告は、すでに江戸藩邸内の越後守夫人の耳へ達していることになるではないか。

となれば、主膳自身が身をもって江戸藩邸から脱出するような事態が起こるはずはない。

くわしいことを語る余裕《ゆとり》とてなかったが、安藤主膳は、

「のう、小平太。その夜は、御為派《おためは》のうちの何人かが、刺客《しかく》に襲われたのじゃ」

と、もらした。

これには、小平太もおどろいた。

藩主がいる江戸藩邸内において、夫人・高子の密命をうけた刺客が、それぞれの長屋を襲ったというのだ。

このような暴挙を、小平太も聞いたことがない。

御為派というのは、藩主の〔隠し子〕であった堀源太郎を世嗣に擁立《ようりつ》しようと結束した家臣たちであるが、夫人・高子の権勢に屈服した家来たちのほうが、もちろん、多数であった。

殿様の越後守正房にも、夫人の監視の目が光っているし、越後守を取り巻く家来・奥女中たちの大半は夫人・高子の、

「息が、かかっている……」

と、看《み》てよい。

したがって、殿様は、

「何も、くわしいことは御存知がないらしい……」

というのだ。

その夜ふけに……。

家老長屋にねむっていた安藤主膳は、御為派の一人で、小納戸方《こなんどがた》をつとめている林《はやし》勝介《かつすけ》の急報を受けた。

林は、大刀を腰に帯びてい、御為派の三人が藩邸内で暗殺されたことを告げ、

「すぐさま、藩邸を出て下さるよう」

と、主膳を急《せ》きたてた。

「御家老に、もしものことあっては、何も彼も水泡《すいほう》に帰してしまいます」

と、いうのだ。

それは、主膳にもわかる。

主膳は、妻の伊佐《いさ》にのみ、手早く事情を告げ、身ひとつで藩邸を脱出した。

馬小屋が立ちならぶ裏門の近くの塀《へい》を、主膳は林勝介にたすけられて乗り越え、逃げたのである。

江戸藩邸を一手に切りまわす家老が、であった。

いずれにせよ……。

源太郎の死が確認されていたなら、夫人・高子は、このような暴挙へ踏み切るわけ

がない。

いや、むしろ、源太郎を逃《のが》したからこそ、夫人は御為派の弾圧を決行したのであろう。

ゆえに、安藤主膳が、

「わしも、源太郎様が生きておわすと、おもう」

と、いったのである。

はなしを、八丁堤へさしかかった原田小平太へもどそう。

小平太は、尾行者がいることに、すこしも気づいていなかった。

熊谷の一つ手前の宿場である鴻巣《こうのす》を通りぬけたとき、宿外れの茶店の奥で酒をのんでいた五人の旅の侍のうちの一人が、何気なく街道を見やって、

「あっ……」

と、叫んだ。

折しも小平太が立ちどまって、菅笠《すげがさ》をぬぎ、顔の汗をぬぐっている、その横顔を旅の侍が見た。

小平太は汗をぬぐうと、また、笠をかぶり、街道を熊谷さしてすすむ。

その後から、五人の侍が尾行していたのである。

五人とも、筒井藩士であった。

小平太の顔を見た侍は、目黒の下屋敷に詰めていた山本七郎という者であった。

その一日

一

八丁堤へかかった原田小平太は、堤の川守地蔵《かわもりじぞう》の前にある茶店を通りすぎた。

彼方《かなた》には、荒川沿岸の田圃《たんぼ》がひろびろとつらなり、遠く秩父《ちちぶ》の連山が、晴れわたった空の下にくっきりとのぞまれる。

日は、かたむきかけていた。

稲妻型に曲がりくねった八丁堤の道には、旅人の姿も絶えている。

小平太のうしろから、荷を乗せた黒い牛の鼻につけた綱を引いて、中年の農婦が歩んで来る。

小平太は一度、うしろを振り向いたが、そのとき、彼の目に入ったのは、この農婦と牛のみであった。

小平太は、足を速めた。

今夜は、一気に上州へ入り、新町《しんまち》へ泊まるつもりである。

三国街道《みくにかいどう》の、自分と堀源太郎が襲撃された地点まで引き返し、そこから入念に、あらためて探索しようと、小平太は考えていた。

（やはり、源太郎様は生きておいでになる。間ちがいはない）

江戸を出てから、この確信は、小平太の胸にみちみちてきている。

急に、冷たい風が吹いてきはじめた。

冬が、そこまで来ている。

堤の道端から斜面にかけての芒《すすき》の群れが、風に鳴りはじめた。

と、そのとき……。

芒の中から突き出された長い竹竿《たけざお》が、歩んで来た小平太の脚へからんだ。

「あっ……」

よろめいたが、そこは、さすがに原田小平太である。

泳ぐようにして立ち直った小平太は、堤の右側の芒の群れを割って駆けあがって来た、三人の旅の侍を見た。

三人は、すでに笠《かさ》をぬぎ捨て、大刀を抜きはなっている。

その中の一人に、目黒の下《しも》屋敷にいる山本七郎の顔を見た小平太は、身をひるがえしざま、脇差《わきざし》の柄袋《つかぶくろ》を外した。

「逃すな!!」

わめきざま、山本が斬《き》り込んで来た。

かわして、腰を沈めざま、脇差の柄へ手をかけた原田小平太の顔面へ、つづけざまに二本の竹竿が飛んで来た。

これは、左側の堤を駆けあがって来た二人の筒井藩士が投げつけたものだ。

くびを振ってかわしたが、かわしきれなかった。

二本の竹竿が真直《まっすぐ》に、尖端《せんたん》から飛んで来たのなら、充分にかわし得たろうが、横ざまに、乱暴に、叩《たた》きつけられるといった感じに投げつけられたものだから、

「む……」

竹竿の一つが、小平太の胸へ当たった。

脇差の柄から、おもわず手をはなした小平太が、

(これは、いかぬ)

さらに飛び退って、構《しき》えを立て直そうとしたとき、

「たあっ!!」

躍り込んで、大きく薙《な》ぎはらってきた一人の切先《きっさき》が小平太の菅笠《すげがさ》を切り飛ばし、額を浅く切り裂いた。

小平太の足がもつれた。

だが、ついに脇差を抜き、身を投げ出すようにして、左手の敵の腕を切りはらった。

「うわ……」

敵の腕は完全に切断され、道へ落ちた。

うしろの方で、農婦の悲鳴が聞こえた。

「うぬ!!」

「不忠者め!!」

押し包むようにして、四人が小平太へ殺到した。

幅二間ほどの堤の道で、五人の男と五つの白刃が渦《うず》を巻くようにして、飛びちがっている。

左腕を切り落とされた藩士は、大刀を捨て、血にまみれつつ、あたりをころげまわっていた。

また、一人の絶叫がきこえた。

顔面が、叩き潰《つぶ》された西瓜《すいか》のようになったそやつは、芒の中へ落ち込んで行った。

ぱっと、三人の藩士が小平太から離れ、

「おのれ!!」

「よ、よくも……」

それぞれに刀を構え直した。

原田小平太は、片膝《かたひざ》を突き、右手《めて》の脇差を小脇へそばめるように構えている。

顔からながれ落ちる血が、小平太の顔を赤くそめてい、左の肩や、股《もも》のあたりからも血がふき出していた。

小平太の呼吸は荒かった。

一対一ならば、絶対に負ける相手ではなかったろうが、それにしても、三国街道で小平太と源太郎を襲った四人よりは、

(粒が、そろっている……)

と、小平太は看た。

(生きておわす……源太郎様は、まさに、生きておわす。こやつらは、源太郎様とおれを探しながら、此処《ここ》まで来た。そして、おれを見つけたのだ……)

小平太の確信は、さらに、ふくれあがった。

それが証拠に、このとき、山本七郎が声をかけてよこしたではないか。

「おい、小平太。堀源太郎は何処《どこ》におるのだ。つつみかくさずに申すなら、一命を助けてやってもよいのだぞ」

小平太の返事はない。

「むだじゃ!!」

と、別の藩士がわめいた。

「こやつが吐くものか」

「かまわぬ。斬れ」

「二人とも逃したとあっては、われらの面目が、まるつぶれじゃ」

「よし」

と、山本がうなずき、左手で、道の小石をつかんだ。

それが小平太の目に入らなかったのは、やはり、額からながれてくる血に、視界がさまたげられていたからであろう。

いきなり、山本七郎が投げつけた石塊《いしくれ》が、小平太の顔面へ命中した。

「あっ……」

ひるんだ小平太へ、三つの刃《やいば》が三方から襲いかかった。

悲痛な、原田小平太の叫びがあがった。

同時に、藩士の一人が躰《からだ》の何処かを小平太に切られ、

「あ……う、うう……」

よろよろと道端へうずくまり、苦悶《くもん》の唸《うな》り声をあげはじめた。

小平太は、芒の群れの中へ落ち込んで行った。

われから、身を投げたのやも知れぬ。

「それっ！」

「逃がすな!!」

山本七郎と、もう一人の藩士は、重傷を負った三人の同僚に目もくれなかった。

二人は刃を振りかざし、原田小平太の息の根を完全にとめるために、芒の中を駆け下って行った。

黒牛をひいた農婦は、川守地蔵前の茶店まで逃げもどり、茶店の老爺《ろうや》や客たちと、こちらを指して騒ぎたてている。

堤の彼方からやって来た三人ほどの旅人も、のびあがるようにして、堤の下を見やった。

三人の重傷者のうち、堤の下へ落ちた一人は、まだ這《は》いあがって来ない。

腕を切り落とされた一人は、おびただしい出血のために、半ば気をうしないかけていい、別の一人は着物の袖《そで》を引きちぎり、これを腹に押し当てて、呻《うめ》いていた。

二

ちょうど、そのころ、江戸では……。

本所・中ノ郷の西岸寺へ出向いたお順が、和尚《おしょう》につきそわれ、家へ帰って来た。

松蔵の家には和泉屋《いずみや》善助が待っていて、

「これは、和尚さま。何か、あったので？」

飛びつくように、出迎えながら、

「もしや、安藤様の身に……？」

「そうよ、そのことよ」

と、西岸寺の和尚は、和泉屋から安藤主膳《しゅぜん》に当てた手紙を、ふところから出し、

「わしが、読ませてもらった。安藤さんは今朝方、寺を出てしまわれたゆえ、な……」

「お寺を……で、何処へ、まいられました？」

「わからぬよ」

「何でございますって……」

「落ちついたなら、すぐに、寺へ知らせるからと、置手紙をしてあった。わしが本堂にいる間のことで、すこしも気づかなんだのじゃ」

この和尚は、安藤主膳の若いころからの友達だそうである。

どのような間柄《あいだがら》なのか、和泉屋善助も、よく知ってはいないが、主膳は、かねがね、

「西岸寺の和尚は、もはや世を捨てた男でな。いささかの邪念もないので、わしにとっては何も彼《か》も打ちあけられ、たのみにすることができる人じゃ」

と、和泉屋にもらしている。

なればこそ和泉屋も、和尚には、こころをゆるしていたのだ。

「わしが若いころの、剣術仲間でなあ」

安藤主膳は、そんなことを洩らした。

「むかしは、れっきとした旗本の家に生まれた人じゃ」

それが、どうして、あのような貧乏寺の和尚になったのか、と、和泉屋が問うや、
主膳は事もなげに、

「さて、わからぬ。二十年ぶりに出会うたとき、あのお人は、すでに西岸寺の和尚であった。わしも理由《わけ》を聞いたが……それを、お前さまが聞いて何となさる、とな。そういわれてみれば、なるほど、そのとおりじゃ。人と人との関《かか》わり合いは現在《いま》が大事で、すぎ去ったことなどはどうでもよい、と、和尚がそう申すのだ」

と、いった。

「それで、あの和尚さまの御実家《おさと》は？」

「それが和泉屋、和尚の弟御《ご》が亡父の跡をついでおる」

「なるほど……」

跡つぎの長男が屋敷を出て出家し、その弟が千石の家の当主となったわけである。

その和尚が、和泉屋善助に、こういった。

「安藤さんのことゆえ、何処ぞへ身を落ちつけたなら、すぐに知らせて来なさるだろう。何の考えあってのことか、ようわからぬが……ま、あわてぬがよい。落ちつくことじゃ」

「は、はい……」

「その、堀源太郎様とやらを、此処《ここ》に匿《かくま》っておいて大事ないのかな。もし、危《あや》ういようなれば、わしにも手段《てだて》はある。わしの寺へお匿い申してもよいし、ほかにも存じよりがあるぞ」

和尚の声は、いかにも、たのもしげであった。

おもわず、和泉屋は尋ねた。

「その、御存じよりとおっしゃいますのは？」

「念のために、聞いておきたいか？」

「はい」

「わしが弟のところよ。弟めは、あれでなかなか骨の太いやつでな。わしがたのむことならば、事情《わけ》を聞くまでもなく、しっかりと引き受けてくれよう。弟は将軍直《じ》き直きの家来だ。天下《てんが》の直参《じきさん》というやつよ。大名の一人や二人、何ともおもわぬ男さ」

「ははあ……」

「安藤さんも、弟の屋敷へたのむつもりでいたのだが、あの仁《じん》も堅いお人でな。わしに迷惑をかけるのなら安心をしてかけられようが、弟御の厄介《やっかい》になりたくはない、と、こう申され、いっかな承知してくれなんだよ」

「さようでございましたか……」

「源太郎様に、お変りはないのか？」

「はい。いま、裏の下小屋の二階に……」

「ふうむ……ところで和泉屋さん。どうなさる？」

和尚の言葉づかいは、まことに、くだけたものであった。

「はて……？」

和泉屋善助と大工の松蔵は、顔を見合わせた。

お順が、台所へ出て行った。

茶の仕度をするつもりらしい。

和尚に茶菓を出し、下小屋の源太郎にも、

(熱いお茶を、いれてさしあげなくては……)

とおもったのである。

茶の間では、和泉屋が、

「和尚さま。いまのところは、まだ、此処にお匿いしていることを、だれにも勘づかれてはおりませぬ。いますこし、このままにしておき、安藤様の居所《いどころ》がわかるまで、此処に源太郎様を……」

「ふむ。みだりに身を移されることも、そりゃ、考えものだが……それにしても安藤さんが何処へ行かれたものか、和泉屋さんに、こころ当たりはないのか？」

「はあ……それが、どうも、わかりかねます」

和泉屋も、あぐねきっている。

筒井藩でも、脱走した江戸家老の行方を懸命に探索しているにちがいなかった。

しかし、西岸寺の和尚と安藤主膳との親しい間柄は、藩邸のものたちや、安藤家の家族にも、あまり知られてはいなかったのであろう。

それだから主膳は、西岸寺へ潜伏したのだ。

とにかく、出歩いては危ない。

どこの藩中にも目付方《めつけがた》に属する同心がいて、藩士たちをきびしく監察し、変装をして江戸市中をまわり歩くこともする。

これは、徳川将軍膝下《ひざもと》の江戸において、自藩の者が犯罪を起こしたり、風紀を乱したりすることを未然にふせぐためでもあった。

いずれにせよ、筒井藩の目付方も、越後守夫人・高子の権勢に屈服しているにちがいない。それでなければ、藩邸内で刺客が白刃《はくじん》を揮《ふる》ったりすることは不可能なのである。

安藤主膳は、こうしたことを、よくわきまえている。目付方が市中に出て、自分を探しまわっていることを充分に承知した上で、西岸寺を出たのであった。

身を隠しているのなら、西岸寺が、もっとも安全なのだ。

それなのに、姿を消したというのは、単に身を隠すだけではなく、主膳は、何かおもいついて、新しい行動を起こしたのだ、と看《み》てよい。

お順が茶菓を運んで来て、また、台所へ去った。

そのあとから、松蔵が台所へ入り、

「源太郎様へも、お茶を、な……ついでに、どんなふうにしておいでだか、見て来てくれ」

「あい。わかっています」

「たのむぜ」

茶の間へ松蔵がもどったとき、和泉屋も和尚も、黙念として茶をすすっていた。

そのとき、お順の叫び声がした。

三人は、いっせいに立ちあがり、台所へ出た。

お順が、下小屋への戸口から駆けあらわれて、

「いらっしゃいません。どこかへ行っておしまいになりました」

泣き声で、いった。

「何だと……」

松蔵は、お順を突き退《の》けるようにして、下小屋へ駆け込んだ。

「あっ……」

松蔵は、立ちすくんだ。

裏手の路地に面した小さな窓が、口をあけていた。そこは戸締りがしてあったはずだ。

路地には夕闇《ゆうやみ》がたちこめてい、もう、何処にも人影はない。

何処かで、遊び惚《ほう》けている子を呼ぶ母親の声が聞こえた。

暗くなった土間の削り台の上に、一枚の板が置いてあるのに、松蔵は気づいた。

(や……何か、書いてある……)

手に取って見ると、墨斗《すみつぼ》の墨を墨芯《すみさし》につけて書いたものだ。

もはや　私のことは捨ておいて下さい

堀源太郎

と、したためてあるではないか。

松蔵は、ふるえる手で、この板きれを和泉屋へわたした。

和泉屋善助も、和尚も、お順も、この板きれの文字を読んだ。

「こ、これは、いったい……?」

松蔵が、喉《のど》へ痰《たん》がからんだような声でいった。

「いったい、どういうことなんでございましょう?」

「はて……？」

西岸寺の和尚が、和泉屋に、

「何かあったのか？」

「いえ、その……」

「わしにも聞かせてくれぬか」

「はい……源太郎様の、真《まこと》の御身分を申しあげましたところ……」

「ふむ、ふむ……？」

「自分は、どこまでも、堀源右衛門の子である、と、申されましてな」

「ほう……」

「これは、私が、早まったかも知れぬ……」

と、和泉屋は呻《うめ》いた。

「やはり、安藤様からいっていただいたほうがよかった……」

「いや、いや……」

和尚が、かぶりを振って、

「それは、同じことであったろうよ」

「ですが、和尚さま……」

「それよりも、何処へ行かれたか、だ。こころ当たりはないのか？」

「ございません」

「これはな、和泉屋。もしやすると、越後へもどられたのではないか……」

「な、何でございますって……」

「どうも、そのような気がしてならぬが……」

「そ、そんなことをしたら、とんでもないことに……」

和泉屋がいいさしたとき、土間の片隅《かたすみ》にうずくまっていたお順が、まるで、気が狂ったような泣き声をあげはじめた。

三

堀源太郎は、大工・松蔵の下小屋をぬけ出したとき、ふところに二十両ほどの金を持っていた。

このうちの十両を、

(松蔵殿へ、御礼に……)

と、おもったが、残りが十両になってしまっては、やはり、こころ細かった。

松蔵から借りた藍色《あいいろ》の着物を身につけた源太郎は、菅笠《すげがさ》をかぶり、脇差《わきざし》は荷物にして小脇に抱え、下小屋にあったわら草履をはき、

(松蔵殿、お順さん……ゆるして下され。きっと、このつぐないはさせてもらいま

す）

胸のうちに叫び、路地を走り出るや、浅草田圃《たんぼ》の道を、西へ目ざして駆けつづけた。

そして、浅草寺《せんそうじ》の裏手を駆けぬけてから、

（もう、見つかるまい……）

と、木立の中へ入り、呼吸をととのえた。

日が沈みかけている。

（夜まで、此処にいよう）

と、おもった。

源太郎の決意はゆるがなかった。

（いまさら、何をいうことが……）

である。

自分が越後守正房の落胤《おとしだね》だということを、いまは源太郎も信じている。

なぜなら、事がこうなってみると、三年来の不審のすべてに納得がゆくからであった。

おそらく、筒井越後守は、将軍令妹の高子との婚儀がととのったので、源太郎の生母を捨て去ったにちがいない。その生母がだれなのかは、まだ源太郎にわかっていないが、国許《くにもと》か江戸の屋敷内の奥女中などではなく、もっと身分が低い女のようにおもわれてならない。

ともあれ、越後守の結婚により、すでに生母の腹にあった源太郎は、藩主の子としてみとめられなかった。

しかし、なんといっても越後守の血を引いた男子である。

そこに、国許の長老・筒井但馬《つついたじま》や江戸家老・安藤主膳などの配慮があって、ひそかに源太郎を、堀源右衛門《ほりげんえもん》の実子となした。

源太郎が堀家の当主となってのちの昇進も、考慮されていたろう。

源右衛門の妻・みなが、源太郎を生んだことにするためには、いろいろ苦心があったにちがいない。

そのころから堀家にいた奉公人というのは、いまは亡《な》き老僕《ろうぼく》の儀助《ぎすけ》のみであった。

(爺《じい》やは、私の出生を知っていたのやも知れぬ……)

のである。

それに、長老の侍医であり、藩医でもある遊佐元春《ゆさげんしゅん》も、この秘密を知っていると看てよい。

だが、越後守夫人・高子は、いつ、源太郎出生の秘密に気づいたのであろうか……。

源太郎の推測によれば、

(それは、私が若殿を打擲《ちょうちゃく》し、下屋敷《しも》へ押しこめられたときにちがいない……)

のである。

高子は、

「不埒《ふらち》者の首を打て」

と、命じたろう。

余人は知らず、安藤主膳としては、この命令に従うわけにはまいらぬ。

そこで、おもいきって、源太郎出生の秘密を、ひそかに夫人・高子へ告げたのではあるまいか。

高子は、おどろいたろう。

おどろいたが、まさかに、殿様の血を引いた子を殺すわけにはまいらぬ。

越後守正房は、堀源太郎が、

（わが子である……）

と、知っているのだ。

そこで、源太郎は死んだことにして、別の名の〔杉本小太郎《すぎもとこたろう》〕となり、あらため、堀家の養子として国許へ帰された。

それからの、越後守夫人の妨害については、あらためて書きのべるまでもあるまい。

高子は、源太郎のいのちを奪わぬまでも、徹底的に、筒井藩士の子としての身分を剥奪《はくだつ》すべく、江戸表から国許へ、つぎつぎに指令を発したのであろう。

国許の家臣たちも、将軍の威風を背にした〔奥方様〕のために、堀父子《おやこ》の言動をいちいち知らせたにちがいなかった。むろん、彼らは秘密を知らぬ。いや、たとえ知っていた者があっても、その者たちは知らぬ顔をしていたのだ。

源太郎を庇《かば》いぬいてくれたのは、長老・筒井但馬のみである。

大名の家に、妾腹《しょうふく》の男子があって、すこしもふしぎではない。

けれども、越後守が高子を夫人に迎えてから後に、妾腹の子が生まれたのではない。

大名家にとって、将軍の令妹を藩主夫人に迎えることは非常な名誉であるし、ことに筒井家の場合は、将軍と幕府に対しての有利があきらかであった。

なればこそ越後守と、長老・筒井但馬は、あくまでも、源太郎の出生を秘密にしておく決心をしたのだ。

高子の輿入《こしい》れが実現するまでには、幕府も筒井家の内情を、きびしく調査したこととおもわれる。

将軍令妹の嫁入り前に、相手の大名が、すでに男子をもうけていたとなれば、おそらく、この縁談は破れたであろうし、筒井家もまた、そうしたことが一切ないということを、将軍と幕府へ言上《ごんじょう》したのであった。

(何を、莫迦《ばか》な……)

源太郎は、いま、怒っている。

かつておぼえのないほどの、激しい怒りであった。

将軍の妹だというが、高子も、前将軍の妾腹の子ではないか。これは、だれもが知っていることだ。

まして、筒井家の人となった高子を恐れ、長老だとか家老だとかいう一藩の重役が、まるで芝居じみた拵《こしら》え事をしてまで、

(私を庇うことが、莫迦げている……)

と、源太郎はおもった。

むしろ、

(私を憎み、私を、この世から消してしまおうとして、形振《なりふり》もかまわず、刺客をさし向けて来た奥方のほうが、まだしもわかる)

のである。

(大名というのは、こんなものだったのか……)

と、源太郎は、実父・越後守正房が妻ひとりをもてあまし、妻の威勢に恐れ入っている姿を想《おも》うと、とても、それが自分の父親だと感じられないのだ。

それに引きかえ、自分のような者のために、いのちがけではたらいてくれている原田小平太や、大工・松蔵、お順の父娘《おやこ》などに、

(申しわけない……)

つくづく、そうおもう。

(私の父は、堀源右衛門ひとりだ。なんとしても、越後へもどり、ひそかに、父上の安否をたしかめ、別れを告げなくては気がすまぬ)

のである。

(その上で、私は、すべてを捨てよう)

と、源太郎は決心している。

(すべてを捨てて、別の世界に生きる……)

つもりなのだ。

むろん、筒井家の臣である堀源右衛門とも、縁《えにし》を絶つことになる。

それでなくては、

(父上に迷惑がかかる……)

からであった。

四

あたりが、すっかり暗くなってから、源太郎は木立を出た。

月も星もない暗夜であったが、すでに、源太郎の目は闇《やみ》に馴《な》れている。

(小島の小父《おじ》さまは、いかがなされたろう……?)

そのおもいに、源太郎は先刻からとらわれていた。

亡母みなの縁類にあたり、これも筒井家の家来として江戸藩邸にいる小島彦五郎も、源太郎出生の秘密をわきまえていよう。

とすれば、その身が危ういことも知れている。

もしやすると、安藤主膳が藩邸を脱出した夜に、

(小父さまは、殺害されているやも知れぬ……)

のである。

(私ひとりが、こうして生きているために、多くの人びとが危害を身にうける……むろん、私の所為《せい》ではない。ないが、しかし……?)

殿様をはじめ、長老・家老などの重臣たちや、たくさんの家臣がいるというのに、この大名家の内情の愚劣さを、だれも、どうすることもできない。

将軍の令妹が藩主の妻であるという、その一事のために、である。

それならば、むしろ、越後守夫人・高子が望むままにしたほうがよいではないか……。

それで、すべてがうまくおさまるのなら、そのほうがよい。

(同じことではないか……)

と、源太郎はおもった。

夫人・高子が生んだ姫に養子を迎えるというからには、しかるべき家の子息がえらばれるにちがいない。

そして、姫が男子を生めば、やがてそれは、筒井家の血を受けついだ世嗣《よつぎ》になるのである。

(それで、よいではないか……)

源太郎は、急に、笑い出したくなった。

(いまさら、この私を、担《かつ》ぎ出したところで、別に、益するところはないのではないか……)

ともかく、同じ家中《かちゅう》の者同士が憎み合い、血をながし合うことだけは、今後、絶対に避けてもらわねばならぬ。

それには、先《ま》ず、自分が、

(消えてしまうことだ。何処《どこ》かへ……)

源太郎の決意は、そこにあった。

では、何処へ身を隠したらよいのか、そこまでは、まだ考えていない。

その前に、大恩をうけた父の安否を知り、自分の決意を打ちあけ、別れを告げたかった。

(なんとしても、越後へもどるぞ)

と、源太郎は、いま、勇気にみちていた。

父・堀源右衛門に会わなくてはならぬ、と、その一念であった。

(そのあとで、おそらく私は、また、江戸へもどって来るだろう。いや、きっと、そうなる……)

暗い田圃道を西へ歩みつつ、夜の闇の中に、源太郎は自分に笑いかけているお順の顔を見た。

田圃道の突き当たりは、寺院であった。

そこから南へかけて、片側に大小の寺院がつらなっている。

源太郎は、空腹をおぼえていた。

(何か、口に入れておかねばならぬ……)

ふと見やったとき、道の向こうの寺院の潜門《くぐりもん》から、僧がひとり、出て来るのが見えた。

はっとなって、寺と寺の間の細道へ身を隠したとき、源太郎の脳裡《のうり》には、おもいもかけぬことが閃《ひらめ》いた。

その考えに、おどろきながらも、源太郎はくすくすと笑い出している。

僧は、まだ若いらしい。

提灯《ちょうちん》を提げ、田圃道を北へ歩んで行く。

そのうしろから、源太郎が音もなく歩み出した。

しばらく行ってから、僧は道を左へ曲がった。

両側は、大名の下屋敷で、そこを行きすぎると、また、田圃がひろがりはじめる。

このあたりは〔入谷田圃《いりや》〕とよばれているが、源太郎が知るよしもなかった。

僧は、入谷田圃を突っ切りはじめたが、突然、目の前へ立ちふさがり、白刃《しらは》をつきつけた男を見て、

「あ……」

叫びかけるのへ、男が、

「おしずかに……」

と、いった。

堀源太郎なのである。

「おしずかに……よろしいか……」

「は……」

「別に、危害は加えませぬ」

「は……」

源太郎は笠《かさ》の下に、手ぬぐいで頬《ほお》かむりをしていた。

「着物を、ぬいでいただきたい」

「せ、拙僧は、あの……」

「さ、早く……」

源太郎は、脇差《わきざし》を振って見せた。

「早くして下され、坊主《ぼうず》どの」

「は、はい……」

僧は、田圃道で僧衣をぬぎはじめた。

この時刻に、このあたりを通る者は、だれ一人いない。

「下着も、おぬぎ下さい」

「はい」

「さ、早う……早う」

「ただいま……」

ぬぎ終えて、五体を瘧《おこり》のようにふるわせている僧へ、

「これは、ささやかながら御報謝《ごほうしゃ》いたします」

すでに、懐紙に包んであった金《きん》二分《ぶ》を、僧の手へわたし、

「ごめん下されれ」

源太郎は、ぬぎ捨てられた僧衣と下着をひとまとめにして帯でくくり、これを小脇に抱え、

「しばらくは、ここをうごかぬよう。それが身のためです」

「は、はい……」

「さらば……」

いうなり、源太郎は、田圃道を南へ向かって駆け出している。

僧の提灯のあかりは消しておいた。


その翌日の昼ごろになって……。

堀源太郎は、江戸四宿の一つ、中仙道・板橋の宿場へさしかかっている。

昨夜、入谷田圃で奪い取った僧衣を身につけ、網代笠《あじろがさ》をかぶり、白い手甲《てっこう》・脚絆《きやはん》という旅姿で、杖《つえ》もついていた。

(これで、よい)

源太郎は、笠の内で微笑を浮かべていた。

みごとに禿《は》げあがった頭に、この姿は、ぴ、た、り、と合っている。

この時代の僧侶《そうりよ》には、だれもが、一応は敬いの念をもっていたし、僧侶ならば、どこへ行っても、ほとんど怪しまれずにすんだのである。

旅仕度は、巣鴨《すがも》の追分《おいわけ》の笠屋でととのえた。

(これは、よい。これならよい……)

僧侶の姿になってみると、自分の頭が、しっかりと躰《からだ》にむすびついたような気がして、心強かった。

(原田小平太殿と越後を逃げたときも、この姿になっていればよかった……)

その小平太のことも、安藤主膳《しゅぜん》、小島彦五郎のことも案じられてならぬが、うかつに手紙は出せぬ。

源太郎が越後へもどりつつあることが知れたら、安藤主膳は、みずから後を追って来るやも知れぬ。

それが、もし知れたならば、藩邸でも黙ってはいまい。ただちに主膳を追跡するだろう。

(何も彼《か》も、父上の安否をたしかめてからだ)

そのためには、一日も早く、柴山《しばやま》城下へ入らねばならぬ。

入ってからの危険は、考えぬことにした。

(なに、やって見るまでだ。それがだめならば、いつ、死んでもよいではないか……)

源太郎は、冷え冷えと曇った空の下を、胸を張り、足を速めて巣鴨の立場《たてば》を過ぎ、板橋の中宿《なかじゅく》へさしかかったのである。

時刻が時刻なので、街道は人の往来がはげしい。

ほとんど、あたりへ目を配ることもせず、淡々として源太郎は歩む。

中宿をすぎ、石神井川《しゃくじいがわ》へかかる橋をわたりかけた源太郎が大胆にも笠をぬぎ、頭と顔の汗をぬぐったときであった。

「もし……もし……」

うしろから、老人の声が追いかけて来た。

さすがに緊張し、振り向いた源太郎が、その老爺《ろうや》の顔を見て、おもわず、おどろきの声をあげた。

帰　国

一

「お、おぬしは、伊助……」

「さようでございますよ」

まさに、柴山城下に住む大工の棟梁《とうりょう》・伊助であった。

伊助は、いま、越後《えちご》・新潟《にいがた》にいて、寺院を建てているはずではなかったか……。

「どうして、ここに？」

問いかけつつ、堀源太郎は網代笠《あじろがさ》をかぶった。

「私のことより、源太郎さまこそ、どうして、ここに？」

「む……」

「それに、そのような姿になられまして……はじめにお見かけしましたときは、人ちがいかとおもいました」

伊助は、石神井川へかかる橋のたもとの茶店で、饂飩《うどん》を食べていて、ひょいと、何気もなく橋の方を見やったとき、折しも源太郎が来て、笠をぬぎ、汗をぬぐったのである。

晩秋の曇り空の下を歩いて来た源太郎だが、さすがに緊張していたし、急ぎ足をゆるめなかったので、満身に汗をかいていた。

伊助にしても、声をかけてみて、源太郎が応じてくれるまでは、

（これが、源太郎さま……）

という確信は、なかったといってよい。

「まあまあ、いったい、どうなさったのでございます。私は、柴山の御城下においでなさるものとばかり……」

「そうか。そうだろうな……」

源太郎は、橋をわたった。

大いそぎで、伊助は茶店へもどり、勘定をすませてから、追いついて来た。

「伊助どの。私は、柴山から逃げて来たのだ」

「な、なんでございますって……」

「いまは、追われている身なのだ」

先へ立ち、源太郎は、民家と民家の間の細道を裏へぬけて行く。

行く先に、木立が見えた。

旅姿の伊助を、その中へみちびきながら、

「どこへ行くのだね？」

「江戸へ、まいったところなのでございます」

「ほう……」

「どうしても、江戸《こちら》の職人の手を借りなくてはならぬことになりまして……」

「大工を？」

「はい。知り合いの大喜《だいき》という棟梁のところへまいりますので……」

「だいき……」

源太郎の耳に、おぼえがある名称である。

これは、松蔵の家へ到着してのち、お順から、

「うちのお父《とっ》つぁんは、浅草の元鳥越《もととりごえ》にいる大喜という棟梁の片腕だなんていわれているんでございます。私の弟の梅吉も、いま、大喜さんのところで修行をしています」

と聞かされていたのであった。

「大喜とは、元鳥越の……」

「よく、御存知で」

「世の中は、ひろいようでいて、せまいということだ」

「そ、それよりも源太郎さま、くわしい事情《わけ》を私に聞かせて下さいまし。この伊助に

できることなら、どんなことでも、させていただきますでございます」

伊助の老顔には、一点のうたがいをも容《い》れる余地がない真情が、みなぎっている。

小柄《こがら》で細い躰《からだ》つきの老爺《ろうや》なのだが、足どりはきびきびとしていたし、日に灼《や》けつくした顔のしわさえも、何か、たくましいものを感じさせる伊助だ。

「それで、これから、何処《どこ》へお行きなさるので？」

「柴山へもどろうとおもっている」

「何でございますって……それでは、みすみす……」

「いや、この姿ならば、どうにか行き着くことができるとおもう。何としても、父上に一度、お目にかかり、おゆるしを得なくてはならぬことがあるのだ」

「とにかく……とにかく、源太郎さま。今夜は伊助におまかせ下すって、ゆっくりと、おはなしを聞かせて下さいまし」

「いや。これまでに、私は何人もの人びとに迷惑をかけてしまっている。この上、伊助どのにまで……」

「いえ。お坊さんの姿で柴山へおもどりなさるのなら、私にも、よい考えがございます」

「何といわれる……？」

伊助の、この言葉に、源太郎はさそいこまれたといえよう。

「駒込《こまごめ》の外れの小さな寺へ、私は今夜、泊めていただくつもりなのでございますよ。そのお寺の和尚《おしよう》さまとは、ごく親しくさせていただいております。道中にさしつかえのない手筈《てはず》を、きっと、和尚さまがととのえて下さいましょう」

「だが、伊助どの……」

「まあ、おまかせ下さいまし。いざとなれば伊助が、柴山まで、お供をさせていただきましょう。なあに、新潟のほうは、私ひとりが棟梁というわけでもなし……いわば手伝いに出たのでございますから、帰るのがすこし延びたからといって、仕事にさしつかえがあるわけでもございませんので」

伊助の熱意に、源太郎はひきこまれた。

安全な方法があるならば、それによって柴山へもどったほうがよいにきまっている。街道を外れた畑道をえらんで行く伊助のうしろから、源太郎は、江戸へ引き返すことになった。

その寺は、駒込の妙義大権現《みようぎだいごんげん》の南裏にあった。

藤林山《とうりんざん》・新光寺《しんこうじ》という。

和尚は了基《りようき》といい、童子《どうじ》のようにあどけない顔貌《がんぼう》をした八十二歳の老僧であった。

杉木立《すぎこだち》に囲まれた境内は小さなものだが、この寺の茅《かや》ぶき屋根の本堂は、棟梁・伊助が近辺の大工たちを指揮して、十七年前に建てたものだそうな。

伊助には、何人もの弟子がいるわけでなく、気ままに、ひとりで諸国をまわり、その土地の大工たちと仕事をしていたことが多かったらしい。

十九歳のときに、柴山城下を出て以来、十五年目に帰って来たが、それからも、数え切れぬほどに諸国をまわり歩いていたという。

「おお、おお、伊助どの、来たかよ。わしが死ぬる前に、もう一度、会えたのう」

了基和尚が伊助を迎えて、さも、うれしげにいった。

この夜。

源太郎と伊助は夜を徹して語り合った。

気がついたときには、空が白んでいたのである。

そして……。

翌々日の早朝に、堀源太郎は旅僧の姿で新光寺を発《た》った。伊助は、板橋まで源太郎を見送り、新光寺へもどった。

その日は、中仙道《なかせんどう》・桶川《おけがわ》の宿《しゅく》に泊まった堀源太郎が、翌日の夕暮れに、武州・深谷《ふかや》へ入り、ここの薬種店《やくしゅだな》〔近江屋《おうみや》八郎右衛門〕方を訪れた。

源太郎が伊助の手紙をわたすと、近江屋では、

「下へもおかぬ……」

もてなしぶりを見せ、源太郎を泊めてくれた。

源太郎は、駒込の新光寺の寺僧・了円《りょうえん》というふれこみになっている。

近江屋は、癪《しゃく》の妙薬〔調中丸《ちょうちゅうがん》〕で江戸にも知られているほどの薬種店だ。

主人の八郎右衛門は、源太郎に何一つ問いかけることなく、奥座敷へ案内をし、ここに五日ほど滞在させてくれた。

五日目の夕暮れになって、旅姿の伊助が駆けつけて来た。

二

これから、堀源太郎は伊助につきそわれて、越後・柴山《しばやま》の城下へ向かったわけだが……。

伊助は、源太郎に五日遅れて、駒込の新光寺を発つにあたり、源太郎からあずかっておいた手紙三通を、浅草・田町の大工・松蔵の家へとどけておいた。

一通は、お順にあてたものであり、別の二通は、松蔵と和泉屋《いずみや》善助へあてたものだ。

手紙を受け取ったのは、お順である。

松蔵は、本郷の和泉屋へ出かけていて留守であった。

「まあ。あなたは、堀源太郎さまを、御存知なのでございますか……」

お順は、伊助へ、しがみつくようにして尋《き》くと、

「私は、ただ、板橋の宿外れで、旅のお坊さまから、この手紙を、こちらへおとどけ

するように、たのまれただけなのでございますよ」

「旅の、お坊さま……？」

「さようで」

「若い、お坊さまでしたか？」

「はい」

「そ、それで、その、お坊さまは、どっちへ行きました？」

「さ、それはわかりませんね。宿外れの茶店で、この手紙をたのまれ、私は一足先に出て来てしまったものですから……では、これで、ごめんを」

「ま、待って下さい。ちょっと、いま、間もなく、うちのお父《とっ》つぁんも帰って来ますから……」

「いや、私はただ、この手紙をたのまれただけなんでございますから、これで、もう、かんべんをして下さいよ」

松蔵がいたら、強引にひきとめもできたろうけれども、さっさと出て行く伊助を、お順ひとりではあつかいかねた。

「ま、待って……ちょっと、あの……」

お礼のこころづけをわたそうとおもい、お順が、茶の間へ駆け込んだ隙《すき》に、伊助の姿は消えてしまっていた。

源太郎が、三通の手紙にどのようなことを書きしたためたかは、もとより伊助の知るところではない。

いずれにせよ、この手紙によって、和泉屋善助も松蔵父娘も、堀源太郎の無事を知ったことになる。

そして、それは、筒井家の江戸家老・安藤主膳《しゆぜん》の耳へもとどいたはずである。

本所の西岸寺を、ひとり出て、行方知れずになっていた安藤家老の所在は、この日の前日にわかった。

なんと、安藤主膳は、幕府老中《ろうじゆう》の一人である松平備後守照久《まつだいらびんごのかみてるひさ》の屋敷へ身を隠していたのだ。

そこから、和泉屋へ連絡があったのである。

下総《しもうさ》の内で八万五千石を領している松平照久は、徳川将軍とも血のつながっている譜代《ふだい》の大名であり、幕府最高の職名である老中職を、五年もつとめていた。

備後守照久は、筒井越後守正房が参覲《さんきん》で江戸へ出て来れば、かならず、たがいに招き合うて交歓する。

それというのも、筒井正房の伯母が下総の松平家へ嫁《とつ》ぎ、備後守照久を生んだので、つまり、両家は親類の関係にあったからだ。

松平照久と筒井正房は、いとこどうしということになる。

二人とも同年配であるし、温和な筒井正房にひきくらべ、松平照久は才気《さいき》煥発《かんぱつ》の性格で、それがまた、却《かえ》って二人を親密にさせているのでもあろう。

ことに、筒井正房が将軍の令妹を夫人に迎えてから、松平照久も昇進めざましいものがあり、ついに老中の座に就き、将軍家の信頼も厚いという。

今度の筒井家の事件につき、松平備後守照久が、どの程度まで耳にしているかは不明だ。

耳にしているとすれば、松平照久も、

「気にかけておわすにちがいない……」

のである。

それにしても、安藤主膳が単身、松平老中を頼って、江戸城常盤橋《ときわばし》御門内の松平屋敷へ駆け込んだというのは、

「異常の決意」

と、いわねばなるまい。

安藤主膳は筒井家の江戸家老として、松平照久には何度も目通りをしている。

それだけに、松平老中の人柄《ひとがら》を、よく見きわめているつもりであったろう。

だが、松平家へ駆け込み、自藩の内紛をうったえ出たということになれば、取りも直さず、それは一大名の家の中で始末すべき事件を、

「始末しきれぬ……」

ために、江戸家老が藩邸を脱出し、幕府にうったえ出たことになる。

なぜならば、老中職をつとめる松平照久は、幕府政権の象徴といってよいからだ。

これは、筒井家が、みずから自藩の恥を、

「天下にさらけ出した……」

ことにもなる。

まして、一藩の老中ともいうべき〔家老職〕が、主人にもはからず、勝手にうったえ出たことになれば、松平老中としても見すごすわけにはまいらぬだろう。

安藤主膳は、松平邸から使いの者に手紙をもたせ、和泉屋善助方へさし向けたが、その内容は、およそ、つぎのごとくであった。

「……かくなっては、源太郎君《ぎみ》の御身にかかわることとて、一刻も猶予《ゆうよ》ならずとおもいきわめ、単身、松平屋敷へ駆け込み、御老中へ何事も包み隠さず、申しあげたるところ、物に動ぜられぬ御老中も、さすがにおどろかれ、しばし御言葉もなかった」

さらに、安藤家老は、松平照久が、その場で処置を下さず、

「しばし、躬《み》が屋敷にとどまるように」

と、安藤主膳へ申しわたし、奥へ入ってしまった。

「……いずれにせよ、かくなったからには、そちらも覚悟をさだめ、落ちついていて

もらいたい」

主膳は、手紙で、そういってきている。

和泉屋善助も、はじめは驚愕《きょうがく》したが、

「切って放《はな》った矢はもどらぬ。肚《はら》をきめて、安藤様からの、つぎの知らせを待つまでだ」

と、大工の松蔵にいった。

このような言いまわしが、菓子舗の主人ともおもえぬ和泉屋善助であった。

「旦那《だんな》が、切って放った矢はもどらぬと、おっしゃったのには、おれもびっくりした。なあ、お順。和泉屋の旦那は、きっと、もとはお侍だぜ。くわしいことは知らねえが、もしや……もしやすると、和泉屋の旦那は、筒井様の御家来の家にお生まれなすったのじゃあねえか……」

帰って来た松蔵が、お順に、そう洩《も》らした。

和泉屋善助が養子であることは、松蔵も知っている。

なんでも、大坂の同業者の三男を養子に迎えたと聞いていたが、

「どうも、そのようにはおもえねえ」

松蔵は深いためいきを吐いて、

「おれたちのところとちがい、御武家だの御大名だのなんてものは、つまらねえ事を、

いちいち、むずかしくするものよ」

と、いった。

大工の棟梁・伊助が堀源太郎の手紙をとどけに来た夜、和泉屋から帰って来た松蔵は、

「そ、そうか。御無事でいなすったか……」

むさぼるように、自分へあてた手紙をひろげた。

読みやすいように、源太郎は平仮名をつかって書いている。

文面は、まことに簡短《かんたん》なもので、世話になった礼をのべ、

「……これよりは、げんたろうがことを、気にかけられぬように」

と、あった。

「な、なあんだ。これだけか……」

松蔵は、がっかりしたようにつぶやいた。

「お順。お前にも、よろしくと書いてあるぜ」

「そうですか」

こたえたが、お順は、源太郎が自分にあてた手紙のことを父親にいわなかった。

「それにしても、源太郎さまは、どこへ行っておしまいなすったのか……お前も何で、その使いの爺《じい》さんをつかまえておかなかったのだ」

「だって、私ひとりじゃ、どうしようもない。それに、あのお爺さんは、ほんとうに、源太郎さまのことを、何も知らなかったようだったもの」

お順の両眼《りょうめ》は、きらきらと光っていた。

満面が紅潮し、声音《こわね》に張りがあった。

松蔵は、それを、単に、源太郎から手紙がとどいたことによる昂奮《こうふん》だと看《み》ていたようだ。

「ともかくも、こうしてはいられねえ」

松蔵は、源太郎が和泉屋善助へあてた手紙をつかんで立ちあがった。

和泉屋は、翌朝になって、この手紙をたずさえ、松平屋敷へ安藤主膳を訪《たず》ねて行き、その帰り途《みち》に、駕籠《かご》を飛ばして松蔵の家へあらわれた。

「旦那。どんなぐあいでございました?」

「いや、私も実は、怖々《こわごわ》出かけて行ったのだが、何のこともなかった。御門番に名を告げ、安藤様へお目にかかりたいというと、ちょっと待たされたが、そのうちに、中へ入れてもらえてな」

「さようで……そいつは何よりでございました」

安藤主膳は、松平家の江戸家老・佐々木志摩《しま》のもとに、匿《かくま》われていた。

松平邸内の〔家老長屋〕に佐々木志摩は住んでいて、かねて安藤主膳とも昵懇《じっこん》の間柄なのである。

安藤主膳は、和泉屋がさし出した手紙を読み終え、それだけのことをよろこぶよりほかはない。

「先ず、源太郎君《ぎみ》が御無事でよかった。いまは、それだけのことをよろこぶよりほかはない」

「これから、どうなりますので？」

「和泉屋。それは、わしにもわからぬ」

松平照久は、主膳を佐々木志摩のもとへあずけたきり、何の沙汰《さた》も下さぬ。

佐々木志摩にも、そのことをふれぬらしい。

「殿には殿の御考えもござろう。いましばし、待たれるがよい」

と、志摩は主膳をなぐさめてくれたそうな。

「安藤様も、源太郎様が越後へもどられたのではないか、と、申されてな」

と、和泉屋善助が憂悶《ゆうもん》の顔つきを露骨にし、

「うまく、先に江戸を出た原田小平太殿に出会われるとよいのだが……もし、また、筒井家の刺客に見つけられでもすると……」

あとは声をのみ、凝然《ぎようぜん》となった。

ともかく、安藤主膳が、老中・松平照久に保護をうけていることは、うたがうべくもない。

松平老中は、このことを筒井家にも告げぬ。
そして、主膳を監禁することもなく、むしろ、いたわっている様子だ。
和泉屋が名を告げて訪ねて行けば、こだわりもなく主膳に会わせてくれるのである。
それは、つまり、松平老中が、安藤主膳のうったえを善意にくみとってくれている
のではないか……。
和泉屋善助も松蔵も、そのことにおもい至って、わずかに希望を抱いたのであった。

三

さて……。

大工の棟梁・伊助と共に、越後・柴山へ向かった堀源太郎はどうしたろうか。

源太郎は無事に、越後へ入ることができた。

普通の旅人と同じように街道を行ったのだが、だれにも見とがめられることなく、いい気ぬけがするほどに安全であった。

だが、源太郎は柴山城下の我が屋敷へ直行したのではない。

「先ず、私が様子を見てまいりましょう」

と、伊助がいい、源太郎を、音水潟《おんずいがた》のほとり、山本村の百姓・権左衛門《ごんざえもん》の家へあずけておき、自分は城下へ入り、我が家へもどった。

そのときは、まだ、日暮れ前であったが、伊助は何処《どこ》へも出なかった。すでに女房も亡《な》くなっているし、二人のむすめは、いずれも新潟へ嫁いでいて、柴山城下の留守宅は、三人の弟子がまもっている。

権左衛門は、帰って来た源太郎を見て、

「おう、おう……無事でござりましたかよ」

たちまちに泪《なみだ》ぐみ、よろこんでくれた。

あれから、藩庁の探索は権左衛門宅へ、一度もおよんでいない。

そのかわり、堀源右衛門からも消息が絶えていた。

おそらく源右衛門は、みだりに権左衛門へ連絡《つなぎ》をつけて、この老いた百姓へ、

(そのために、累《るい》をおよぼしてはならぬ)

と、考えているのであろう。

「それなら、ここに隠れていても大丈夫でございましょう。先ず、ゆっくりと落ちつきなざるがようございます。私も、城下の様子をたしかめてから、うごきはじめましょう」

伊助は、思慮深げに、

「こういうことも、大工仕事と同じでございますよ、源太郎さま。何事も、段取《だんど》りというものが肝心でございます。柱を立てぬうちに、屋根を乗せることはできませぬ」

などと、いった。

「伊助どのに、はたらかせてはすまぬが……では、よろしゅうたのむ。おまかせします」

源太郎は素直に、こたえたのである。

伊助が城下へ去ったのち、夕餉《ゆうげ》の膳《ぜん》が出た。

「や、これは……」

源太郎は、なつかしげに膳の上の物をながめ入り、しばらくは箸《はし》を取ろうともせぬ。

膳の上には、大根汁《じる》に鰯《いわし》の塩漬《しおづけ》があった。

春が来て、日本海で大量にとれる鰯を塩と糠《ぬか》に漬けておき、一年中、折にふれて取り出しては食べるのが、このあたりのならわしであった。

堀家では、亡き老僕《ろうぼく》の儀助が、鰯の塩漬をつくるのがうまく、だれにも手をふれさせなかったものだ。

「どうなされました？」

給仕に出ていた権左衛門の女房《にょうぼう》・おきねが、いつまでも箸をとらぬ源太郎を、不審そうにのぞきこんだ。

おきねは、儀助の妹にあたる。

「あれ、まあ……」

源太郎の顔に泪《なみだ》が一すじ、つたわり落ちるのを見て、おきねが、おろおろとなった。

「いや……なんでもないのだ」

箸を取って、源太郎が、

「この、鰯の塩漬を見たら、つい、儀助のことを、おもい出してしまった……」

と、いった。

それと聞いて、おきねも、たちまちに泪ぐんだ。

(それにしても……)

つくづくと、源太郎は、

(私ひとりのために、何人もの人に迷惑をかけてしまった。儀助が死を早めたのも、私のことを、あまりにも心配したからにちがいない。私も知らなかった出生《しゅっしょう》の秘密が、人びとを争いに巻きこみ、血がながれ、死ぬる人も出た……)

ことを、顧みたのである。

この時点では、源太郎は、まだ、原田小平太が熊谷《くまがや》の八丁堤で斬死《きりじに》したことを知っていない。

もし、それを知ったなら、源太郎のおもいは、さらに痛切なものとなったろう。

同時に、多くの人びとが、自分ひとりのために、それこそ、

「いのちがけで……」

はたらいてくれていることをおもわざるを得ない。

（私は、若くして、このような奇病に取り憑《つ》かれたがために、人からさげすまれ、嘲《あざ》笑《わら》われもしたが……なれど、また、このような奇病にかかった私を、あわれんでくれる人びとの助けによって、これまで、生きぬくことができた……）

このことであった。

となれば、そうした人びとの好意と同情と援助のためにも、強く生きて行かねばならぬし、

（私が生きて行くためには、これ以上、他の人びとが争ってほしくない。他の人びとの血を一滴もながしてはならない……）

のである。

源太郎の決意は、もはや、ゆるぎないものになりつつあった。

（私と筒井家との関《かか》わり合いの、いっさいを断ち切るつもり……）

の、堀源太郎であった。

その決意を、育ての父に打ちあけ、これまでの恩恵に対し、こころゆくまで御礼をのべ、父と別れを告げるつもりで、源太郎は柴山城下へもどって来た。

では、筒井家とも堀家とも関係を断ち切って、源太郎は、どこで、何をして生きて行くつもりなのか……。

それはまだ、自分でも、はっきりとわかってはいない。

(それは後のことだ。先ず、これまでの自分のいっさいを捨て切ることからはじめなくてはならぬ。しかも急ぐのだ。急がなくてはならぬ)

急がなくては、尚《なお》も家中の暗闘がつづけられ、犠牲者が増えるからである。

夜に入って、権左衛門宅の、奥の〔ネマ〕で蒲団《ふとん》へ身を横たえてからも、源太郎の目は冴《さ》えきっていた。

道中の疲れは、ほとんど感じていない。

この数カ月の間に、源太郎は柴山を脱出し、三国街道で襲撃され、苦労して江戸へ到着したとおもったら、たちまちに変転の身を柴山城下へもどすことになった。

顔は日に灼《や》けつくし、緊張の連続のための窶《やっ》れはあったけれども、われながら、躰《からだ》がたくましくなったと感じている。

たとえ、道中で自分へ襲いかかる者があらわれたとしても、

(大丈夫。きっと、逃げて見せる)

その自信があった。

空が白むまで、源太郎はねむれない。

その間に、源太郎が想《おも》いうかべていたものは、お順の顔である。声である。

四

それから二日ほど、伊助は、柴山城下の様子に気をつけていた。

堀家の門は閉じられ、藩の足軽が、これを警備している。

屋敷には、

「だれも住んでいない」

ということだ。

これはすべて、堀源太郎の脱出によって、父・源右衛門が罪を受け、奉公人たちも散り散りに去ってしまったのだと、城下の人びとは、おもいこんでいる。

堀家へ養子に入った北島文吾も、いまは実家へもどっているらしい。

一時は、江戸藩邸と柴山城の間を、騎乗の使者があわただしく往来していたようだが、いまは、それもしずまっている。

町人たちのうわさとは別に、藩士たちのひそやかな声もしているのだろうが、それは、大工の棟梁《とうりょう》にすぎぬ伊助の耳へ入っては来なかった。

越後の山々には、すでに雪が下りていたが、めずらしいことに、柴山城下では、まだ初雪を見ない。

柴山へもどって四日目の朝になり、伊助は決意し、柴山城内・二ノ丸にある長老・

筒井但馬の屋敷を訪れた。

伊助は、雲の松原にある藩主の別邸を建てたほどの棟梁だけに、何度か、筒井但馬邸の修築もしている。

城の御殿の修築もしているのだ。

それだけに、

「御長老さまの御屋敷へ、まかり出《い》でまする」

といえば、城の曲輪《くるわ》内の木戸も、難なく通してもらえるのだ。

筒井但馬邸の門扉《もんぴ》も閉ざされていた。

潜門《くぐりもん》の扉《とびら》を叩《たた》き、

「もし……もし、おねがいがござります。大工の伊助でござります」

声をかけると、かねて、顔見知りの足軽・渡辺順七《わたなべじゅんしち》が、折よく門番をつとめてい、

「おう、伊助どのか。新潟へ行っていると聞いたが、もう、もどって来たのか」

「はい、はい」

「さ、お入り」

すぐに、潜門から、中へ入れてくれた。

渡辺は中年の足軽で、人物もしっかりしている。

「渡辺さんが御門番で、ちょうど、よかった」

「御屋敷に、堀源右衛門さまがおいでになりますな？」

「え……」

「どうした？」

渡辺が、あたりを見まわし、

「知っているのか？」

「はい。実は……」

と、伊助は一通の手紙を渡辺順七へわたし、低い声で、

「江戸で、堀源太郎さまに出会いまして……」

「な、なんだと……」

さっと、渡辺の顔色が変った。

「ほ、ほんとうなのか？」

「はい。その手紙を、堀源右衛門さまへ、おわたし下さい」

「う……よし。待っていてくれ。よいか、待っているのだぞ」

「はい、はい」

権左衛門宅で、源太郎が源右衛門にあてしたためた手紙には、

「いま、権左宅にひそみおります。ぜひとも、父上に、お目にかかりたく……」

と、ごく簡短にしたためてあった。

伊助が、門番の詰所にひかえていると、間もなく、渡辺順七が駆けもどって来た。

「伊助どの。ついて来なされ」

伊助は、このとき、筒井但馬邸内に保護されていた堀源右衛門と、たしかに面談をした。

その日の暮れ方に、権左衛門宅へやって来た伊助は、

「それに、御長老さまへもお目通りができました」

と、源太郎へ告げた。

長老・筒井但馬みずから、大工の伊助を引見したというのは、異例のことといってよい。

堀源右衛門も、心痛の日々をすごしてきたわけだが、源太郎の無事を願うこころが一つの張りともなって、

「おげんきでいらっしゃいました」

と、伊助はいった。

一時は、明日にも他界するのではないかと危《あや》ぶまれていた筒井但馬も、このところ病間へも入らず、小康をたもっている。

「それは、何よりだった……」

源太郎のよろこびは烈《はげ》しかった。

源右衛門や筒井但馬の身に、何か異変が起っていたとしたら、源太郎の苦悩は層倍のものとなったにちがいない。

伊助は源太郎と、何やら打ち合わせをすまし、城下へ帰って行った。

その翌朝であったが……。

筒井但馬の嗣子《しし》、といっても、六十年配の理左衛門《りざえもん》直澄《なおずみ》が、三名の家来を供に、騎乗で屋敷を出た。

筒井理左衛門は馬術に長じてい、現藩主・越後守正房へ指南をしたほどであるから、このように、わずかな供を従えたのみで、野駆《のが》けをたのしむことがめずらしくない。

理左衛門は、快晴の空の下に馬を駆けさせ、諸方をまわってから、昼すぎに、突如、音水潟のほとりへあらわれた。

そして、百姓・権左衛門の家へ立ち寄り、弁当をつかったのである。

理左衛門一行が、そこにいたのは半刻《はんとき》ほどであったろう。

やがて、三名の家来と共に、筒井理左衛門は屋敷へ帰って行った。

三名の家来は、いずれも陣笠《じんがさ》をかぶり、黒木綿の打っ裂《ぶさ》き羽織、馬乗袴《うまのりばかま》という姿《いでたち》であった。

曲輪の木戸をまもる番士たちも、もとより、筒井理左衛門の野駆けと知っているから、何ら怪しむこともなく、ていねいに頭を下げて曲輪内へ迎え入れる。

父・筒井但馬が歿《ぼっ》すれば、筒井家十万石の長老の席へ着くべき理左衛門直澄なのだ。

先ず、こうしたわけで、理左衛門に従っていた家来の中に、堀源太郎がまじってい
たとは、だれも、

「夢にもおもわぬ……」

ことであった。

権左衛門の家の奥の間で、自分が身につけてきた衣類を源太郎に着せかけ、自分の
代りに筒井理左衛門の供をさせ、柴山城下へ送りこんだ家来・三井文之進《みついぶんのしん》は、そのま
ま、権左衛門宅の〔ネマ〕へ入り、身を隠している。

夕暮れになって、伊助が権左宅へあらわれ、三井に会った。

「三井さま。御苦労さまでございます」

「いや、なに、うまく行ったぞ」

「はい。私も、御一行が御城下へおもどりになるのを遠くから見ておりましたが、な
るほど、すこしもわかりませぬな」

「よかったな。若君が御無事で……」

三井は、源太郎のことを〔若君〕と、よんだのである。

こうして、三井文之進は、四日の間、権左衛門宅へ隠れていた。

ということは、その四日間を、堀源太郎は筒井但馬邸に滞留していたことになる。

五日目の朝。

筒井理左衛門は、またしても三名の家来を従え、野駆けに出た。

灰色の雲が厚くたれこめ、前夜からの冷えこみがきびしい朝であった。

この前のときと同じように、昼ごろ、一行は権左宅へ着き、弁当をつかい、半刻のちに城下へ帰って行った。

三井文之進は、源太郎がぬいだ衣類を身につけ、主人に従って去った。

そして、源太郎は、ふたたび権左衛門宅の〔ネマ〕へもどり、僧侶《そうりょ》の姿にかえったのである。

日暮れ前に、伊助は駆けつけて来て、源太郎の相貌《そうぼう》から、不安と苦悶《くもん》の翳《かげ》りがぬぐったように消えているのを知った。

「いかがで、ございましたか?」

「うむ、うむ……」

言葉もなく、源太郎が二度三度と、うなずいて見せた。

その笑顔に、何ともいえぬ満足感がただよっている。

「では、あの……?」

「ともあれ、御長老様と父上に、よくよくおはなし申しあげた。まだ、これよりは、いろいろとむずかしいこともあろうが……ともあれ、私の胸の内は、わかっていただけた」

「はい、はい」

「それはさておき、また、これから、伊助どのに迷惑をかけることになりそうなのだ。かまわぬかしら……？」

「ええ、もう。何なりと、お申しつけ下さいまし」

「明日、御長老様の御屋敷へまいって下さらぬか」

と、源太郎の言葉づかいが、急に変ったようである。

「私に？」

「御長老様から私のことを、いろいろと、おたのみなさるでしょう」

「私に……御長老さまが……」

「父上からも、おたのみをすることとおもう」

「な、何のことやら、さっぱり……」

さっぱり、わからなかったが、伊助は翌日、筒井但馬邸へおもむき、一刻（二時間）ほどのちに、帰宅をした。

そして、二日後の朝に……。

僧侶の姿の堀源太郎と伊助は、越後・柴山を去った。

その翌日。柴山城下には、初雪が降ったのである。

歳　月

一

こうして、二年の歳月が過ぎた。

堀源太郎と伊助が、越後・柴山《しばやま》城下を去って二年目の冬が来たとき、筒井家の内紛も、ようやく納まったようである。

庶民の家ならば、

「わけもなく、片付いてしまう……」

ことなのだが、十万石の大名家ともなると、

「あきれ返るほどに、ばかばかしく、面倒なものなのだなあ」

と、浅草・田町の大工・松蔵が、つくづくといったそうな。

ともあれ……。

筒井家の江戸家老・安藤主膳《しゆぜん》が、異常の決心をもって、幕府老中・松平備後守照久の屋敷へ、自藩の内紛をうったえ出たのが結果的には成功をしたといえよう。

松平照久も、幕府最高の職をつとめるだけに、はじめのうちは、

「うかつにうごけなかった……」

ようであった。

老中として、一大名家の内紛を裁決するのは、たやすい。

しかしながら、その大名家は自分とも親類の関係にある。

さらに、その大名家には、将軍の令妹が嫁《とつ》いでおり、内紛の原因は、当の令妹・高子が、夫の筒井越後守正房を圧倒し、権勢をほしいままにしていたところに在る。

だからといって、これに身びいきの裁断を下しては、大名諸家の物笑いにもなろうし、

「天下《てんが》の示しがつかぬ……」

ことになる。

そこで、松平老中も困惑したが、将軍も、

「憂慮ただならぬ……」

ありさまであったという。

だが、筒井家の内で、血なまぐさい事件が起ることのみは、源太郎失踪《しっそう》の後、間もなく熄《や》んだ。

源太郎が伊助にともなわれ、柴山城下を去った数日後には、長老・筒井但馬《たじま》の嗣《し》子《し》・理左衛門直澄が、十人の家来を従え、騎乗で、江戸藩邸へ駆け向かった。

これは長老たる父の代理として、江戸藩邸にいる筒井越後守と、夫人・高子へ目通りをするためである。

筒井但馬は、藩主・越後守正房の伯父にあたり、ただ一人の〔御長老様〕とよばれる但馬に対し、筒井家では、むかしから破格の待遇をしている。

殿様も、長老に対し、一目《いちもく》も二目もおかなくてはならぬ。

それが、家風であった。

なればこそ、長老は、いかな高齢に達しようとも、自分があの世へ旅立つまでは、職に在り、十万石の家に傷がつかぬよう、目を光らせていなくてはならぬ。

この筒井家の家風は、天下に知らぬものはない。

将軍も幕府も、筒井家の長老の言動には、それなりの権威をみとめている。

その長老の〔代理〕として、筒井理左衛門が江戸へ急行して来たとなれば、越後守はむろんのこと、夫人の高子も、これに会わぬわけにはゆかなかった。

理左衛門は、あくまでも、

「父・但馬に、かたく申しつけられたことでござれば……」

といい、人ばらいの上、藩主夫妻同席の前で、父の長老が書きしたためた書状を差し出したのである。

その内容は、だれも知らぬ。

けれども、長老の長い書状を読み終えた越後守と高子の前で、筒井理左衛門は一刻《いっとき》にわたり、何事か、懸命に説き、これに対して、高子が叱《しか》りつける声が、控えの間にいた侍臣たちの耳へも聞こえたという。

そのうちに、高子の昂奮《こうふん》もおさまったようで、理左衛門は、無事に御殿を下《さが》り、藩邸内へ特別に設けられた〔長老長屋〕へ入った。

このときは、奥方高子の権勢をたのみとする家臣たちと、理左衛門直澄を護《まも》って越後から出て来た藩士たちが、控えの間にも二名ずつ入り、廊下をへだてた三つの部屋に睨《にら》み合い、殺気が御殿の中にみなぎっていたらしい。

三日後に……。

筒井理左衛門は、高子のみと面談をし、つぎの日に越後守正房と面談。翌々日に、ふたたび、高子へ目通りを願い出てゆるされ、最後の面談をすませ、翌朝、江戸藩邸を発《た》ち、柴山へ帰って行った。

これよりのち、藩内での、暴力沙汰《ざた》が絶えたのであった。

「いったい、何事があったのだろう？」

「御長老様が、奥方様へ御諫言《ごかんげん》なされた……」

「いやいや、いかに御長老様とて、諫言に耳を貸すような奥方様ではない」

などと、こころある藩士たちは、ひそひそと語り合ったりした。

これは、のちになってわかったことだが……。

このとき、筒井父子は、藩主と、ことに夫人・高子へ、藩主の実子であり、本来ならば筒井十万石を継ぐべき堀源太郎が、

「その意志を、まったくもってはいない」

ことをつたえ、長老の意見としては、その源太郎の意志と希望を、

「かなえてさしあげることが、いまは、御家のためになり、ひいては源太郎様のおためになる……」

ことを、主張したものであった。

理左衛門の説得は、この父の書状をさらにくわしく解説し、おそらくは、危険を冒して柴山へもどり、自分の希望をのべた源太郎の胸の内を、くわしくのべたものとおもわれる。

それが簡単に行かなかったのは、一に、高子が容易に、これを信じまいとしたからだ。

高子は、長老派が、ひそかに源太郎を擁して、いずれは、筒井家における自分の権勢を奪い取り、そのときこそ、源太郎を世子《せいし》の座につけるのではないか、という危惧《きぐ》を抱いていた。

越後守正房としては、いうまでもなく、我が子の源太郎を世子としたかったろうが、

激怒する夫人に圧倒され、長老の進言を受けいれるよりほかはなかった。

そうした主《あるじ》に、筒井理左衛門は、さぞ、苦いおもいを抱いたことであろう。

だが、堀源太郎の決意が牢固《ろうこ》としており、父・但馬も熟考の上で、

「かくなれば、仕方もない」

と、あきらめたからには、奥方高子の意のままに事を運ぶのが、

「筒井家のため……」

であることを、理左衛門もみとめざるを得ない。

理左衛門の説得で、高子のうたがいも、ようやくに解けた。

解けたとなれば、この上、内紛を強《し》いることもない。

自分が筒井家へ嫁ぐ前に、越後守が、他の女に男の子を生ませ、これを隠しておき、家来の堀源右衛門の養子となした。そのことを高子は、どうしてもゆるせなかった。

そこには、将軍の威光を背にした高子の気位《きぐらい》が厳として存在する。

「私《わらわ》をいつわったことは、将軍《うえさま》をいつわったことになるのじゃ」

と、高子は、筒井理左衛門に、

「このことを、よくよく、国許《くにもと》の但馬どのにつたえるがよい」

いいはなったものである。

そのことについて、堀源太郎は、筒井但馬の屋敷へ、ひそかにおもむいたとき、こ

ういっている。

「……奥方様のお怒りも、ごもっともとおもいます。千代之助君《ぎみ》が、あのように、急にお亡《な》くなりにならなければ、私は堀源右衛門のせがれとして、恥多い一生を日陰の身のままに送ったことでありましょう。それをいまさらに、引き出して、いきなり、十万石の主になれと申されても、御無理というものでございます。私のみならず、奥方様のお身になってみても、それは御無理のことで……」

筒井但馬は、そのとき、源太郎の前へ両手をつかえ、ひれ伏して一言もなかった。

さらに、源太郎はいった。

「御長老様。このようなことが通るのは、大名や武家の家ばかりでございます。町や村の人びとの間では、決して、ゆるされるものではございませぬ。私は、奥方様のお怒りが、むしろ、もっとものようにおもわれます。その、お怒りのままに、何人もの人たちが殺し合い、筒井家の中で血がながされたことを、上は御長老様から、下は御家来衆まで、何百人もの方々が揃《そろ》うておられながら、何故《なにゆえ》、ふせぎとどめることができなかったのでございましょうか。源太郎は、ふしぎでなりませぬ」

二

その犠牲者のひとり、原田小平太の死を、堀源太郎は、間もなく知ったらしい。

それは、取りも直さず、筒井家の江戸藩邸の様子が、源太郎の耳へとどいたことになる。

原田小平太の死体は、熊谷宿《くまがやじゆく》の宿役人の手によって葬むられたが、やがて、筒井家から、これを受け取りに出たということだ。

江戸家老・安藤主膳は、二年の間、老中・松平照久の屋敷にとどめおかれた。

この間、堀源太郎の行方は、依然として知れなかった。

ところで……。

筒井十万石の内紛は、およそ、つぎのようなかたちで収拾された。

越後守正房の長女・光姫《みつひめ》に養子を迎え、

「これをもって、筒井家の世継《よつ》ぎとなすこと……」

が、将軍の命として、筒井家へ、つたえられたのである。

将軍の、この意志は、将軍の側用人《そばようにん》・本多美濃守《ほんだみののかみ》によって、筒井家の江戸藩邸へもたらされた。

しかも、その養子にえらばれたのは、他ならぬ老中・松平照久の二男・郁太郎《いくたろう》であった。

これで、越後守夫人・高子の熱望と執念が、

「実《み》をむすんだ……」

ことになった。

しかも、松平照久の子ならば、筒井家の血もまじっているわけだ。

この将軍下命《かめい》があったとき、越後守正房は、

「つつしんで、お受けつかまつる」

ほっとしたおもいを隠し切れず、本多美濃守の前へ両手をついた。

夫人・高子も、

「神妙の態《てい》……」

で、あったそうな。

二年の歳月の間に、高子も、おのずから反省するところがあったものとおもわれる。

おのれの執念が達せられたからといって、得意満面になるような様子はなかった。

それというのも、二年の間に、将軍の意が数度、本多美濃守により、高子の耳へとどいていたからにちがいない。

将軍は、幼少のころから、わが娘のように愛し、いつくしんできた腹ちがいの妹・高子へ、このときばかりは、きびしい叱責《しっせき》をあたえたという。

「一藩に騒動を起こすことは、一国の騒動になる。そなたは、いま、筒井家の人となり、躬《み》が妹であって、妹ではない。このことを、ゆめ、忘るるな」

と、将軍は、側用人を通じ、高子をいましめた。

本多美濃守も、諄々《じゅんじゅん》と、高子へ説いた。

すなわち、大名の家というものが、どのようなものであるか、それをよくよくわきまえずに内紛を引き起こし、それがために、筒井家が取潰《とりつぶ》されでもしたら、取り返しのつかぬことになるではないか。

将軍の威光というものは、諸国大名をおさめる絶対の権力である。

なればこそ、わが妹だからといって、

「天下に示しがつかぬようなことを、上様《うえさま》がおゆるしあそばされるはずもござらぬ」

それでなくては、将軍の、

「御威光は、たちどころに消え果てましょう」

と本多美濃守は、きびしく、高子に教えさとしたのである。

将軍と老中（幕府）が、このように慎重なあつかいをしたので、筒井家の反高子派の藩士たちの怒りや不満も、二年のうちにおさまった。

すべてが解決したのち、それまで松平老中邸に滞留していた安藤主膳《しゅぜん》が江戸藩邸へもどって来た。

主膳は、ふたたび、江戸家老に復職した。

奥方の高子は、当初、さすがに面映《おもは》ゆかったのかして、安藤主膳と顔を合わせようとはせず、主膳もまた、強《し》いて、高子へ挨拶《あいさつ》に出ることもしなかった。

こうして、またも、三年の歳月がながれた。

堀源太郎が柴山城下を去ってから、五年が過ぎたわけだ。

すでに、松平照久の二男・郁太郎は筒井家へ入り、光姫との婚儀も終え、将軍への目見得《めみえ》も、つつがなくすんでいる。

このときになって、奥方・高子は、はじめて安藤主膳を奥御殿へまねいたのである。

「主膳どのにも、いかい苦労をかけました」

高子はいったが、さすがに、詫《わ》びることはせぬ。

主膳も強いて、語りかけようとはしなかった。

ともすれば、双方のことばが跡切《とぎ》れがちとなり、何度目かの気まずい沈黙の後に、

「では、これにて……」

安藤主膳が、引き下ろうとすると、

「あ……しばらく」

「何ぞ……？」

「主膳どのならば、知っていよう」

「何のことでござりましょう？」

「あの……」

いいさして、ためらい、ためらいつつ意を決したらしく、高子が、

「堀、源太郎……どのは、いま、何処《いずこ》におわします？」

「は……？」

主膳は、高子の顔をうかがうように見入った。

能面《のうめん》のごとく無表情だった高子の白い顔へ、このとき、血がのぼった。

「将軍《うえさま》そのまま……」

と、いわれる美しい高子の顔も、小じわが増え、化粧もこれを隠しきれぬ。

「主膳どの……」

「そのようなことを、何故、お聞きあそばします？」

「気がかりで、ならなんだゆえ……」

「…………」

高子は、いま、かつて、おのれが源太郎に対し、してのけた行為を、

（恥じている……）

と、主膳は看《み》てとった。

そして、そのとき、ようやくに、安藤主膳のこころも和《なご》んだのであった。

「源太郎様の居所《いどころ》は、存じおりまする」

「やはり……」

「はい」

「何処におられる?」

「聞いて、何とあそばします」

「できるなれば、ふたたび……」

「ふたたび?」

「当家へ、もどっていただきたいと……」

「御当家へ、源太郎様を……」

「さよう。私《わらわ》も、ちからをつくし、これよりは源太郎どのの行末を……」

「さようでございましたか……」

主膳は両手をつき、面《おもて》を伏せた。

「主膳どの。いかがなものであろう?」

「さて……」

堀源太郎は、当初、筒井家へもどるもどらぬは別としても、安藤主膳や和泉屋《いずみや》善助に、

「かならず、お身が立つようにさせていただきまする」

説き伏せられ、武士の身分を捨てることを、おもいとどまった。

ところが、そのうちに、熊谷の八丁堤で、原田小平太が斬死《きりじに》をした知らせが、筒井家の江戸藩邸から、ひそかに安藤主膳のもとへとどけられ、主膳は、これを源太郎に

告げた。

当時、源太郎は江戸へもどり、駒込《こまごめ》の新光寺へ隠れていたのである。

小平太の死を聞いたとき、源太郎は慟哭《どうこく》し、

「私のために、事は、ついに、ここまでおよんだのか……」

一時は食をとる気もちも失《う》せ、骨と皮ばかりに痩《や》せおとろえてしまったほどだ。

いずれにせよ、原田小平太の死を聞いて、源太郎の決意は、ふたたび元へもどった。

二度と、武家の世界へ足を踏み入れたくはないというのだ。

今度は、だれが何と説いても、源太郎は承知せず、それまで、ずっとつきそってくれた棟梁《とうりよう》・伊助と共に、新光寺を発《た》ち、どこへともなく姿を隠してしまったのである。

その源太郎の居所を、安藤主膳は知っている。

「何処におわす。聞かせてほしい」

「奥方様。源太郎様は、二度と、御当家へおもどりにはなりませぬ」

「わらわが……」

と、ついに高子がいった。

「わらわが、直《じ》き直きに、おわび申してもか？」

「はい」

「なれど、何処に……？」

「この、江戸におわします」

「何といやる。まことのことか？」

「はい。つい先頃《さきごろ》、江戸へおもどりになられまして……」

「それまでは、何処に？」

「上方《かみがた》に、おわしました」

「上方と、な……」

「さようでございます」

あらためて、安藤主膳は、

「源太郎様がことは、おあきらめあそばしますよう」

きっぱりといい、

「もはや、武士の身にもどろうとても、もどれぬお身と相なられました」

「それは、いかなることか？」

「申しあぐるまでもございませぬ。お聞きあそばしたとて、どうなりましょう」

主膳は、さびしげな微笑をうかべた。

そして、ついに、いまの堀源太郎の居所も明かさず、何をして暮らしているかも口にのぼせなかった。

高子も以後は二度と、安藤主膳をまねくことなく、それから三年後に病歿《びょうぼっ》している。

筒井越後守は、病弱の故《ゆえ》をもって、その翌年に致仕《ちし》し、隠居の身となり、養子の郁太郎が筒井十代の藩主の座に就き、

「越後守正冬《まさふゆ》」

となった。

長老・筒井但馬《たじま》は、筒井家の内紛に決着がついた翌年に亡《な》くなり、いまは理左衛門が父の跡を襲い、長老となっている。

そして、また、一年、二年と歳月が過ぎ去って行った。

越後・柴山十万石・筒井家は安泰であった。

薫《くん》　風《ぷう》

一

越後《えちご》・柴山《しばやま》の城下では、端午《たんご》の節供《せっく》の四日前の、五月一日に、菖蒲《しょうぶ》と蓬《よもぎ》を、家屋敷の四方の庇《ひさし》や窓へ差しこみ、神棚《かみだな》にも飾るのがならわしである。

このならわしは、武家方のみではなく、町・農民にもゆるされていた。

男子の節供に、こうしたならわしがあるのは、

「蛇《へび》を忌《い》む」

からだそうな。

一日から五日の本節供、六日の裏節供までは、毎夜、寝床にも菖蒲を敷き、五日には菖蒲湯をたて、人も入るし、飼馬や牛にも菖蒲湯をつかわせる。

これも、また、

「蛇にとりつかれないように……」

という意味がこめられているらしい。

おそらく、むかしむかしのころ、このあたりには毒蛇が多くて、人びとに危害を加

えたため、こうした呪《まじな》いが行事化したのであろう。

むろん、城下の家屋敷には、色とりどりの鯉幟《こいのぼり》が青空にひるがえって、男の子供たちの胸がときめくのだ。

武家屋敷では、おこなわれないが、町方や村々では男の子たちが、あらかじめ、菖蒲と蓬と藁《わら》をまぜ合わせたものへ縄《なわ》を巻いて、松明《たいまつ》のような菖蒲たたきの棒をつくっておく。

四日の宵節供《よいぜっく》の晩になると、これを手に手に持った男の子たちが、町や村をまわり、家々の前へ立ちならんでは、

「菖蒲たたきの鉦《かね》たたき、どっちの音が強《つう》よいか……」

と、唄《うた》うように叫びながら、地面を菖蒲たたきで叩《たた》くのである。

すると、その家の主人《あるじ》があらわれ、子供たちに挨拶《あいさつ》をする。

子供たちは、

「ここのあるじは、団子《だんご》いくつ食べた？」

と、問いかけ、主人が答えると、その数だけ叩く。

そして主人から団子や粽《ちまき》をもらい、つぎの家へ移る。

こういうわけで、むかしの端午の節供が、町や村の子たちにとって、どれほどたのしいものだったかは、現代の子供たちの想像を絶するものがあったといえよう。

武家の屋敷がたちならぶ御城を中心にした区域では、子供たちの、こうしたたのしみはない。

団子や粽をつくり、御馳走《ごちそう》は出るにしても、それは屋敷内で行儀よく、ふるまわれるのであった。

それが、やはり、武家の子たちにとっては、

「物足らない……」

のである。

堀源太郎なども、十三歳で、亡《な》き若殿の千代之助の学友にえらばれ、柴山から江戸藩邸へおもむくまでの間に、三度ほどは、下僕《げぼく》・儀助《ぎすけ》に連れられて、音水潟《おんずいがた》の畔《ほとり》の百姓・権左衛門の家へ行き、宵節供の晩をすごしたものだ。

儀助の妹のおきねも、おきねの夫の権左衛門も、武家の屋敷では食べられぬような餡餅《あんもち》や、黄粉《きなこ》や味噌《みそ》をつけた団子をつくってくれ、源太郎をよろこばせたものだ。

二度目だか、三度目のとき、源太郎は、われから、

「村の子たちと、同じような姿になりたい」

と、いい出し、儀助がいくらとめても聞かぬので、おきねが近くの家から子供の着物を借りて来て、これを源太郎に着せ、儀助と権左衛門が手を引き、村の子たちの菖蒲たたきを見物しに出たことがあった。

源太郎は、狂喜した。

村の闇《やみ》のところどころに、農家の灯《ひ》と、門口に立てた提灯《ちょうちん》が浮き出して見え、諸方の子供たちがそれぞれに一組となって、田圃《たんぼ》や畑の道を歩む。その提灯の列が闇の中をあちこちにうごくさまは、源太郎には、まるで、

「夢幻のような……」

美しさにおもえた。

菖蒲をたたいて、団子や粽をもらう子供たちの、いかにもたのしげな様子も、武家方にはないものである。

しかし、そのころの源太郎は幸福であったのだ。

数年後に、髪の毛が、あのように脱《ぬ》け落ちた奇病の徴候さえなかった。

そして、きびしさを底にたたえた堀源右衛門夫妻の、慈愛をこめた眼差《まなざ》しにあたたかく見まもられ、二人を実の両親と信じてうたがわなかった。

(自分も、父上のように立派な武士となって、行く行くは殿さまのおんため、御家のために忠義をつくそう)

おもいきわめていたのである。

さて……。

堀源太郎が、堀源右衛門に別れを告げ、大工の棟梁《とうりょう》・伊助と共に柴山城下を去ってから、十五年目の端午の節供が来た。

いまは、もう、柴山城下では、堀源太郎のうわさをするものもない。

源太郎の出生《しゅっしょう》の秘密を知る藩士たちもいないではなかったが、筒井家では、源太郎

についての会話が、暗黙のうちに、きびしく禁じられていた。

十数年前の、二年にわたった内紛についても、語り合うことは禁じられている。

あの騒動で死んだ藩士たちの遺族に対しては、藩庁から弔慰《ちょうい》の金がわたされ、手厚くいたわられ、跡をつぐべき者のいる家は、以前のままに藩士として遇された。

ただひとり、子もなく身寄りもない原田小平太《はらだこへいた》のみは、したがって家が断絶したことになる。

江戸家老・安藤主膳《あんどうしゅぜん》は、熊谷《くまがや》から小平太の遺骨の一部を江戸へ移し、今戸《いまど》の心光寺という寺へ葬むり、立派な墓を建て、供養《くよう》を欠かしていない。

主膳も六十を越えていたが、壮健で役目に就いている。

長老・筒井但馬《たじま》もすこやかに暮らしている。

先代の但馬が亡くなり、理左衛門が、いまの〔長老〕となって十余年。年齢《よわい》も七十の半ばに達した。その長男・銕之助《てつのすけ》が、いま理左衛門を名乗り、これも五十を越えた。

家中の人びとは、老いて、いよいよ先代の長老に似て来た筒井但馬を見て、

「御長老様を見ていると、歳月《としつき》がすぎたようにおもえぬ」

などと、いう。

十余年前に亡くなった先代の長老が、そのまま、あらわれたように感じるからであろう。

ところで……。

堀源右衛門は、どうしたろうか。

源右衛門は、まだ、生きている。

壮健というわけにはまいらぬが、以前の、我が屋敷に生きている。

あの騒ぎが起こったころの堀源右衛門は、心臓が悪化し、いまにも、あぶなかったのに、屋敷内の寝間へこもりきりながら、耳にも目にも異常がなく、ただ日に日におとろえる肉体をしずかにやすませ、何事も、あきらめきったかのように、暮らしつづけているということだ。

堀家の当主は、すでに養子縁組がととのい、源太郎がいたころから屋敷へ入ってもいた北島文吾である。

あの騒ぎが起こり、堀源右衛門が長老屋敷へ隠れたとき、文吾は、実父・北島市之助方へ一時もどっていたが、騒動がおさまると共に、源右衛門と共に、堀の屋敷へもどった。

いまの文吾は、堀源右衛門を名乗っているが、書きのべるにまぎらわしくなるので、以前のままの名でよびたい。

文吾は妻を迎え、男子二人をもうけている。上が九歳。下が六歳であった。

文吾は養父の役目をつぎ、近習頭《きんじゅうがしら》をつとめている。

養父のように沈着で寡黙《かもく》な性格ではないが、万事に明るく、如才《じょさい》がないので、いまの殿様の、

「御覚《おおぼ》えもめでたい……」

ということだ。

また、文吾は養父・源右衛門にも、よくつくしている。

文吾は文吾なりに、自分が養子となった堀家の事情をわきまえてい、身をもって、当時の騒動を経験したのちは、人柄《ひとがら》にも厚みが出てきたといえよう。

文吾が堀家を継いで間もなく、百石の加増があった。旧禄《きゅうろく》に合わせて二百五十石である。

「この御加増は養父上《ちちうえ》のおはたらきによるものでございます」

と、文吾は、つつしんで源右衛門へ報告をした。

御城へ出仕したときなど、他の藩士たちから、源右衛門の現状をたずねられること

があり、にこやかに、

「おかげにて、養父《ちち》もすこやかにしております。もはや、躰《からだ》がおもうようにまいりませぬが、孫どもを相手にしたり、書見をたのしんだり、食事もすすみますし、屋敷内に引きこもったままにても、さして倦《う》むこともないと、かように申しております」

と、こたえる。

いまの殿さまは、筒井越後守正房《つついえちごのかみまさふさ》ではない。

越後守正房は二年前に病歿《びょうぼつ》しており、すでに六年ほど前から、病弱の故《ゆえ》をもって致仕した正房の跡を襲い、養子の郁太郎《いくたろう》が、

「越後守正冬」

となって藩主の座に、就いていた。

光姫との間に生まれた子は、男子二人、女子一人で、いずれも健康だ。

はなしをもどそう。

その年の端午の宵節供の晩に、音水潟のほとりの山本村の百姓・権左衛門の家で、女房《にょうぼう》のおきねが縁側に出て、菖蒲《しょうぶ》たたきにやって来る村の子たちを待っていた。

権左衛門は三年前に病歿してい、今は、おきねがひとりで、この家をまもっている。

二人のむすめを病いで亡くしてしまった権左衛門夫婦だが、おきねは、夫が亡くな

ったのちも養子などを迎えず、

「わしが死んだら、この家も田畑も、村のために、いいように使って下され」

といい、七十に近い今も、田畑へ出てはたらいている。

したがって村人も、何かにつけて、おきねの面倒をよく見ているようだ。

子供たちの提灯が七つ八つほど、近寄って来るのを、縁側にすわりこんだおきねが目を細めてながめていた。

青葉の茂りが、なまぐさいまでに匂《にお》っている。

おきねの家の前の畑をへだてた向こうの家へ、子供たちが入って行った。

どこかで蛙《かわず》が鳴いている。

「菖蒲たたきの鉦《かね》たたき」

「どっちの音が強《つう》よいか……」

向こうの家から、子供たちの元気のよい声が、きこえはじめた。

と、そのときである。

いまは馬もいなくなった馬屋のうしろの木立の中から、何かがぬっとあらわれたような気がして、

(おや……?)

おきねが視線を移し、

「あっ……」

と、腰を浮かした。

馬屋のあたりへ、人が出て来たのを見たからである。

おきねの目には、その人影が非常に大きく見えた。

のちに、おきねは、

「そのときは、何やら、化物が出て来たとおもい、いやもう、びっくりしたの何の、息の根がとまるかとおもった……」

などと、語っている。

とにかく、大きい。

大男であった。

でっぷりと肥えたその男が、縁側で腰を浮かしたおきねをみとめたらしく、

「おう……」

ふとい声を発し、つかつかと近寄って来た。

おきねは、立ちすくんだ。

二

翌五月五日の本節供の当日は、前夜おそく雨が降り出したので、

「明日は雨か……めずらしいことじゃ。端午の本節供が雨になるのは、何年ぶりのことか」

などと、柴山城下の人びとは語り合っていたことだろう。

ところが……。

夜が明けたときは、いくらか残っていた雨もいつしか熄《や》み、熄んだかとおもうと風が吹きはじめ、昼前には快晴となった。

この日の朝。

藩の馬廻役《うままわり》をつとめている村松慶助《むらまつけいすけ》の妻・妙《たえ》は、実家の父の病いが重くなったという知らせを受け、夫のゆるしを得て、実家へ急いだ。

むかし、少女のころに堀源太郎と婚約をし、それが破れ、あの事件が起こったのち、江戸藩邸から柴山城下へもどって来た源太郎と、音水潟のほとりで会ったときの妙は十五歳であったはずだ。

十七年前のあのとき、源太郎の無残な禿頭《とくとう》を見た瞬間、妙は、おもわず笑い出してしまい、激怒した源太郎は刀を抜いて妙にせまった。

折しも、藩の馬廻番頭《ばんがしら》に任じていた宮武郷太夫《みやたけごうだゆう》が騎乗で通りかかり、源太郎を叩き伏せ、これを捕えて、評定所へ連行した。

その宮武郷太夫が、病歿してから八年にもなる。

妙は、いま、三十二歳の人妻になっていた。

源太郎が、その後、つぎからつぎへと異変に巻き込まれて行き、ついには行方も知れぬとなったときも、妙は、

(ああ……やはり、源太郎さまと夫婦《めおと》にならなくてよかったこと……)

そうおもっただけであったし、それはまた当然のことだったといえよう。

音水潟の折も、源太郎を軽蔑《けいべつ》して笑ったのではない。

そこは、何しろ、

「落葉を見ても可笑《おか》しい……」

年ごろだったし、ただ、あまりにも変り果てた十八歳の源太郎の、

(あの、お頭《つむり》を見たとき、どうしても、こらえ切れずに笑い出してしまった……)

のであった。

うわさに聞いてはいたが、まさか、あれほどに禿《は》げあがっていようとはおもわなかった。

いずれにせよ、妙の感傷も消え、源太郎への憧憬《どうけい》も破れた。

堀源太郎が行方知れずとなり、筒井家の内紛もおさまってから、妙は二十歳《はたち》で、村松慶助へ嫁《とつ》いだのである。

村松は、妙の父・岡部忠蔵と同じ馬廻役だったし、屋敷も、実家がある外《そと》ヶ輪《わ》から

近い柴町にあった。

それから十二年の間に、妙は二男二女を生んだ。夫婦仲もよい。

幼女のころから、どちらかといえば大柄だった妙は、結婚して数年たつと肉置《ししお》きもゆたかになり、

「村松の女房どのは、まるで、女相撲じゃ」

などと、評判されたようだが、四人の子を生んでのち、急に痩《や》せてきて、いまは躰《からだ》の工合がおもわしくなく、薬湯《やくとう》に親しむことが多いし、そのためか老《ふ》けて見え、顔色も冴《さ》えぬ。

それだけに妙は、実家の父の病気が心配でならなかったのであろう。

朝、起きぬけに岡部の実家へ駆けつけてみると、父はもう言葉も出ぬようであったが、そのうちに落ちつき、深いねむりに入った。

「しばらくは大丈夫だろう。ひと先ず、帰ったがよい。慶助殿も案じていようから……」

と、兄にいわれて、妙は外ヶ輪の実家を出た。

となりの堀家では物音もせずに、静まり返っていたが、妙には、すこしも関心がない。

妙は、屋敷の裏へまわり、笹井川《ささいがわ》のながれに沿うた道を柴町の我が屋敷へ向かった。

笹井川の対岸は、俗に〔寺町〕とよばれている一画で、藩主の菩提寺《ぼだいじ》をはじめ、いくつもの寺の大屋根がつらなっていた。

こちら側は武家屋敷で、鯉幟《こいのぼり》や吹流しが色あざやかに青空へ浮きながれ、塀《へい》の内からは子たちの笑い声も洩《も》れてきたし、どこやらで謡《うたい》の声や、鼓《つづみ》の音がしている。

(ああ……お父様も、いよいよ、いけないのか……)

自分の健康がすぐれぬだけに、妙は心細くなり、ひょろりと長く細い躰を屈《かが》めるようにして歩んだ。

と、そのとき……。

川沿いの道を、向こうからやって来る二人の男に、妙は気づいた。

二人とも町人姿であるが、一目《ひとめ》で、城下の町人《もの》ではないとわかる。

小さな荷物を背負い、後《うしろ》についている若い男は尋常の背丈《せたけ》であったが、その前を、ゆったりと歩みつつ、こちらへ近寄って来る男を見て、

(まあ、大きな……)

妙は、めずらしげにながめた。

その大男は、真新しい菅笠《すげがさ》をかぶり、折目正しい焦茶《こげちゃ》の着物羽織を着て裾《すそ》を端折《はしよ》り、道中股引《どうちゅうももひき》に紺《こん》の脚絆《きゃはん》をきりりとつけ、素足に麻裏草履《あさうらぞうり》という、いかにも灰汁抜《あくぬ》けのした旅姿である。

それも、これから何処《どこ》かへ旅立って行こうとするかのように、すべてが真新しく、塵《ちり》も埃《ほこり》もつかぬ姿で、麻裏草履の白い鼻緒が、目にしみるようであった。

(江戸の、人か……?)

そうおもわずにはいられなかった。

あきらかに町人の姿でありながら、生まれてこの方、越後・柴山《しばやま》の国許《くにもと》から他国へ出たこともない妙の目には、この大男が、

(得体《えたい》の知れぬ……)

ものに映った。

怪しいというのではない。

堂々たる体軀《たいく》の身のこなしが、いかにも爽《さわ》やかであり、足の運びの小気味よさと、その姿《いでたち》の洗練されていることといったら、江戸から入って来る錦絵《にしきえ》の中の男のようにさえおもえた。

(やはり、江戸から来た人じゃ。このあたりの、何処へ行くつもりなのか……?)

大男が、こちらを見て、足をとめた。

笠の内から、妙を見まもっているらしい。

もとより、妙は武家の妻である。

町人とは身分が違うのだから、向こうのほうで腰を低め、頭を下げねばならぬ。

それを承知していながら、妙は、大男の貫禄に圧《お》され、小腰を屈めるようにして、その傍《そば》をすりぬけようとした。

「あ……」

と、大男が妙に、

「以前は、岡部忠蔵様のお嬢さまで……？」

声をかけてきたではないか。

ふといが、よく練れた声である。

その声に、おぼえはなかった。

「え……？」

振り向いた妙に、大男は笠をぬいで顔を見せた。

妙が不審そうに、その顔を見まもり、その不審が驚愕《きょうがく》に変った。

大男が、ていねいに挨拶《あいさつ》をし、ふたたび菅笠をかぶって、外ヶ輪の方へ去って行くのを、見送る妙の顔は死人《しびと》のごとく蒼《あお》ざめ、手も足も、まるで、瘧《おこり》にかかったように烈《はげ》しくふるえていた。

三

大男の町人と、その供をしているらしい若者とは、それから間もなく、外ヶ輪の堀《ほり》源右衛門《げんえもん》屋敷の前へあらわれた。

大男の町人は、そこに、しばらく佇《たたず》み、笠の内から、さもなつかしげにあたりをながめていたが、やがて、堀家の潜門《くぐりもん》の扉《と》を叩《たた》いた。

「もし……もし……」

「はい」

門傍《わき》の中間《ちゅうげん》部屋から、中間の牛蔵が出て来た。

牛蔵も、いまは四十五歳になっている。

「どなたさまで？」

扉の内から声をかけると、潜門の向こうで、

「牛蔵さんだね？」

問いかけてきたではないか。

「はい。牛蔵でございますが……」

自分を知っている人らしいが、牛蔵には、おもい出せなかった。

(はて……どなただろう？)

しかし、別に警戒をせずともよい相手らしいので牛蔵は扉を開け、

「どなたで？」

「ごめんなさいよ」

と、大男が潜門から入って来るや、うしろの若者へ、

「おい、粂《くめ》。お前も入れていただきなさい」

と、いった。

「へい。ごめんなすって……」

若者が歯切れよくこたえ、大男の後から入って来た。

「あの……どなた？」

「私だよ、牛蔵」

大男が菅笠をぬぎ、牛蔵へ笑いかけた。

「あの……？」

「わからないかね」

「へえ……？」

「そんなに、私の顔が、変ってしまったかね」

「え……？」

「さ、よく、見てごらん」

牛蔵の目には、その大男が四十をこえた年齢に見えた。

禿げあがった坊主頭《ぼうずあたま》が、つるつるぴかぴかに光り輝いていた。

その見事な禿頭にふさわしい、でっぷりとした体軀《たいく》も堂々たるもので、旅姿の町人

ながら侵《おか》しがたい貫禄《かんろく》がそなわり、二重にくれた顋《あご》をぐっと引き、濃い眉毛《まゆげ》の下の双眸《そうぼう》が黒ぐろと見ひらかれてい、その浅ぐろい顔には中年男のあぶらがとろりとのっている。

大男の顔にも躰にも、生気《せいき》がみなぎっていた。

「あぁっ……」

大男を見つめていた牛蔵が、驚愕の叫びを発した。

「牛さん。わかったかえ？」

「は、はい」

へなへなと、くずれ折れるように、その場へ両ひざをついてしまった牛蔵が、

「げ、源太郎さま……」

「むかしはね」

「まあ、まあ……な、何という……」

「牛や。父上は、お達者らしいねえ」

「はい……はいっ」

「さ、私が来たと、お知らせしておくれ」

「は……はい」

転《ころ》げるように、牛蔵が玄関の式台から屋敷の中へ走り込んで行った。中間が玄関か

ら屋内へ入ることなどは、もってのほかのことで、牛蔵も、このようなまねをしたのは、二十余年も堀家に奉公をしていて、このときがはじめてであった。

その態《てい》を見て、若者がくすくす笑い出した。

「粂。笑ってはいけないよ」

大男……いや、堀源太郎が若者へ、

「牛蔵が、まだ、この屋敷にいようとはおもわなかった……」

しみじみとした口調で、そういった。

源太郎の言葉づかいは、もはや、武士のものではなかった。

それでいて、品のよさが隠し切れないのは、やはり、前身がものをいっているのであろう。

「棟梁《とうりょう》は、ここで、お生まれなすったので？」

若者の問いに、

「まあ、そんなところだ」

源太郎は軽く受けながした。

それにしても、源太郎の、この変貌《へんぼう》はどうだ。

牛蔵が、わからなかったのもむりはない。あれから十五年たっているのだから、源太郎は三十五歳になっているはずだが、十歳は老けて見える。いま、この源太郎には禿頭がすこしも不自然でないのみか、ぴ̀た̀り̀と似合っているのである。

「粂。お前は、ここで待っていておくれ」

「へい」

「お前には窮屈だろうが、ま、今夜一晩の辛抱だ」

「と、とんでもねえことで……」

源太郎は若者を残し、玄関へ近寄って行った。

堀源右衛門が、養子の文吾にたすけられ、玄関へあらわれたのは、このときであった。

源太郎は、式台の前へ腰を落とし、両手をつき、にっこりと源右衛門を見上げつつ、

「父上。お久しゅうございました」

「う……」

源右衛門は、まじまじと源太郎を見まもりつつ、そこへ、すわりこんだ。

文吾の顔は蒼ざめてい、彼は、源太郎へ向かって平伏のかたちをとった。

堀家の養子となっただけに、文吾は、源太郎出生の秘密をわきまえている。

手ちがいがなかったら、いまごろは、自分が「殿様」として仕えているはずの人なのである。

堀源右衛門に言葉はなかった。

式台についた源太郎の右手を、しわだらけの乾いた両手につかみ、これを押しいただくようにしたのである。

その源右衛門の老顔は、たちまちに泪《なみだ》で濡《ぬ》れていった。

「父上……」

「はい……はい……」

「おすこやかにて、源太郎、うれしく存じます」

「かたじけなく……」

いまは、源右衛門も、むかしのような父親としての言葉づかいにはなれぬらしかったが、源太郎は、いささかも意に介さぬようである。

「よも、ふたたび、こうして、お目にかかれましょうとは……」

いいさして絶句した源右衛門へ、

「はい、はい……」

何度も、うなずいて見せ、源太郎は、これも、熱いものをいっぱいにたたえた目を文吾へ向けて、

「あなたにも、ずいぶんと御厄介《ごやっかい》をおかけ申しました」

「ははっ……」

と、文吾は、ひれ伏した顔も頭もあげ得なかった。

「文吾さん」

「はっ」

「鯉幟が立っているところを見ると、男のお子ができましたか？」

ほとんど泣き出しそうな声で、文吾が、

「恐れ入ります る」

と、こたえる。

「それはよかった。それは、めでたい」

晴れ晴れと源太郎が、源右衛門へ視線を移し、

「父上。ようございましたなあ」

「かたじけなく……」

四

夜になって、文吾夫婦の厚いもてなしを受けたのち、源太郎は源右衛門の居間へ行き、二人きりで語り合った。

源太郎の供をして来た若者は、牛蔵が相手をして、中間部屋で酒をよばれているらしい。

むかし、源太郎が引きこもっていた小さな離れ屋も、そのままに残っている。

それを見て来た源太郎が、

「あのようなものは、もう、お邪魔ではございませんか？」

と、源右衛門にいった。

離れ屋の内部も、源太郎がいたときのままになってい、だれも使用していないらしい。

「あの離れ屋は、堀家の子孫へ永く相伝えるのだと、文吾が申して……」

「まさか、そのような……」

「いえ、まことのことにて……」

源右衛門は、むかしの我が子との再会に感動し、驚喜している。

だが、いまは、

（我が子であって、我が子ではない……）

源太郎なのである。

わが出生《しゅっしょう》の秘密を源太郎自身が知った以上、源右衛門にとっては、あくまでも主君の血すじを引いた若君なのだ。

ために、源太郎が「父上」とよぶたびに、源右衛門は、

（どうしたらよいのか……）

わからぬような表情を浮かべた。

それでいて「おやめ下され」ともいわぬ。

やはり、源太郎から「父上」とよばれることが、源右衛門にとっては、

(もはや、この場で息絶えてもよい……)

ほどの感激をともない、朽ちかけている老体がよろこびにふるえるのであった。

「いまの私の身の上につきましては、江戸家老・安藤主膳《しゅぜん》様より、父上のお耳へ、うすうすはとどいておりましょうが……」

見事な細工の銀煙管《ぎんぎせる》を出し、つつましげに煙草《たばこ》を吸いながら語る源太郎を、まじまじと見入っていた源右衛門が、そういわれて面《おもて》を伏せ、うなずきつつ、

「世が世なれば……」

「父上……」

「まことにもって、もったいない……」

「何をおっしゃいます、父上。源太郎は、いまの稼業《かぎょう》へ入ることができて、ほんとうに生き甲斐《いがい》をおぼえているのでございますよ」

「まことに……？」

「はい、はい」

いま、源太郎は、江戸の浅草・田町に住んでいる。

大工・松蔵の家にである。

もっとも、松蔵は五年ほど前に、心《しん》ノ臓《ぞう》を患い、呆気《あっけ》なく急死している。

その一年後に、今度は、松蔵を〔右腕〕ともたのんでいた浅草・元鳥越の大工の棟《とう》梁《りょう》・喜兵衛の長男・喜太郎が病歿《びょうぼつ》した。

当時、八十を越えていただけに〔大喜《だいき》〕の喜兵衛の悲嘆は非常なもので、喜太郎が亡《な》くなった半年後に、

「後を追うように……」

して、世を去った。

これで〔大喜〕の跡つぎが絶えたかというと、そうではない。

喜兵衛は、世を去る前に、長らく自分のもとで修行を積み、喜太郎を助けて、二代目・大喜の〔右腕〕とよばれた男を、

「お前よりほかに、大喜の跡をついでもらう者はいねえのだ。たのむから引き受けてくれ」

と、いい、むりやりに、その男を養子にし、跡をつがせたのである。

その男こそ、大工・松蔵の長男・梅吉であった。

「そうしたわけで、私は、いま、松蔵さん亡きのち、梅吉さんが住んでいた田町の家を、もらいうけたのでございますよ」

と、源太郎が、

「父上。私も、二十《はたち》でこの道へ入りましたことゆえ、ずいぶんと苦労をいたし、修行を積んでもみましたが、やはり、どうも大工職の腕前は、あまり大したものではございません。はい、はい……やはり、小僧のうちから修行を積み、たとえば、一日に百枚も二百枚もの板を削るというような荒仕事をさせられ、その下拵《したごしら》えの苦しいはたらきをしたのちに、はじめて材木の質をわきまえ、道具の使い方をまなばなくては、一人前の大工とはいえぬということで……」

「なれど、お前さまは、上方《かみがた》へお出かけなされ、その、大工の小僧同様の修行をなされたと、江戸の御家老より、もれうけたまわりましたが……」

「それはまあ、一通りはいたしました。なればこそ父上、このような躰《からだ》つきになってしまいました」

「いかさまなあ……」

と、源右衛門は、見惚《みほ》れるように源太郎の大きな躰をながめ、

「むかしの、お前さまとは、到底、おもえませなんだ……」

「いえ、小僧のときから躰を鍛えてあれば、このように肥えはいたしません。なまじ、大人になりかかった躰を痛めつけ、十年も経《た》って躰を楽にいたしますと、見る見る肥えてまいりまして……いやもう、見っともない姿になってしまいました」

「何を申されます。はばかりながら源右衛門、いまのその、御立派なお姿を見て、う

れしゅうてうれしゅうて……これまで、老いさらばえながら、生きておりました甲斐がございました」

「うれしい、と……?」

「はい、はい……」

「そのように、おもうて下さいますか」

「はい、はい……」

言葉づかいは、むかしの我が子へ対するものではなく、どこまでも敬いをふくんで改まったものに変っている堀源右衛門であったが、ふしぎにも、それでいて、双方の間には父子《おやこ》の情愛が通い合っている。

なんといっても、源右衛門は、手塩にかけて源太郎を育て、源太郎は物心《ものごころ》ついてより、すこしの疑念もなく実の父親と信じ、一つ屋敷に暮らして来たのである。

そしてまた、いまの源太郎は、源右衛門が、いかに改まった言葉づかいをしようと、それをすこしも気にせず、むかしのままに「父上……父上……」と、素直に慕うので、それが源右衛門の胸へ自然に通じてくるのであった。

五

いまの源太郎の名は〔堀源太郎〕ではない。

亡き松蔵の名を襲っている。

しかも、大工の棟梁として独り立ちをしているのだから、

「大松《だいまつ》の棟梁」

と、いうことになるのだ。

「どうやら、これだけになれましたのも、伊助さんのお蔭《かげ》でございます。はい、いまも元気で、伊助さんは私の田町の家においでなさいますよ」

「ほう……」

源右衛門が、おどろき、

「いくつになりましたかな？」

「伊助さんでございますか、七十五になりました」

「なるほど……」

源太郎の大工修行には、伊助が、つききりで世話をしたという。

上方から北陸、近江《おうみ》から江戸にかけて、伊助の足跡《そくせき》は、あまねくおよんでいる。

そして、諸方の寺院・神社・家屋敷の建築を手がけもし、名高い古建築をめぐり歩き、研究を積んでいる伊助は、これまでの十五年の間に、自分が得たもののすべてを源太郎へ伝えようとし、源太郎もこれを、

「乾いた土が、雨水を吸いこむように……」

吸収したのであった。

諸国の大工の棟梁を訪《たず》ねまわりつつ、伊助は、かなりきびしく、源太郎を修行させたようだ。

小僧のころからの修行がないといっても、源太郎の大工としての腕も相当なものだといってよい。

しかし、伊助のねらいは、あくまでも、

(源太郎さまを一人前の棟梁にすること……)

だったといえよう。

自分が人に使われて仕事をするのでなく、大勢の大工を使い、大きな仕事が出来るような人格と見識を、源太郎にそなえさせようとしたのである。

「まあ、ずいぶんと、いろいろなことがございましたが……どうやら、落ちつきました。大喜の得意先の仕事を分けてもらい、棟梁といわれるようになりましたのも、去年の秋に、御公儀の作事《さくじ》方をおおせつかりましたので、それにはやはり、独り立ちをいたしませぬと……」

「御公儀の作事方を……」

と、源右衛門は瞠目《どうもく》した。

安藤主膳《しゅぜん》からは、そのことについて、何も知らせて来なかったのだ。

幕府の作事方は、柏木土佐《かしわぎとさ》・村松淡路《むらまつあわじ》・小林阿波《こばやしあわ》などという、いかめしい名をもった大工棟梁が定められてい、幕府の諸工事をおこなう。

　これらの棟梁たちは、幕府関係以外の普請《ふしん》をすることが禁じられていた。

　しかし、近年は町方の棟梁も登用され、このほうは、幕府の用命がないかぎり、他の普請をおこなうこともできるのだ。

　源太郎が、

「堀松蔵」

の名をもって、幕府に登用されたのは、その人格や見識がみとめられたからでもあろうが、将軍家とも老中《ろうじゅう》・松平備後守《まつだいらびんごのかみ》とも関係が深い筒井越後守正冬《つついえちごのかみまさふゆ》から、ひそかに、

「お口添《くちぞえ》があったように、おもわれます」

と、源太郎はいった。

　してみれば、筒井家でも堀源太郎の行手をそれとなく見まもりつづけてい、蔭《かげ》ながら、いろいろの便宜をはかってくれていたのやも知れぬ。

「くわしいことは存じませぬが、そのようにおもわれてなりませぬ。まことに、ありがたいことで……」

「いえ、そのようにおっしゃられては……」

源右衛門が屹《きっ》となり、声をひそめて、

「お前さまに、御礼を申しあぐるは、いまの殿様のほうなので……」

いいかけるのを源太郎が手をあげて制し、微笑《ほほえ》みながら、かぶりを振って見せた。

先《ま》ず、そうしたわけで、源太郎も越後・柴山《しばやま》の城下を訪れ、養父・堀源右衛門に会うことを、これまで遠慮していたのである。

筒井家が、源太郎に対して、これほどまでに気をつかってくれているからには、

（こちらも遠慮しなくてはならない）

と、おもった。

なにしろ、本来ならば、柴山十万石の殿様になっているはずの自分が、大工の姿で柴山城下へ入って行っては、

「かえって、迷惑をかけることにもなろうから……」

と、察したからだ。

だが、十五年という歳月がすぎ、

（父上が生きておわすうちには、とても、お目にはかかれまい）

と、あきらめていた源太郎なのだが、いまも尚《なお》、源右衛門が生きているとなれば、我慢がしきれなくなり、ひそかに江戸藩邸の安藤主膳を浅草・橋場の料亭〔不二楼《ふじろう》〕へ招き、相談をしてみると、安藤家老は、

「心得ましてござる」

万事遺漏《いろう》なく手続きをとってくれたのである。

茶菓を替えに来た文吾の妻へ、源太郎は、

「御無心《ごむしん》をいたします」

「はい。何なりと、おおせきけ下さいますよう」

「冷酒《ひやざけ》を湯のみ茶碗《ぢゃわん》で、いただきたいので」

文吾の妻と源右衛門が、びっくりして顔を見合わせた。

源太郎は、はずかしげに、

「毎夜、いまの時刻の、これが習慣になってしまいましたので、つい、堪《こら》えきれません」

と、いった。

その冷酒を、さもうまそうにのみながら、

「父上。昨夜は、山本村の権左衛門の家へ泊まりましてな」

「おお……さようでございましたか」

「おきねが、びっくりいたしまして……」

「むむ……」

「私が、見ちがえるほどの大男になったと申しました。さほどに肥《ふと》りましたかな?」

「いや、いたずらに肥えたのみにては、大男とは申せますまい。いかにも大男。大いなる男……」

あらためて、感嘆の目で源太郎に見入る源右衛門へ、

「おきねは、海坊主《うみぼうず》があらわれたかと、おもったそうです。なれば父上、この禿頭《はげあたま》も、ようやく私に似合いのものとなったようでございますな」

「似合いも似合い……」

と、源右衛門の声がふるえ、

「まこと、みごとな男振《おとこぶり》にて……」

両手をつき、頭を下げ、

「堀源右衛門、恐れ入りましてござる」

「父上、何を申されます。さ、さ、お手をおあげ下さい。ちょっと、見ていただきたいものがございます」

「何を、で……？」

「ま、これをごらん下さい」

すでに、たくさんの江戸土産の品々は、披露《ひろう》した源太郎だが、手もとに置いてある別の風呂敷《ふろしき》包みをひらき、箱におさめた一幅《いっぷく》の画軸を取り出し、これを源右衛門の前へひろげて見せた。

絵は、淡彩をほどこした人物画であった。

みずみずしい丸髷《まるまげ》にゆいあげた二十七、八歳に見える町女房《にょうぼう》が、五つか六つの男の子に行水《ぎょうずい》をつかわせている図で、青々と剃《そ》りあげた眉《まゆ》のあとにも、唇《くちびる》から微《かす》かにこぼれる鉄漿《おはぐろ》にも、女の幸福が匂《にお》いこぼれている。

「これは……？」

「私の女房と子でございますよ」

「何と……」

「父上へのおみやげにとおもい、昨年の春、私をひ、い、いきにして下さる御公儀御絵師・梅松昌信《ばいしょうまさのぶ》先生におたのみし、このほどようやく出来あがりましたので、おもいきって、こちらへまいったのでございます」

「ふうむ……」

「その子は、父上の孫でございますよ」

「か、かたじけなく……」

またしても、堀源右衛門は泣いた。これが泣かずにいられようか、である。

「いつまでも、父上のお手もとへ置いてやって下さいまし」

「かたじけ……」

「もっとも、いまの女房は、この絵よりもふけておりますが……」

「いずれのむすめごを、おもらいに？」

「さ、それが、ふしぎな縁で、先刻おはなし申しました大工・松蔵どののむすめで、お順と申すのを女房にいたしました」

「さようで……それは、それは……」

「私が松蔵の名に変りましたので、この子には源太郎とつけました。いかがなもので？」

「はい、はい、うれしゅう存じまする」


翌々日の朝。

堀源太郎……いや、堀松蔵は、柴山城下を発《た》ち、江戸へ向かった。

源太郎は、堀父子の見送りを、かたく辞退したのである。

そのときの、源右衛門や文吾夫妻との別れの情景を、もはや、書くまでもあるまい。

（父上にも、もはや二度と、お目にかかれまい）

と覚悟をする一方で、松蔵には、

（いやいや……三年ほどのうちに、いま一度、父上のお顔を見に来よう。そのときまでは、まだ御存命でおられるような気がする）

のであった。

〔大松〕の棟梁《とうりょう》・松蔵にもどった源太郎が去ったのち、文吾は養父・源右衛門の居間へあらわれ、

「父上。ようございましたなあ」

「うむ。うむ。よかった、よかったのう」

「父上は、いかが、おもわれますかな?」

「何をじゃ?」

「源太郎様、まこと、御立派に……」

「おどろいたのう」

「おどろきました」

「とても、とても、大工の棟梁とはおもえぬ」

「なれば父上……」

急に、声をひそめた文吾が、

「いまの殿様とくらべて見て、いかがおもわれますな?」

「う……」

一瞬、声がつまった源右衛門だが、やがて、にこりとして、

「そりゃ、きまっておるではないか……」

「どのように?」

「ちょと、見劣《みおと》りがするのう」

「どちらが？」

「いまの殿様のほうが、よ」

「いかにも。そのとおりでございますよ」

「やはり、そうか？」

「はい」

見劣りがするといっても、屋敷へ引きこもったきりの源右衛門は、松平家から養子に入った、現藩主・越後守正冬を見ていないのである。

文吾は、殿様が国許《くにもと》へ帰っているときは、側近く仕えている身であった。したがって、越後守正冬の人となりは、文吾の口から源右衛門も聞きおよんでいる。

「源太郎様が、柴山十万石の御当主となっておられましたら、さぞや……」

いいさした文吾へ、源右衛門が、

「もうよい。それくらいにしておけ」

と、制した。

「はい」

「ふ、ふふ……」

低く笑い出した源右衛門の老顔が、またしても泣いていた。

晴れやかに、泣いていた。

この日。

堀松蔵は、音水潟《おんずいがた》のほとりの亡《な》き権左衛門の家へ立ち寄り、おきねと別れの挨拶《あいさつ》をかわし、湖沼《こしよう》に沿った道を新潟へ向かっていた。

ちょうど、一本松がある小高い高処《たかみ》の下の道であった。

今日も、さわやかな初夏の青空である。

梅雨へ入る前には、こうした晴天がつづくものらしい。

「粂《くめ》や」

と、松蔵が供の若者へ振り向き、

「梅雨どきになると、鯰《なまず》が、この沼の岸辺へやって来て、卵を産むのだよ。それを子供の時分には、よく捕まえに来たものだ」

「へへえ、鯰がねえ……」

ふと、松蔵の足がとまった。

笑いをふくんだ松蔵の目が、一本松を見あげている。

「棟梁。どうか、なすったんで？」

「いや、なに……」

歩みはじめながら、松蔵が、

「いままで、生きていてくれていたら、私のことを、どんなによろこんでいたか知れないお人のことを、おもい浮かべていたのだよ」

「へへえ……それは、どこのお人なんでございます？」

「原田小平太さんといってね……」

「おさむらいなんで？」

「ああ……さむらいもさむらい、立派なさむらいだった」

沼の岸辺の草の中で、水鶏《くいな》が、しきりに鳴いている。

「あれ……」

目をみはった粂が、

「棟梁。水鶏は越後にもいるんでございますね」

「当り前だ。水鶏は江戸の大川だけのものじゃあねえ」

と、松蔵の口調がくだけてきて、

「おい、粂」

「へい」

「おれも、どうやら、大工の松蔵にもどったようだ」

「へ……？」

「江戸へ帰ったら、また、いそがしくなるぜ」

若者の条をつれて、颯爽《さっそう》と沼辺《ぬまべ》りの道を去る松蔵の姿を、このとき、一本松の下へあらわれた騎乗の老武士が二人、馬を下りて陣笠《じんがさ》を除《と》り、深ぶかと頭をたれ、見送っていた。

それは、筒井家の長老・筒井但馬《たじま》と、その長男・理左衛門であった。

この小説のモデルと事件について語ることは避けたい。それでは興ざめとなろう。なればこそ、越後の国の或《あ》る藩の物語にしたのだ。二人のモデルが、一人の主人公に結実し、二つの事件が一つの事件になったということで、読者には、むかし、この小説の主人公のような男が、ほんとうに生きていたことを知っていただければよい。

さいわいに、雑誌〔太陽〕連載中は望外の好評をいただいたので、これから、また私は、自分の時代小説の新しい分野へすすむ手がかりがつかめたようだ。

昭和五十年初秋　　池波正太郎

解　説

佐藤隆介

躰《からだ》の中を風が吹きぬけて行くような爽《さわ》やかさをこれほど感じさせてくれる小説は、近頃《ちかごろ》滅多にないといってよいのではないか。すでに何度目かの〔男振《おとこぶり》〕を久しぶりに読み返した後で、改めてまたそう思った。

これは、一種のお家騒動物語に属するものであるが、従来からよくあるお家騒動ものとはまったく異質の、池波正太郎によって初めて拓《ひら》かれた時代小説の新分野である。いや、時代小説のなどという枠《わく》を当てはめることすら誤りで、もっと広く小説そのものに新しい視界をもたらしたものというのが正しいだろう。

いわゆるお家騒動をモチーフとした小説には、一つの典型的なパターンがある。大名家の後継《あとつ》ぎの座をめぐって、家中が二つに分れ、血みどろの争いを展開するのだが、一方が正義派、もう一方が悪人派というのがきまりである。たいていはじめのうちは正義派が劣勢で、忠義者の老臣が幼い若君を守って苦労する。悪人派の奸計《かんけい》があと一歩で成功というところまで来たとき、スーパースターが登場し、ご城内の大広間でチヤンバラがあって後、悪人一味がやっつけられ、めでたしめでたしとなる。お家騒動ものの大半は申し合せたようにこのパターンである。相も変らずテレビに登場している水戸黄門《みとこうもん》シリーズなどがその好例だろう。

そうしたお家騒動ものがいけないというのではない。古典的な西部劇と同様に、われわれ庶民の溜飲《りゅういん》を下げてくれるところがあり、やっぱり正義が勝つのでなければやりきれないというのが人情だ。

しかし、このパターンは、所詮《しょせん》、子どもだましである。われわれは現実のどろどろとした情況がスーパースターの活躍で一気に解決されるとは到底信じられない。現実はそれほど甘くできていないことを、われわれは事あるごとに思い知らされている。

現代の社会においては、正しい者が勝つのではなく、力のある者が勝つ。そして権力はすべてを正当化する。正義とは力なりというこの時代に生きているわれわれは、ご都合主義のお家騒動ものにつきものの甘さにたえられないのである。

池波正太郎のどの作品を取ってもいえることだが、この作家の持味は甘さとは逆の、苦さにこそあると私は思っている。その苦さはわれわれの時代と社会が本質的に持っている苦さに他《ほか》ならない。

〔男振〕の主人公・堀源太郎は、まぎれもない筒井越後守正房《つついえちごのかみまさふさ》の血を分けた子であり、当然、筒井藩主の座につくべき存在である。しかし、結局、源太郎は筒井藩を継ぐことなく、一介の市井人《しせいじん》として数奇な人生を歩み続ける。

池波正太郎が描いているのは、一個の人間として堀源太郎がどのように生きたかという普遍的なテーマである。筒井藩のお家騒動そのものは、たまたま主人公をまき込んで生じた一事情に過ぎず、作家の眼《め》はあくまでも堀源太郎の生きざまに注がれている。

われわれは、だれでも生れて来たその日から、動かしがたい人間社会の桎梏《しっこく》の中にある。金持ちの子に生れたか、貧乏人の子に生れたか。生れつき頭がいいか、悪いか。美しいか、醜いか。人によって千差万別だが、それぞれどうにもならない運命のようなものを背負って、われわれはこの世の中へ出て来る。そこでどう生きるか。肝腎《かんじん》なのはそのことである。〔男振〕で池波正太郎が終始一貫追求しているのは、この人間永遠の主題に他ならず、だからこそわれわれは〔男振〕の一編を自分自身のものとして読むことができるのである。

堀源太郎に対するわれわれの共感は、主人公がほとんど絶望的なハンディキャップを負わされて生きて行かなければならないということによって、一層深いものとなる。眉目《びもく》秀麗にして秀才の誉《ほま》れ高かった十五歳の少年が、突然つるつるの禿頭《はげあたま》になってしまうとは、考えただけでも残酷な話である。源太郎が次第に厭世《えんせい》的になり、〔このような頭のまま生きていて、人びとの侮蔑《ぶべつ》をうけるよりも、いっそ、死ぬるが

よい）

と、心の底で死を待ち望むようになるとき、われわれはことばもない。同じような思いをわれわれ自身もまた、種類や程度の差こそあれ、人知れず味わって来ているはずだからである。挫折《ざせつ》を知らない人間などいないだろうし、コンプレックスをまったく持たない人間もいないだろう。もし、そういう人間がいたら、むしろ一種の狂人であろうと私は思う。

人それぞれが持っているコンプレックスをどう解決するか。問題はそこにあり、その対処のしかたによって人間がきまる。宿命的なハンディキャップやそこから生ずるコンプレックスを、むしろ強力なエネルギーに変えて自分の生きる道を拓《ひら》いて行く人間がある。主人公・堀源太郎の場合がそれである。

逆に、コンプレックスに負けてしまい、ずるずると人生から脱落して行く人間もある。この種の人間は、自分の不幸を伝播《でんぱ》することで、まわりの人びとまで不幸に引きずり込みやすい。われわれの周辺を見渡しても、そういう弱い人間の実例がいかに多いことか。

近頃は、具合の悪いことは何でも「他人《ひと》のせい、まわりのせい」にする風潮がある。子どもでさえ、勉強ができないのは環境が悪いからだ、先生の教えかたがよくないからだ、ちゃんとした勉強部屋がないから落ち着いて勉強できない……などという。親は親で見識もなく子どものいうことを鵜呑《うの》みにし、学校へ怒鳴り込んだりしかねない。勉強する、しないはまったく本人の自覚の問題でしかないのに、子どもも親も問題をすりかえて原因を周囲に求めようとする。こうした過保護の状態から強い人間が育つはずもなく、不平不満を、それも小声でうじうじと繰り返すことしか知らない人間ばかりが増えて行くことになる。

サラリーマンがたむろする喫茶店やバーをのぞいてみれば、いつでもグチとウラミが渦《うず》を巻いている。彼らのいい分を聞いていると、仕事がうまく行かないのも、職場が面白《おもしろ》くないのも、すべて無理解な経営者のせいであり、無能な上司のせいであり、自分は決して悪くない……ようである。悪いのはつねに「まわり」であり、本当なら自分だって……と空《むな》しく酒をあおりつつ、不毛の時間を過すのだ。

男と女のことも、夫婦のことも、おしなべて昨今は同じことがいえるのではないか。みんな自分ひとりをいい子にし、相手の欠点のみをあげつらう。何とかうまく行っている間だけはベタベタと甘く、ひとたび問題が生じれば掌《たなごころ》を返したようにののしり合う。そこにはどんな愛も育たない。

理想的な環境で、何不自由なく、思った通りに生きて行けるなどということは、もともとあるはずがないのが人生というものである。ありあまるほどの幸運に恵まれ、楽しいばかりの日々を過しているように見える人にも、必ずその人なりの悩みや苦しみがある。

そのことに気付かず、いたずらに自分の不幸を嘆き、他人をうらやみ、悪いことのすべてをまわりのせいにしている人間は、結局、エゴイスト以外の何者でもない。本編の主人公に課された苛酷《かこく》なハンディキャップに比べれば、われわれの不平不満など何ほどのものだろうか。

〔男振〕の読後にわれわれの心を吹きぬける爽やかな風は、堀源太郎の強さがもたらすものだ。主人公は運命のいたずらに翻弄《ほんろう》されながらも、次第に人間というものに対する目を開いて行き、まわりの人びとあっての自分なのだと悟り、その人たちの温かな思いやりのためにも、自分はあくまで強く生きて行かねばならないと決意する。その決意の強さが清々《すがすが》しいのである。

好運な人間もあれば、不運な人間もある。しかし運不運もある程度までは当人の力によって変るものである。堀源太郎のように強い決意をもって歩み出した人間の前では、運命さえも変って行く。源太郎の時代に武士の子が武士を捨て、町人になるというのはなみなみのことではなかった。それにもかかわらず源太郎は敢《あ》えて武士を捨て、自分自身の道を目指す。そうしてついには、みんなの笑い者であった禿頭の少年が、だれの目にも「見事な男振……」に変貌《へんぼう》するのである。

今日、われわれの社会では、源太郎の生きた社会に比べて桁違《けたちが》いの可能性が与えられている。その可能性に挑戦《ちょうせん》するもしないも本人次第なのだ。赤提灯《あかちょうちん》の下で不健康な酒をあおりながら不平不満を並べ、翌日また仏頂面《ぶっちょうづら》で会社へ通い、その繰り返しで終りたければそれもいいだろう。しかし、そんな一生が「まわりのせい」だと嘆くのは卑怯《ひきょう》である。最後のところは、だれのせいでもない、すべて自分自身の弱さと怠惰ゆえなのだと、責めるなら己れを責めるのでなければならない。

〔男振〕の中でわれわれの印象にひときわ鮮やかなのは、お順という娘である。人がみな源太郎のつるつる頭に失笑を禁じ得ない中にあって、この娘だけは、普通の少女が普通の人を見るように事もなげに源太郎を見た。その一瞬が堀源太郎の一生を左右したと考えては考え過ぎだろうか。

男にとって、女との出会いほど大きな影響をもたらすものはない。男は女によってどうにでも変る生きものである。それだけに女は素晴らしく、また、恐ろしい。池波正太郎の小説は、そういうことをもさりげなく教えてくれる。男の世界の爽やかさを描いて右に出る者がないといわれる作家だが、女の描きかたはさらにうまい。お順のような女性に出会うたびに、私は今更のように池波小説にしびれてしまうのである。

（昭和五十三年十月、エッセイスト）

この作品は昭和五十年十一月平凡社より刊行された。

池波正太郎記念文庫のご案内

上野・浅草を故郷とし、江戸の下町を舞台にした多くの作品を執筆した池波正太郎。その世界を広く紹介するため、池波正太郎記念文庫は、東京都台東区の下町にある区立中央図書館に併設した文学館として2001年9月に開館しました。池波家から寄贈された全著作、蔵書、原稿、絵画、資料などおよそ25000点を所蔵。その一部を常時展示し、書斎を復元したコーナーもあります。また、池波作品以外の時代・歴史小説、歴代の名作10000冊を収集した時代小説コーナーも設け、閲覧も可能です。原稿展、絵画展などの企画展、講演・講座なども定期的に開催され、池波正太郎のエッセンスが詰まったスペースです。

https://library.city.taito.lg.jp/ikenami/

池波正太郎記念文庫〒111-8621 東京都台東区西浅草 3-25-16
台東区生涯学習センター・台東区立中央図書館内 TEL03-5246-5915

開館時間＝月曜～土曜（午前9時～午後8時）、日曜・祝日（午前9時～午後5時）**休館日**＝毎月第3木曜日（館内整理日・祝日に当たる場合は翌日）、年末年始、特別整理期間

●入館無料

交通＝つくばエクスプレス〔浅草駅〕A2番出口から徒歩5分、東京メトロ日比谷線〔入谷駅〕から徒歩8分、銀座線〔田原町駅〕から徒歩12分、都バス・足立梅田町－浅草寿町 亀戸駅前－上野公園2ルートの〔入谷2丁目〕下車徒歩1分、台東区循環バス南・北めぐりん〔生涯学習センター北〕下車徒歩2分

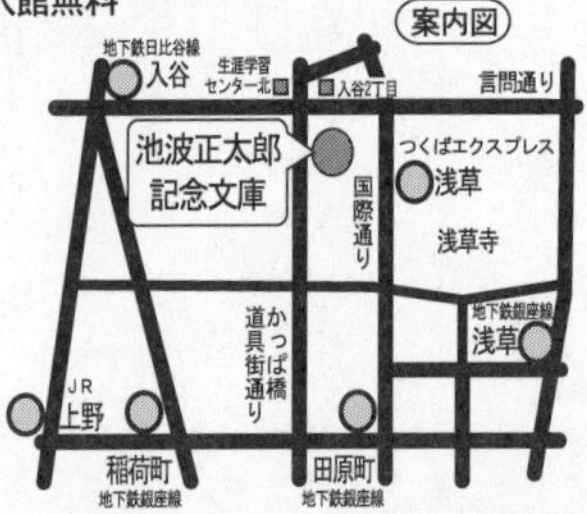

池波正太郎著
忍びの旗
亡父の敵とは知らず、その娘を愛した甲賀忍者・上田源五郎。人間の熱い血と忍びの苛酷な使命とを溶け合わせた男の流転の生涯。

池波正太郎著
編笠十兵衛（上・下）
幕府の命を受け、諸大名監視の任にある月森十兵衛は、赤穂浪士の吉良邸討入りに加勢。公儀の歪みを正す熱血漢を描く忠臣蔵外伝。

池波正太郎著
真田太平記（一〜十二）
天下分け目の決戦を、父・弟と兄とが豊臣方と徳川方とに別れて戦った信州・真田家の波瀾にとんだ歴史をたどる大河小説。全12巻。

池波正太郎著
秘伝の声（上・下）
師の臨終にあたって、秘伝書を土中に埋めることを命じられた二人の青年剣士の対照的な運命を描きつつ、著者最後の人生観を伝える。

池波正太郎著
人斬り半次郎（幕末編・賊将編）
「今に見ちょれ」。薩摩の貧乏郷士、中村半次郎は、西郷と運命的に出遇った。激動の時代を己れの剣を頼りに駆け抜けた一快男児の半生。

池波正太郎著
堀部安兵衛（上・下）
因果に鍛えられ、運命に磨かれ、「高田の馬場の決闘」と「忠臣蔵」の二大事件を疾けた赤穂義士随一の名物男の、痛快無比な一代記。

池波正太郎著
散歩のとき何か食べたくなって

映画の試写を観終えて銀座の〔資生堂〕に寄り、はじめて洋食を口にした四十年前を憶い出す。今、失われつつある店の味を克明に書留める。

池波正太郎著
剣の天地（上・下）

戦国乱世に、剣禅一如の境地をひらいて新陰流の創始者となり、剣聖とあおがれた上州の武将・上泉伊勢守の生涯を描く長編時代小説。

池波正太郎著
侠客（上・下）

「お若えの、お待ちなせえやし」の幡随院長兵衛とはどんな人物だったのか――旗本水野十郎左衛門との宿命的な対決を通して描く。

池波正太郎著
上意討ち

殿様の尻拭いのため敵討ちを命じられ、何度も相手に出会いながら斬ることができない武士の姿を描いた表題作など、十一人の人生。

池波正太郎著
真田騒動
―恩田木工―
直木賞受賞

信州松代藩の財政改革に尽力した恩田木工の生き方を描く表題作など、大河小説『真田太平記』の先駆を成す〝真田もの〟5編。

池波正太郎著
あほうがらす

人間のふしぎさ、運命のおそろしさ……市井もの、剣豪もの、武士道ものなど、著者の多彩な小説世界の粋を精選した11編収録。

新潮文庫最新刊

芦沢央著
神の悪手
棋士を目指し奨励会で足掻く啓一を、翌日の対局相手・村尾が訪ねてくる。彼の目的は一体。切ないどんでん返しを放つミステリ五編。

望月諒子著
フェルメールの憂鬱
フェルメールの絵をめぐり、天才詐欺師らによる空前絶後の騙し合いが始まった！ 華麗なる罠を仕掛けて最後に絵を手にしたのは⁉

午鳥志季・朝比奈秋
春日武彦・中山祐次郎
佐竹アキノリ・久坂部羊著
遠野九重・南杏子
藤ノ木優
夜明けのカルテ
―医師作家アンソロジー―
その眼で患者と病を見てきた者にしか描けないことがある。9名の医師作家が臨場感あふれる筆致で描く医学エンターテインメント集。

霜月透子著
祈願成就
創作大賞（note主催）受賞
幼なじみの凄惨な事故死。それを境に仲間たちに原因不明の災厄が次々襲い掛かる――日常を暗転させる絶望に満ちたオカルトホラー。

大神晃著
天狗屋敷の殺人
遺産争い、棺から消えた遺体、天狗の毒矢。山奥の屋敷で巻き起こる謎に満ちた怪事件。物議を呼んだ新潮ミステリー大賞最終候補作。

カフカ
頭木弘樹編訳
カフカ断片集
―海辺の貝殻のようにうつろで、ひと足でふみつぶされそうだ―
断片こそカフカ！ ノートやメモに記した短く、未完成な、小説のかけら。そこに詰まった絶望的でユーモラスなカフカの言葉たち。

男《おとこ》　振《ぶり》

新潮文庫　い-16-3

昭和五十三年十一月二十七日　発行
平成十五年九月二十日　六十五刷改版
令和六年六月五日　八十六刷

著者　池《いけ》波《なみ》正《しょう》太《た》郎《ろう》

発行者　佐藤隆信

発行所　株式会社新潮社

郵便番号　一六二―八七一一
東京都新宿区矢来町七一
電話　編集部(〇三)三二六六―五四四〇
　　　読者係(〇三)三二六六―五一一一
https://www.shinchosha.co.jp

価格はカバーに表示してあります。

乱丁・落丁本は、ご面倒ですが小社読者係宛ご送付ください。送料小社負担にてお取替えいたします。

印刷・東洋印刷株式会社　製本・株式会社大進堂

ISBN978-4-10-115603-3 C0193